GUNNA
WENDT

# BEI DER LATERNE WOLL'N WIR STEHEN

*Roman*

PENGUIN VERLAG

MIX
Papier | Fördert gute Waldnutzung
FSC® C014496

Penguin Random House Verlagsgruppe FSC® N001967

1. Auflage

Redaktion: Susann Harring
Umschlaggestaltung und -abbildung: www.buerosued.de
Satz: satz-bau Leingärtner, Nabburg
Druck und Bindung: GGP Media GmbH, Pößneck
Printed in Germany
ISBN 978-3-328-60316-0
www.penguin-verlag.de

# INHALT

# PROLOG

## BERLIN, JANUAR 1981

Liliane wartete, bis der Taxichauffeur um das Auto herumgelaufen war und ihr die Tür öffnete. Als er seinen Schirm aufspannen wollte, wehrte sie ab. »Ich will die Schneeflocken spüren«, erklärte sie fröhlich, verabschiedete sich und ging langsam auf den Eingang des Delphi-Palasts zu. Das Filmtheater war ganz in Weiß gehüllt. Hinter den Schneeflocken leuchteten in Gold die Großbuchstaben: DELPHI. Plötzlich begann das L zu flackern – wie zur Begrüßung. Liliane nickte dem aufblitzenden Buchstaben belustigt zu. Es hatten sich schon viele Besucher versammelt, die auf den Einlass warteten. Man spürte eine knisternde, beinahe ungeduldige Spannung. Ein großes Filmereignis stand bevor: die Premiere von Fassbinders »Lili Marleen«.

Liliane wartete noch auf etwas anderes.

Mittlerweile hatte es aufgehört zu schneien. Am Himmel schienen Blitze zu zucken. Bei näherem Hinschauen war es jedoch das große L, das grell aufflammte und wieder verlosch. Liliane blickte suchend umher. Dann holte sie aus ihrer Handtasche einen kleinen Spiegel hervor und betrachtete sich prüfend darin. Als sie an den gestrigen Friseurbesuch dachte, kicherte sie in sich hinein. Vor einer Woche hatte sie sich telefonisch bei dem berühmtesten Berliner Friseur angemeldet, wohl wissend, dass sie mit einer längeren Wartezeit rechnen musste. »Le Coup« nannte er seinen Prachtladen am Kurfürstendamm. Auf die Frage, was denn gemacht werden sollte, hatte sie geantwortet: eine Marilyn-Monroe-Frisur. Ihr Haar sei dafür bestens geeignet, hatte sie ausgeführt, zwar mittlerweile weißgrau statt platinblond, aber dafür lockig und fast schulterlang. Liliane hatte gespürt, dass der vermutlich noch sehr junge Mann am Telefon gern gewusst hätte, wie alt sie sei, sich aber nicht traute, direkt danach zu fragen. Deshalb begann sie den nächsten Satz mit den Worten »Letztes Jahr bei meinem 84. Geburtstag …« Eine Zeit lang Schweigen am anderen Ende, dann wurde ihr der gewünschte Termin bestätigt. Kein weiterer Kommentar. Der erfolgte erst, als sie bei »Le Coup« eintraf und ihren Namen nannte. Ungläubiges Erstaunen. Beim Verlassen des Salons klatschten die Angestellten und die Kunden Beifall: Unglaublich, Liliane bezauberte alle mit ihrer Mädchenhaftigkeit, und die Marilyn-Frisur schien exklusiv für sie kreiert, wie der Friseur zum Abschied sagte.

Inzwischen hatten sich die Türen des Delphi-Palasts geöffnet, und die Besucher begannen, ins Kino zu strömen. Das L zuckte immer nervöser, bis es für eine Weile ganz ausging, um wenig später genau wie die anderen Buchstaben in sattem Gold zu erstrahlen. In diesem Moment entdeckte sie ihn. Er war gerade aus einem Taxi gestiegen und wartete auf seine Begleiterin, eine junge Frau, die kurz darauf den Wagen verließ. Es dauerte nicht lange, bis Lilianes Blick auf seinen traf und sich nicht mehr von ihm löste. Sofort machte er sich auf den Weg, stieg Stufe für Stufe die Treppe hinauf, langsam, aufrecht, Schritt für Schritt sichtlich genießend. Mit den Worten »Nun hast du also doch auf mich gewartet« begrüßte er Liliane und reichte ihr seinen Arm. Als sie an dem großen Filmplakat mit der Aufschrift »Lili Marleen« vorbeigingen, fragte er: »Glaubst du, wir werden gleich unsere Geschichte auf der Leinwand sehen, Liliane?« Ihre Antwort ließ nicht lange auf sich warten: »Nein, Cord, die müssen wir schon selbst erzählen.«

# SANS SOUCIS

## PARIS, APRIL 1914

»À Paris avec toi! Je veux danser avec toi à Paris, mon cher!« Liliane tanzte um Cord herum. »Wir fahren nach Paris! Wir fahren nach Paris!« Sie war außer sich vor Freude. So sehr, dass sie nicht einmal enttäuscht war, als Cord verhalten reagierte. Ihre eigene Begeisterung war einfach zu groß. Doch als er vorschlug, die Reise zu verschieben, widersprach sie heftig: »Ich versteh dich nicht. Du hast doch nichts zu tun. Im Moment bist du nur mit Warten beschäftigt. Wenn du erst eine Stelle hast, können wir nicht mehr so einfach wegfahren. Außerdem hat uns Frieda eingeladen. Und was noch viel wichtiger ist: Es ist Frühling, Cord. Je veux fêter le printemps à Paris. Avec toi!« Cord hatte vor Kurzem das Lehrerseminar mit einer sehr guten Prüfung abgeschlossen und wartete nun auf eine Anstellung als Lehrer – nicht gerade ungeduldig, denn es war nicht sein Traumberuf. Den kannte er zu diesem Zeitpunkt nicht, doch es war immerhin eine Möglichkeit, auf sinnvolle Weise sein Geld zu verdienen.

»Was sagt denn deine Mutter dazu?«, lenkte er ab.

Liliane lachte. »Sie ist einverstanden. Es war ein großes Stück Überredungsarbeit, aber ich habe es geschafft.«

Nun gab Cord sein Zögern auf: »Das war zu erwarten. Du schaffst es immer.«

»Auch bei dir?«, fragte Liliane nach, und Cord umarmte sie.

»Auch bei mir. Wie könnte ich dir widerstehen?«

Liliane atmete auf. Wenn sie daran dachte, welche Anstrengung es bedeutet hatte, die Mutter zu überreden, wurde es ihr eng in der Brust. Warnungen über Warnungen. Einwände über Einwände. Wenn Frieda nicht gewesen wäre … Zum Glück war Frieda schon eine Weile in Paris. Lilianes beste Freundin verbrachte dort ein Jahr als Au-pair-Mädchen, und die Mutter hatte sie gern. Frieda stammte aus einer wohlhabenden, weltoffenen Familie. Ihr Vater war früh gestorben und hatte seiner Frau ein beträchtliches Vermögen hinterlassen. Diese war allem Neuen gegenüber aufgeschlossen und schlug ihrer Tochter selten einen Wunsch ab. Einer dieser Wünsche war es, Französisch zu lernen. Kaum in Paris angekommen, hatte sie schon geschrieben, Liliane möge sie doch besuchen, sie habe ihr so viel zu zeigen. Die Vormittage habe sie nämlich zu ihrer freien Verfügung, nur die Nachmittage und Abende seien für die Gastgeberfamilie reserviert. Sie hatte sich auf Anhieb gut mit der Arztfamilie verstanden, bei der sie angestellt war, um die Kinder zu betreuen und ein wenig im Haushalt zu helfen. Aufräumen und Einkaufen waren allerdings untergeordnete Tätigkeiten. Den Eltern war es am wichtigsten, dass sie sich den Kindern widmete, damit diese auch während der Abwesenheit der Eltern eine Aufsicht hatten, die sich verständnisvoll und warmherzig um sie kümmerte. Frieda kam sehr gut mit ihnen aus. Trotzdem fühlte sie sich manchmal einsam, wie Liliane ihren Briefen entnahm, die fast immer mit der Aufforderung endeten: »Komm nach Paris. Komm bald.«

Doch so einfach war das nicht. Frieda vergaß manchmal, dass Lilianes Familie finanziell längst nicht so gut gestellt war wie ihre eigene. Die Mutter konnte ihr die Reise nicht bezahlen, das kleine Lebensmittelgeschäft an der Langen Reihe, in dem sie Hamburger Spezialitäten anbot, ermöglichte ihnen zwar ein sicheres Auskommen, doch an Extras war nicht zu denken. Höchstens wenn Lilianes Vater, der zur See fuhr, nach Hause kam und großzügig seine Heuer verteilte, aber wann das sein würde, wusste niemand. Liliane musste sich das Reisegeld selbst verdienen und zusammensparen. Vormittags half sie ihrer Mutter im Laden, an den Nachmittagen betreute sie Kinder aus der Nachbarschaft, spielte mit ihnen, beaufsichtigte ihre Schulaufgaben.

Doch sie träumte von einer Theaterkarriere. Schauspielerin wollte sie werden. Bis es so weit war, trat sie in einer Laienspielgruppe auf. Dabei lernte sie viel, aber die Gage war gering. Trotzdem hatte sie es geschafft, eine stattliche Summe zurückzulegen, sodass der Parisreise nun nichts mehr im Weg stand.

Frieda hatte gejubelt und gesagt, sie könne Lilianes Besuch kaum erwarten, doch plötzlich, von einem Tag auf den anderen, waren die Einladungen, die sie in ihren Briefen aussprach, nicht mehr so drängend. Liliane fiel es erst beim dritten Brief auf, und auch nur deshalb, weil die Briefe von Mal zu Mal kürzer und die Abstände zwischen ihnen größer wurden. Der Grund war offensichtlich: Frieda war verliebt. Jacques war Musiker und arbeitete tagsüber als Kurier bei einem vornehmen Parfumeur namens Guerlain. Er verrichtete Botengänge, belieferte die reichen Kunden und wurde oft mit ungewöhnlich hohen Trinkgeldern bedacht. Manchmal brachte er Frieda kleine Duftkissen und winzige Fläschchen mit, gefüllt mit den kostbaren Elixieren. Eins davon schickte sie, aufwendig und vorsichtig verpackt, zum Geburtstag an Liliane. Das Eau de Parfum hieß »L'Heure Bleue«. Liliane war sofort betört von dem intensiven Blumenduft, der so ganz anders war als die Duftwasser, die sie bisher gekannt hatte. Fortan verkörperte dieser Duft für sie Paris, und diese Stadt wollte sie unbedingt sehen, riechen, schmecken, spüren. Und zwar mit Cord an ihrer Seite.

Vor der Reise war Liliane sehr aufgeregt. Es mussten Vorbereitungen getroffen werden, schließlich wollte sie in der Weltstadt mit den schönen, eleganten Frauen mithalten können. Hatte sie überhaupt eine passende Garderobe dafür? Mithilfe ihrer Tante Marlene, die sie noch vor ihrer Mutter in ihre Reisepläne einweihte, fertigte sie sich zwei Kleider an, ein hellgrünes und ein goldbraunes mit Pelzbesatz. Sie war stolz auf das Ergebnis, denn sie hatte die Schnitte in einem Damenmagazin entdeckt und unter der Anleitung ihrer Tante, die sehr geschickt im Schneidern und Nähen war, umgesetzt. So gekleidet konnte Liliane ohne Weiteres in die Metropole reisen. Die Tante lieh ihr dazu ihren besten Hut, der an einen Turban erinnerte. In Hamburg drehten sich die Leute auf der Straße danach um, das würde in Paris sicher nicht passieren.

Als sie die Bahnbilletts in der Hand hielt, stieg in Liliane ein Gefühl der Freiheit auf, wie sie es bisher nicht gekannt hatte. Die Fahrt dauerte fast zwanzig Stunden, und die Sitze waren hart und unbequem, doch das vergaß sie bald. Sie genoss es, mit Cord im Coupé zu sitzen und zu reden, sich an ihn zu schmiegen und die Vorfreude mit ihm zu teilen. In Köln stiegen sie um. Sie hatten zwei Stunden Aufenthalt und besichtigten den Dom, der gleich in der Nähe des Bahnhofs thronte. Cord war vor allem von der aufstrebenden Wucht des Bauwerks beeindruckt. Als sie langsam das Kirchenschiff durchquerten, horchte Liliane dem Klang ihrer Schritte nach. Es lag ein seltsam schwingender Hall in der Luft.

Die Reise führte sie weiter durch Belgien, die Schienen schlängelten sich zwischen sanften Hügeln und weißen Sandsteinfelsen durch das Land. Der Zug glitt an kleinen roten und weißen Häusern vorbei. Liliane fand, dass er viel zu schnell fuhr, weil sie die Gesichter der wenigen Menschen, die sie sah, nicht erkennen konnte. Cord erklärte ihr, dass es bald noch viel schnellere Züge geben würde. Das hielt Liliane nicht für notwendig.

»Es dauert jetzt schon weniger als einen Tag, und schon sind wir in Paris!«

In Paris angekommen, bezogen sie die Wohnung eines Freundes von Jacques, der gerade auf Reisen war. Sie lag im obersten Stockwerk eines mächtigen Hauses in der Rue Cassette. Man musste fünf schmale Treppen erklimmen, um sie zu erreichen. Jacques hatte sie in Empfang genommen und der rotwangigen, tiefschwarz gekleideten Concierge wortreich erklärt, um wen es sich handelte und weshalb alles in Ordnung sei. Liliane hatte dem Klang dieser wunderbaren Sprache nachgespürt. Auf die Frage der Wirtin: »Qui est là?«, hatte er etwas von »dame allemande avec son cousin« gemurmelt. Die Antwort der Concierge verstand sie nicht, auch nicht Jacques' weitere Erklärung.

Cord wurde ungeduldig. »Du lernst doch schon so lange Französisch!«, bemerkte er vorwurfsvoll. Natürlich hätte er gern gewusst, was der junge Mann und die ältere Frau zu besprechen hatten, Liliane kannte ja seine Neugier.

»Nicht lange, mon Chéri«, verteidigte sie sich. »Erst seit einem halben Jahr. Außerdem sprechen die Franzosen zu schnell. Zu viel und zu schnell.«

Auch Jacques redete immer noch. Zwischen ihm und der Concierge hatte sich mittlerweile ein Geplänkel ergeben, das mit aufreizendem Lachen gewürzt wurde. Diese Art von Gespräch im Flirtton hatte Liliane auf dem Weg durch die Stadt schon einige Male wahrgenommen und gespannt gelauscht. Eine unvergleichlich erotische Sprache. Sehr viel Gehauchtes und Geschmolltes. Ein weiches Gegurre und zartes Gesäusele, das blitzschnell von einer heftigen Forderung im Stakkato unterbrochen werden konnte.

Die nächsten Tage ließen sich Liliane und Cord durch die Straßen treiben. Natürlich kletterten sie zuerst auf den Eiffelturm und blickten auf die riesige Stadt. Es war Frühling, die Luft war von Hunderten herrlichen Blumendüften erfüllt: Levkojen, Lilien, Hyazinthen, Glyzinien, Goldlack, Maiglöckchen, Tulpen, Narzissen. Im Jardin du Luxembourg tummelten sich die Liebespaare zwischen blühenden Apfel- und Pfirsichbäumen. Die Blüten der Kastanien loderten wie Fackeln und beleuchteten die Frühlingsnächte. Oder war es der Vollmond? »La lune – l'amour«, schienen die Amseln zu singen. Fast alle Bänke des Parks waren von Liebenden belegt. Die Liebe schien ansteckend zu sein, denn die Passanten freuten sich darüber, auch wenn sie selbst allein unterwegs waren. Ganz anders als in Hamburg, wo man sich besser versteckte, wenn man sich umarmen und küssen wollte. So etwas war dort in der Öffentlichkeit nicht gern gesehen. Wie viel schöner war es hier in Paris, wo liebevolle Wörter durch die milde Frühlingsluft schwebten:

»Encore un baiser – ma chérie – je suis fidèle – mon amour – sans soucis.«

Neben Zärtlichkeiten und Liebkosungen gab es allerdings auch viel Lärm und Radau, an den man sich erst gewöhnen musste. Sausende und klingelnde elektrische Bahnen, klapprige Pferdekutschen, Menschen, die sich umschlangen oder anrempelten, einander halfen oder miteinander stritten. Vor allem das unverhohlene Ausleben der Gefühle jeglicher Art war es, was das junge deutsche Paar faszinierte. Menschen, alte wie junge, tanzten durch die Straßen, wenn ihnen danach war. Andere ließen sich davon anstecken, zum Mitmachen verführen, so auch Liliane, sie umarmte Cord schwungvoll und forderte ihn zum Tanzen auf: »Voulez-vous danser avec moi, mon beau jeune homme?«

Nach anfänglichem Zögern konnte er ihr und ihren einladenden Gesten nicht widerstehen. Anscheinend gehörte es zum Alltagsleben in Paris, dass man genau dort, wo man sich befand, genau das tat, wonach einem gerade der Sinn stand.

An allen Ecken boten Straßenmusikanten, Sänger, Drehorgelspieler ihre Lieder dar, dazwischen zeigten Akrobaten ihre Kunst, um sich ein paar Sous zu verdienen. In einigen Gassen gesellte sich zu dem alles erfüllenden Blütenduft des Frühlings ein anderer: Absinth. Er trug eine gewisse Verruchtheit heran, die für die beiden jungen Deutschen wie eine Warnung wirkte: Wie schnell konnte man in diesem Gewirr von Verlockungen und Leidenschaften untergehen. Die Menschen schienen kein Ziel zu haben, waren zumindest immer bereit, sich davon ablenken zu lassen, und vagabundierten und flanierten durch die Stadt. Die Frauen schmückten sich mit abenteuerlichen Kopfbedeckungen, nicht nur mit breitkrempigen Strohhüten, sondern auch mit frechen kleinen Kappen und Mützen. Mit dem schillernden grünen Turban ihrer Tante Marlene fühlte sich Liliane wie eine von ihnen. Auch bei einigen Männern sah man auffällige Kopfbedeckungen: große Schlapphüte zu voluminösen Capes und Samtanzügen. Viele von ihnen trugen ihr Haar ziemlich lang, viel länger, als es in Hamburg üblich war. Gerade das gefiel Liliane sehr, sodass sie Cord ermunterte, sein schönes dunkles Haar weiterhin wachsen zu lassen.

Liliane schlug Cord vor, ein kleines Glas des »verruchten Getränks« zu probieren. Diesmal zögerte er nicht lange, sondern deutete auf ein Bistro, vor dem die Gäste in der Frühlingssonne saßen: »Lass uns dort Platz nehmen.« Zu Lilianes Überraschung wandte er sich wie selbstverständlich an den Kellner: »Deux verres d'absinthe, s'il vous plaît.«

»Wie schnell du lernst, mon Chéri«, lobte sie ihn.

Cord lächelte geschmeichelt, dann gab er zu: »Ich habe mir einige Redewendungen aus dem Baedeker eingeprägt. Ich wollte dich überraschen. Offensichtlich ist es mir gelungen.«

Wie zwei Verschwörer prosteten sie sich zu. Während Cord nach dem ersten Schluck sein Gesicht verzog und etwas von Medizin murmelte, empfand Liliane das Getränk mit dem Lakritzgeschmack als köstlich. Am liebsten hätte sie ein zweites Glas bestellt, doch Cords Miene hielt sie davon ab.

Mittags gingen sie gern in ein Bistro in der Nähe ihrer Wohnung, wo man für wenig Geld gut essen konnte. Fast immer saß dort auch ein alter Mann, der Gitarre spielte und Chansons voller Sehnsucht und Melancholie vortrug. Manchmal stimmten die Gäste in seinen Gesang ein und schluchzten sogar voller Rührung.

An den meisten Orten herrschten jedoch Fröhlichkeit und Spaß am Spiel mit Wörtern, Kinderlachen erklang. Man sprach offensichtlich gern in Paris, redete sich in Rage, berauschte sich am eigenen Wort. Liliane bedauerte immer wieder, dass sie nur wenig davon verstand, vor allem, wenn Cord nachfragte. Zu gern hätte sie für ihn übersetzt. Er hatte so viele Fragen zu den Bauwerken der Stadt, die sie sich nicht stellte. Das Verhalten der Menschen, ihr Selbstbewusstsein, unabhängig von Reichtum und gesellschaftlicher Stellung, beeindruckten sie mehr als die Häuser und Paläste.

In den wenigen Tagen ihres Aufenthalts wollte Cord möglichst alles sehen, wovon er im Baedeker gelesen hatte: den Louvre mit seinen Kunstschätzen, Notre-Dame mit ihren Wasser speienden Ungeheuern. Von dort aus flanierten sie am Ufer der Seine entlang zum Zoologischen Garten. Die Luft über dem Fluss, der von eindrucksvollen Bauten gesäumt wurde, flimmerte gelb und silbern. In diesen Tagen zog es sie immer wieder zur Seine. Liliane staunte über die verhutzelten Frauen, die auf der Pont des Arts liebevoll gebundene Veilchensträuße anboten, und Cord konnte sich kaum von den Ständen mit antiquarischen Büchern lösen, die am Quai angeboten wurden. Man durfte darin stöbern, solange man wollte. Es waren nicht nur professionelle Händler, sondern vor allem alte Leute, die einen Teil ihrer Bibliothek verkaufen oder verschenken wollten. Liliane staunte über Cords Begeisterung. Obwohl er die Sprache weder verstehen noch sprechen konnte, vertiefte er sich in die Bücher. Besonders angetan war er von der Gesamtausgabe der »Souvenirs entomologiques« eines Autors namens Jean-Henri Fabre. Liliane hatte nie von ihm gehört. Auf ihre Frage, um was es sich dabei handele, antwortete Cord, Fabre sei ein berühmter Insektenforscher. Für einen Moment glaubte Liliane, Cord mache sich über sie lustig. Dann stichelte sie: »Ich wusste gar nicht, dass du dich so sehr für unsere krabbelnden Mitbewohner interessierst. Das scheint eine ganz neue Leidenschaft zu sein. Jedenfalls musste ich neulich die Spinne aus deinem Arbeitszimmer entfernen, weil du meintest, du könntest mir nicht weiter vorlesen, solange du sie in deiner Nähe wüsstest.«

»Fabre ist nicht nur ein bedeutender Entomologe, sondern auch ein großer Dichter.« Cord ließ sich von Lilianes Spöttelei nicht provozieren, sondern fuhr fort: »Vor einigen Jahren hat man ihn sogar für den Literaturnobelpreis vorgeschlagen. Die Art und Weise, wie er seine Insektenbeobachtungen schildert, ist unglaublich fesselnd. Beim Lesen entsteht das Gefühl, dass es in diesem Moment nichts Wichtigeres gibt, als sich dem Leben der Insekten zu widmen.«

Liliane schwieg. Eine weitere ironische Bemerkung schluckte sie besser hinunter. Sie war klug genug, zu wissen, dass sie sich über Cords Enthusiasmus nicht lustig machen durfte, auch wenn sie ihn nicht nachfühlen konnte. Stattdessen nahm sie ebenfalls eins der Bücher zur Hand, öffnete es und las, was auf dem Handzettel stand, der ihr entgegenfiel: »Vous éventrez la bête et moi je l'étudie vivante, vous scrutez la mort, je scrute la vie.«

»Was heißt das? Verstehst du das?«, wollte Cord wissen.

»Nicht alles, warte mal.« Liliane holte ihr Wörterbuch hervor. »Éventrez? Ja, jetzt hab ich es: ›Ihr schneidet das Tier auf, ich studiere es lebendig, ihr untersucht den Tod, ich untersuche das Leben.‹«

Cord bekam glänzende Augen. »Das war Fabres Antwort auf die Wissenschaftler, die ihn nicht ernst nahmen. Er wies sie selbstbewusst in ihre Schranken. ›Ihr untersucht den Tod, ich untersuche das Leben!‹ Ja, das ist sein Credo, seine Stärke, seine Kunst. Dafür liebe ich ihn.«

Liliane umarmte ihn. »Ich auch. Du hast mich überzeugt. Aber vor allen Dingen liebe ich dich.« Obwohl er sich offensichtlich nur schwer von den Bücherschätzen lösen konnte, zog sie ihn sanft mit sich fort.

Lilianes Ziel war die Straße der Galerien und Kunsthändler, die Rue Lafitte. Die Lebendigkeit des Pariser Straßenlebens schien sich in den hier ausgestellten Gemälden und Zeichnungen widerzuspiegeln. Sie besaßen Esprit und einen Schuss Exzentrik. Vieles wirkte irgendwie unfertig, skizziert, improvisiert, und gerade das war so reizvoll. Die Farben und Formen schienen auf der Leinwand zu schweben. Hier in Paris war nichts so erdenschwer wie daheim in Hamburg, weder die Kunst noch das Alltagsleben.

Während Cord sich in Werke der Impressionisten und Pointillisten vertiefte, entdeckte Liliane Gauguin und seine Südsee-Fernwehbilder. Sie musste dabei an ihren Vater denken, an seine Reiseberichte und an die Weltkarte zu Hause an der Wand.

Einmal fuhren sie mit dem Omnibus zu ihrer Wohnung zurück, nahmen auf dem Oberdeck Platz, im Freien, auf Kastanienwipfelhöhe. Die Fahrt durch das verstopfte Straßengewirr dauerte lange. Währenddessen sprach Cord von den unterirdischen

Bahnen der Zukunft, die durch nichts aufzuhalten waren. Liliane teilte seine Begeisterung nicht. Natürlich würden sie viel Zeit sparen, aber was hatten diese Schächte sonst zu bieten? Was würde es dort unten zu sehen geben? Vor allem war sie nicht wie Cord an der Technik interessiert, sondern, wenn überhaupt, nur an den Mitfahrenden, den Menschen, die dieses Beförderungsmittel wählten: Offensichtlich nutzten alle Bevölkerungsgruppen die Metro. Zwar überwogen diejenigen, die damit zu ihrem Arbeitsplatz gelangen wollten, wie ihre Aktentaschen vermuten ließen, aber auch die sogenannten feinen Leute fuhren mit, wie Liliane an ihrer Kleidung zu erkennen glaubte. Natürlich fehlten auch die Armen nicht. Stadtstreicher, die in Paris Clochards genannt wurden, Bettler, Prostituierte. Tempo lautete die Devise in dieser Unterwelt, Bewegung und Stillstand wechselten sich rasant ab.

Über mehrere Treppen in der Tiefe angelangt, warteten sie am Bahnsteig des Gare Montparnasse. Die Ankunft der Untergrundbahn kündigte sich durch ein immer stärker anschwellendes Rumpeln und Rattern an. Im Waggon wies Cord Liliane auf einen Sitzplatz hin, doch sie wollte lieber stehen. Die Luft war schlecht: Asche, Rauch, sogar Ruß wurden durch die geöffneten Fenster in den Waggon hineingeweht, während der Zug durch die dunklen Schächte raste, rumpelte, ruckelte, nach wenigen Minuten stoppte, wieder anfuhr und dann alles von vorn begann. Von Ruhe und Entspannung wie beim Eisenbahnfahren konnte keine Rede sein. Am meisten störte Liliane, dass sie bei der unterirdischen Beförderung nichts von der Stadt zu sehen bekam. Das war noch schlimmer als die Enge, die ihr zu schaffen machte. Angekommen am Gare du Nord, war sie froh, sich wieder an der Oberfläche bewegen zu können.

»Ich bin eben kein Maulwurf«, bemerkte sie augenzwinkernd und genoss das oberirdische Treiben umso mehr.

Sie stiegen die steile Straße zum Montmartre hinauf, vorbei an kleinen, niedrigen Häusern. Fast vor jeder Tür saß eine alte Frau, die nähte, stickte oder stopfte. Hin und wieder rief eine der anderen etwas zu, beiläufig und ohne aufzuschauen.

Oben auf dem Hügel wurde das junge Paar auf dem Markt von herumlaufenden und laut gackernden Hühnern begrüßt. Dazwischen standen die Maler vor ihren Staffeleien. Die Kirche Sacré-Cœur blickte über das Pariser Häusermeer, aus dem ab und zu wie zum Gruß eine Kuppel herausragte.

»Sie ist fertig! Endlich!« Cord strahlte. »Dreißig Jahre haben sie daran gebaut, ich hab viel darüber gelesen«, erklärte er Liliane.

»Dann lass uns hineingehen«, forderte sie ihn auf.

»Sie ist noch verschlossen und wartet darauf, ihre Bestimmung zu erfüllen. Noch finden keine Gottesdienste in ihren Hallen statt.«

Liliane wurde von einer Kapelle ganz in der Nähe abgelenkt, die ihre Glocke erklingen ließ. Sie übertönte das Brausen und Vibrieren der Stadt, die ihr zu Füßen lag. Als Liliane bemerkte, dass eine Betschwester das Seil zum Läuten gezogen hatte, ging sie, ohne zu überlegen, auf die alte Frau zu und fragte sie, wie viele Glockenschläge lang sie die Glocke schlagen lasse. Die Frau schaute sie verwundert an. Es dauerte eine Weile, bis sie verstand, was Liliane wissen wollte. Diese bedauerte wieder einmal, sich nicht so gut auf Französisch ausdrücken zu können, wie sie es sich wünschte. Als sie noch einmal ansetzte: »À quelle fréquence …«, wurde sie von der Frau unterbrochen: »Ich zähle nicht, ich bete. Die Glocke läutet so lange, wie mein Gebet dauert. C'est tout.« Einer dieser Sätze, selbstverständlich dahingesagt, die sie niemals vergessen würde, dachte Liliane und schwieg beeindruckt.

Natürlich durften sie das Pariser Nachtleben nicht versäumen. Frieda und Jacques wussten immer, wo etwas los war, wo man unbedingt hingehen musste. Aktueller Geheimtipp war das Tanzlokal Bullier im Quartier Latin. Am stärksten beeindruckte Liliane jedoch, dass die ganze Stadt niemals wirklich zu schlafen schien. Sogar nachts wimmelte es auf den Boulevards nur so von Menschen. Die beiden verzichteten darauf, sich Aufführungen der Victor-Hugo-Stücke in der Comédie-Française anzusehen, und gingen stattdessen, zusammen mit Frieda und Jacques, ins Vaudeville am Boulevard des Capucines. Auf den ersten Blick waren die Stücke, die dort gespielt wurden, den deutschen Rührstücken ähnlich: heitere oder sentimentale Handlung, wenige Personen, einfaches Bühnenbild, ab und zu ein Lied, um die Vorstellung aufzulockern. Doch im Unterschied zu den deutschen waren die französischen Stücke satirisch und frivol. Sie schaute Cord von der Seite an. Was würde er wohl sagen, wenn sie in einer solchen Posse auftreten würde? Er war in diesen Dingen strenger als sie. Ab und zu lachte er, allerdings nicht so ausgelassen wie Frieda und Jacques.

Den ganzen Abend über kam Liliane aus dem Staunen nicht mehr heraus. Sie wunderte sich, dass so viele Kinder unter den Zuschauern waren – am Abend in einem solchen Theater. Die nächste Überraschung war das Bühnenbild: ein Schlafzimmer. Die Betten waren so platziert, dass das Publikum direkt hineinschauen konnte. Der erste Schauspieler, der die Bühne, also das Schlafzimmer, betrat, trug nur eine Unterhose und legte sich sofort ins Bett. Zwei junge Frauen in bezaubernden Dessous, wie Liliane sie in Hamburg noch nie gesehen hatte, betraten kichernd den Raum und setzten sich zielstrebig auf das freie Bett. Nebeneinander hockend, mit schlenkernden Beinen, unterhielten sie sich über ihre amourösen Abenteuer – so viel verstand Liliane. Die Einzelheiten und schlüpfrigen Details entgingen ihr, weil sie die Ausdrücke dafür nicht kannte. In den Büchern, die sie zu Hause als Lernmaterial benutzt hatte, kam das Vokabular dieses Abends natürlich nicht vor. Als der Mann im Nebenbett sich aufrichtete, erschraken die beiden Frauen unverhältnismäßig stark. Die weitere Handlung verlief genauso unsinnig, wie sie begonnen hatte, und das Publikum war begeistert. Zwischenrufe und Anfeuerungsappelle hallten immer wieder durch den Theaterraum – ganz anders, als Liliane es bei ihren Auftritten gewohnt war. Auch in den norddeutschen Gasthöfen nahm das Publikum Anteil am Bühnengeschehen, versuchte aber, allzu heftige Reaktionen zu vermeiden.

Hier in Paris hingegen schien jeder mitspielen zu wollen. Und so störte sich auch niemand daran, dass Liliane Cord zwischendurch immer wieder die Bedeutung einiger Begriffe erklärte. Einmal mischte sich sogar Cords Nebenmann ein, sehr laut und grölend, nur führten seine Übersetzungsversuche zu noch größerer Verwirrung und mündeten in schallendes Gelächter.

»Was heißt ›Tu as le plus grand‹?«, wollte Cord wissen.

Liliane versuchte zunächst, ihr aufsteigendes Lachen zu unterdrücken. Doch als Cord, der dachte, sie habe ihn wegen des Lärms nicht verstanden, seine Frage laut wiederholte, platzte sie los und konnte sich kaum beruhigen.

»So direkt äußern sich die Franzosen nun auch wieder nicht«, erklärte sie amüsiert.

»Und was ist daran nun so komisch?« Er schien beinahe verärgert. »Nicht ›tu as‹, sondern ›tu es‹ hat sie gesagt: Du bist der Größte. Nicht: Du hast den Größten.«

Jeder Tag ein eigenes Abenteuer – in Paris verging die Zeit so schnell, viel schneller als zu Hause, sodass Liliane fürchtete, von all den neuen Eindrücken überrannt zu werden und ihren ständig wechselnden Gefühlen ausgeliefert zu sein. Trotz aller Begeisterung sehnte sie sich nach Ruhe und etwas mehr Gleichförmigkeit. Ob Cord ebenso empfand?

Und dann war es auf einmal so weit: Ihr letzter Tag in Paris war angebrochen. Ehe sie sich's versahen, fanden sie sich im Zug nach Köln wieder und ließen die Tage in Paris Revue passieren.

Beide wären gern noch länger geblieben – da waren sie sich einig –, aber dafür reichte das Geld nicht.

»Kannst du dir vorstellen, in Paris zu leben?«, fragte Cord, und Liliane zögerte: »Warum nicht? Und du?«

»Ich habe dich gefragt«, beharrte Cord.

»Ich könnte, glaube ich, überall leben.« Wieder wand sie sich heraus.

Doch Cord nahm es wie immer sehr genau und ließ nicht locker: »Ich hab nicht von überall gesprochen, sondern konkret von Paris.«

»Das ist nicht so einfach.« Liliane war nachdenklich geworden. »Ich kann mir vorstellen, überall zu leben, aber immer nur eine Zeit lang. Nie für immer.«

»Wie meinst du das?«

»Ganz einfach: Ich kenne bis jetzt keinen Ort, an dem ich

immer leben möchte, weder Hamburg noch Berlin. Viel mehr kenne ich ja gar nicht.« Als Cord schwieg, fügte sie hinzu: »Aber ich weiß einen Menschen, mit dem ich immer leben möchte.«

Eng aneinandergeschmiegt schliefen sie ein.

# WIE EINE KÖNIGIN

## HAMBURG, AUGUST 1914

*Aus dem stillen Raume, aus der Erde Grund*

Der Himmel über Hamburg lärmte und leuchtete. Ein Feuerwerk ließ ihn mit lautem Geknall in bunten Farben erstrahlen und zauberte schimmernden Lichtregen, der sich auf die jubelnde Menge ergoss. Die Stadt war über und über mit Flaggen und Blumen geschmückt und vibrierte regelrecht unter dem Farbgewitter. Es war ein unruhiger Sommerabend, so wie es viele seit Kriegsbeginn gegeben hatte. Der Krieg war noch keinen Monat alt, und noch hielt die allgemeine Begeisterung an. Die Straßen waren voller Menschen, die zu Fuß oder auf Fahrrädern unterwegs waren. Manche bewegten sich stürmisch, ohne nach links und rechts zu schauen und auf die laut bimmelnden Straßenbahnen Rücksicht zu nehmen.

Cord hatte Mühe, sich seinen Weg zu dem Gasthaus zu bahnen, in dem er mit seinen Freunden verabredet war. Beinahe wäre er mit einem Fahrrad zusammengestoßen.

»Mach Platz!« Die Stimme des Radfahrers riss ihn aus seinen

Tagträumen, die seit einiger Zeit immer um dasselbe kreisten, um dieselbe: Liliane. Sie war seine erste Liebe. Er war zwanzig Jahre alt, sehr verliebt und gleichzeitig erschrocken über diesen Zustand. Mit Frauen hatte er so gut wie gar keine Erfahrung – anders als seine Freunde. Die erzählten manchmal die tollsten Geschichten von Frauen, protzten mit ihren amourösen Abenteuern, aber sobald er nachfragte, wurde das Thema gewechselt. Dann konnte es sein, dass sie wenig später ihre Pläne und Wünsche bezüglich ihres zukünftigen Lebens mit Ehe und Familie äußerten. Darin kamen die Frauen, von denen sie vorher gesprochen hatten, nicht mehr vor. Es musste also mindestens zwei Arten von Frauen geben. Zum einen die, die man heiratete und die dann dafür sorgte, dass das Zuhause schön und gemütlich, ein Ort der Sammlung und Entspannung war. Diese erste Art Frau konnte gut kochen und hielt alles sauber. Sie ging ab und an gern aus und las dann und wann die Zeitung, damit man sich auch angemessen mit ihr unterhalten konnte. Wenn man Glück hatte, stammte sie aus einer gebildeten Familie, und wenn man noch mehr Glück hatte, aus einer reichen. Aber das war nicht entscheidend für eine gemeinsame Zukunft. Wirklich wichtig waren Treue, Häuslichkeit und Fleiß.

Ja, und dann gab es eben auch diese anderen Frauen, von der seine Freunde sprachen, wenn sie etwas getrunken hatten, die »Weiber«, wie sie gern sagten. Anders als die der ersten Kategorie besaßen sie Körper oder besser gesagt: Sie bestanden nur aus Körper. Und an dem zählten vor allem die Teile, die für den Mann interessant waren. Heinrich besaß eine Sammlung von Aktpostkarten, die er den Freunden manchmal zeigte. Wenn er sie vor den erwartungsvollen jungen Männern ausbreitete, war das Vergnügungsgeschrei groß. Cord waren die abgebildeten

Frauen alle zu dick. Eine hatte ihm mal gefallen, weil sie die Beine so graziös spreizte, aber er konnte sich nicht vorstellen, was die Freunde beim Anblick dieser Fotos so aus dem Häuschen brachte. Er fand sie eher albern, die Haltungen der Frauen waren so unnatürlich und verkrampft. Um nicht als prüde oder unerfahren zu gelten, tat er so, als begeisterten ihn die Bilder ebenfalls. Vielleicht ging es manchem anderen ebenso. Cord wusste nicht, was von ihren Erzählungen überhaupt stimmte. In diesen Tagen lief er noch irritierter durch die Welt als sonst in letzter Zeit. Er hatte schon so viel gelesen und im Verhältnis dazu so wenig erlebt. Gedanklich war ihm kaum etwas fremd, aber für seine Erfahrung schien so vieles neu und erstmalig. Ein Konflikt, mit dem er meistens gut zurechtkam, der ihm jedoch im Moment sehr zu schaffen machte. Er war entweder überwach und überempfindlich, oder er war zerstreut und vergesslich wie heute – er hatte sogar vergessen, welchen Treffpunkt die Freunde verabredet hatten.

Es gab mehrere Kneipen, die infrage kamen. Als Erstes war er natürlich in die falsche gerannt. Er lief mit etwas gesenktem Kopf, wie es alle großen Menschen tun, weil sie fürchten, wieder einmal gegen einen erst in letzter Sekunde sichtbar werdenden Balken oder einen niedrigen Türstock zu laufen, den sie zu spät bemerkten. Cord konnte niemals langsam gehen, machte weit ausholende Schritte. Die Mutter, die ihm früher, als er klein gewesen war, immer Märchen vorgelesen hatte, sprach von seinen Siebenmeilenstiefelschritten. Wenn er jetzt mit ihr zusammen die Straße entlangging, konnte sie ihm kaum folgen und protestierte laut: »Junge, zieh deine Siebenmeilenstiefel aus, deine alte, kleine Mutter kommt nicht hinterher.« Dann lachten beide, er beugte sich zu ihr hinunter, gab ihr einen zärtlichen Kuss auf die Stirn und ging langsamer, doch es dauerte nicht lange, bis er wieder seinen normalen Schritt einzuschlagen drohte. Dann reichte es, wenn ihn die Mutter kräftig am Ärmel zog.

Liliane hingegen konnte immer mithalten, obwohl auch sie einen Kopf kleiner war als er. Im Gegensatz zu ihm ging sie immer sehr aufrecht. »Du schreitest durch die Welt wie eine Königin«, hatte er gleich am Anfang zu ihr gesagt. Jetzt musste er wieder an sie denken, so wie er ohnehin fast immer an sie dachte. In diesem Moment gingen ihm viele Fragen durch den Kopf. Eine davon war: Durfte sich eine Frau so verhalten wie sie? Sie kümmerte sich nicht um Ansprüche, Erwartungen und Konventionen. Manchmal schien sie zu schweben, nur um kurze Zeit später wieder fest auf dem Boden aufzutreten. Leichtigkeit und Tiefe, Luft und Erde – sie war eine Frau der Gegensätze.

Cord hatte sie viele Male auf der Bühne gesehen und war hingerissen von ihrer Schönheit, ihrer Anmut, ihrem Charme, ihrer Würde. Sie spielte so intensiv. Das erste Stück, in dem er sie gesehen hatte, hieß »Am Glück vorbei«. Liliane, die sich als Schauspielerin Lili nannte, hatte die Hauptrolle der umschwärmten Edelkurtisane Marguerite Gauthier gespielt, die an Schwindsucht stirbt, als sie ein neues Leben beginnen will. Durch die Begegnung mit dem jungen Armand entsteht bei ihr ein bisher unbekanntes Gefühl: Liebe. Sie ist bereit, ihr Luxusdasein aufzugeben und mit ihm fortzugehen. Doch Armands Vater, der um den guten Ruf der Familie besorgt ist, fordert von ihr, auf ihren Sohn zu verzichten. Das tut sie schweren Herzens und schickt Armand fort. Als dieser den Grund für die Zurückweisung erkennt, ist es bereits zu spät. Marguerite stirbt.

Dieses Melodram hatte Cord sich gleich mehrfach angesehen, und jedes Mal, wenn es zur Sterbeszene kam, waren ihm Tränen in die Augen getreten. Damit war er allerdings nicht allein. Meistens war das gesamte Publikum tief erschüttert und wagte nicht mehr, zu trinken, geschweige denn auch nur einen Bissen hinunterzuschlucken. Das Schicksal der jungen Frau, die zur Prostituierten geworden und am Ende todkrank war, ging allen zu Herzen. Dabei war vieles an diesen Theaterabenden eigentlich unfreiwillig komisch, weil es sich um eine Laienspielgruppe handelte und manche Charaktere notgedrungen fehlbesetzt waren. Trotzdem traf Lilianes schauspielerische Leistung Cord bis ins Innerste. Anfangs hatte er noch versucht, seine Rührung zu verbergen, seine Selbstbeherrschung jedoch bald aufgegeben. Die Tränen konnte Liliane zum Glück nicht sehen: Sie stand in grellem Licht mitten auf der Bühne, während er in der schützenden Dunkelheit des Zuschauerraums seinen Emotionen ungehindert freien Lauf lassen konnte. Wenn sie sich nach der Vorstellung trafen, hatte er sich längst gefangen und war wieder in der Lage, sachlich über die Aufführung zu sprechen.

Gespielt wurde stets auf Gasthausbühnen, denn das Publikum wollte nicht nur unterhalten werden, sondern auch gut essen und trinken. Bevorzugt wurden dabei gemütvolle, zu Herzen gehende Stücke, denn auch das gemeinsame Lachen und Weinen zählte zur Unterhaltung. Manchmal waren die Bühnen so klein, dass nur vier Schauspieler darauf passten, dann musste man sich etwas einfallen lassen. Oft wurde das ganze Lokal bespielt, damit man nicht auf ausholende Gesten und lange dramatische Gänge verzichten musste.

Zu Lilianes weiteren Rollen gehörten die Marie in »Der Müller und sein Kind«, einem besonders schnulzigen Rührstück, in dem es ebenfalls um eine verbotene Liebe ging. Im Finale, das den Charakter eines Mysterienspiels hat, treten ein Unheil verkündender Totenvogel auf und verstorbene Vorfahren, die nachts aus ihren Gräbern steigen. Auch in diesem Stück verkörperte Liliane eine junge Sterbende, die die Zuschauer zu Tränen rührte. Einzig Cord, der hier und da einige Pannen registrierte, konnte sich das Lachen nicht verkneifen, was ihm Kopfschütteln und böse Blicke einbrachte.

Das dritte Stück, »Die Waise von Lowood«, hatte seinen Ursprung in Charlotte Brontës Roman »Jane Eyre«, der die Geschichte eines Waisenmädchens erzählt, das eine Stelle als Gouvernante annimmt, sich in den Schlossherrn verliebt und am Tag der Hochzeit eine böse Überraschung erlebt. Dieses Stück lag Liliane besonders am Herzen, wusste Cord. Nach der Lektüre des Romans hatte sie sich intensiv mit seiner Verfasserin beschäftigt, der ältesten der legendären Brontë-Schwestern. Für Liliane stand die Frage im Vordergrund, warum Charlotte ihre Werke unter dem männlichen Pseudonym Currer Bell veröffentlicht hatte und nicht unter ihrem eigenen Namen wie ihre jüngere Schwester Emily, die Verfasserin des nicht minder berühmten Romans »Sturmhöhe«. Der frühe Tod der Schriftstellerin – Charlotte Brontë starb mit 38 Jahren – hatte ihr sehr zugesetzt.

Besonders liebte es Liliane zu singen, im Chor und solo, und fast immer ging es um Männer. Mal hieß es »*Die Männer sind treu*«, im nächsten Couplet jedoch schon »*Die Männer sind alle Verbrecher*«: »*Und kommst du mal in Wut, / sagt er: Sei wieder gut. / So wird man immer wieder schwach: / Es kommt ja doch nichts Bessres nach.*« Nicht gerade Lieder, die ihrem Geschmack entsprachen, aber zumindest entbehrten sie nicht einer gewissen Ironie, die besonders beim weiblichen Publikum gut ankam.

Vor Kurzem hatte sie sich auf eine Annonce in den »Hamburger Nachrichten« gemeldet, in der »gut gewachsene junge Damen für Varieté- und Artistennummern und zu späterer Tournee« gesucht wurden. Sie hatte sich vor allem wegen der sehr guten Bezahlung beworben.

»Cord, dann können wir wieder nach Paris fahren«, hatte sie ihm ins Ohr geflüstert, als er Bedenken formulierte.

Es war ihm nicht recht, dass Liliane ihre Begabung so verschwendete. Wie gern hätte er ihr einen Auftritt oder besser noch ein Engagement an einem angesehenen Theater verschafft. Aber wie? Vor allem ohne entsprechende Kontakte? In solchen Momenten verdammte er sein Einzelgängertum, das ihm selbst zwar entsprach und genügte, aber für Liliane wenig hilfreich war. Einzig die Aussicht auf eine erneute Parisreise hellte seine Stimmung auf. Paris – o ja, mit Liliane in Paris! Ihre Reise im Frühjahr war zu einem unvergesslichen Ereignis geworden.

»Wir könnten wieder hinfahren, und diesmal länger als letztes Mal«, hatte sie ihn gelockt, bevor sie zum Vorstellungstermin gegangen und sofort in die Truppe aufgenommen worden war. Wie er es erwartet hatte: Dieses Engagement bedeutete zwar eine gewisse professionelle Erfahrung, aber keinesfalls eine künstlerische Herausforderung. Die Mädchen standen in einer langen Reihe auf der Bühne, jedes mit einem Glöckchen in der Hand. Die Anzahl der Musikerinnen war so groß wie die Anzahl der Töne in dieser Nummer, die sie mithilfe des Glöckchens im richtigen Moment erklingen lassen mussten. Eine etwas lächerliche

Aufgabe, zumal die Melodien und Lieder nicht gerade anspruchsvoll waren: »Puppchen, du bist mein Augenstern«, »Im Grunewald, im Grunewald ist Holzauktion«.

Liliane war so schnell wie möglich wieder aus der Truppe ausgetreten. Das Geld war letztlich doch nicht Anreiz genug gewesen, so einen unwürdigen Auftritt durchzustehen. Was sie trotz allem sehr gemocht hatte, waren das Scheinwerferlicht und der Applaus, der Spaß und die Musik. Immer wenn sie die Kirchenallee entlangschlenderten und am Deutschen Schauspielhaus vorbeikamen, wünschte sie sich, irgendwann einmal dort oder auf einer der anderen großen Bühnen zu stehen.

Es war ihr Traum, in einem wichtigen Stück die Hauptrolle zu spielen und mit einem bedeutenden Regisseur zu arbeiten, mit dem man nicht nur über die Anzahl der Schritte sprechen konnte, die man zwischen zwei Sätzen nach rechts oder links oder vorn oder hinten gehen sollte, sondern vor allem über den Inhalt des Stücks. Die »Iphigenie« wäre so eine Rolle. Wer weiß, vielleicht würde sie einmal als Iphigenie auf der Bühne stehen. Darauf vorbereitet war sie längst, wie sie Cord bewies, als sie einen der großen Monologe deklamiert hatte. Er begann mit der Feststellung »Der Frauen Zustand ist beklagenswert«, zählte die Privilegien der Männer auf, die sich frei bewegen, auf Reisen gehen und den Gehorsam der Frauen fordern können.

»Wie eng gebunden ist des Weibes Glück!« Von den Göttern ist keine Hilfe zu erwarten, »allein der Frauen Zustand ist beklagenswert. Zu Haus und in dem Kriege herrscht der Mann, und in der Fremde weiß er sich zu helfen«. Zum Schluss wiederholte sie die Klage: »Wie eng gebunden ist des Weibes Glück!«

Als sie geendet hatte, blickte sie ihn mit ihren blaugrünen Augen, die manchmal in himmlischem Blau und dann wieder in munterem Grün funkelten, herausfordernd an und sagte mit unternehmungslustigem Ton: »Warte es nur ab, Cord Hanke, ich werde es schaffen, in einem richtigen Theater auf einer richtigen Bühne zu stehen. Irgendwann.«

Er glaubte es ihr, wie er ihr alles glaubte. Sie war und blieb seine Königin, im Leben wie auf der Bühne.

In den letzten Wochen war sein bedingungsloser Glaube an sie allerdings etwas ins Wanken geraten durch eine Frage, die sich immer wieder in sein Bewusstsein drängte: War Liliane überhaupt die Richtige für ihn? Sie war so jung, so eigenwillig und so klug. Sie sah Dinge, die er nicht sah, oder wenn überhaupt, dann erst sehr spät. Sie schaute hinter die Kulissen. Einmal hatte sie zu ihm gesagt: »Cord, weißt du denn nicht, dass die Menschen nicht das sagen, was sie wollen? Sie wollen etwas, ja, und dann sagen sie das, was notwendig ist, um ihren Willen durchzusetzen, also um ihr Ziel zu erreichen.«

Er dachte lange darüber nach, immer wieder. Er hatte so ähnliche Dinge bei Nietzsche gelesen, natürlich poetischer und sprachlich ausgefeilter, aber Liliane brachte sie so souverän auf den Punkt, dass kein Ausweichen mehr möglich war.

Das, was Cord verspürte, war nicht nur Bewunderung. Manchmal beneidete er sie, vor allem um ihre Courage. Sie äußerte ihre Meinung stets direkt, ohne an die Folgen zu denken. Sie war nicht auf die Zustimmung der anderen angewiesen, brauchte sie nicht, hatte kein Problem damit, mit ihrer Meinung allein zu stehen. Ihre Sicherheit speiste sich aus ihrer inneren Haltung, nicht aus Fakten.

Damit unterschied sie sich von allen anderen Frauen und Mädchen in seiner Umgebung. Er hatte sie kennengelernt, als sie mit dem Fahrrad den Jungfernstieg entlanggebraust kam und laut klingelte, um sich Platz zu verschaffen, weil die Straße versperrt war. Mutig und beherzt, mit einer umwerfend flotten Kappe auf dem langen blonden Haar. Manchmal war sie so zart und schüchtern. Cord erinnerte sich, wie scheu und zurückhaltend sie seine ersten Umarmungsversuche erwartet hatte.

Dann wieder sprach sie so offen und ungeniert über Empfängnisverhütung, dass es ihm peinlich war. Er würde schon aufpassen. Aber nein, das reichte ihr nicht. Sie bestand auf sichereren Methoden. Es gab ja Kondome. Die sollte er besorgen – Liliane wusste, wo man sie bestellen konnte. Cord hatte sich ein wenig überfordert gefühlt, aber natürlich hatte sie recht: Was war das Überwinden der Peinlichkeit beim Kauf eines Verhütungsmittels gegen die Konsequenzen einer ungewollten Schwangerschaft?

Liliane war sich ihrer Benachteiligung als Frau bewusst, vielleicht auch deshalb, weil sie mit ihrer Mutter so gut wie allein lebte. Der Vater fuhr zur See und kam nur dann und wann heim. Wenn er da war, gab es nur noch ihn und seine Frau, Liliane spielte überhaupt keine Rolle mehr. Davon hatte sie Cord oft erzählt. Die Eltern verhielten sich wie ein ganz junges, turtelndes Liebespaar. Zunächst war es Liliane unangenehm gewesen, aber bald hatte sie begonnen, es zu bewundern und zu bestaunen. Es war immer wie ein Rausch. Die Eltern gingen nur noch Hand in Hand, sogar in ihrer eigenen Wohnung, sie konnten voneinander nicht lassen. Das Bild, das sich Liliane eingeprägt hatte, sah so aus: Mutter und Vater saßen einander am Küchentisch gegenüber. Sie hatten gegessen und tranken Wein. Bei jedem Schluck prosteten sie sich zu und horchten dem Klang der Gläser nach. Dabei hielten sie sich an den Händen. Der Vater erzählte von seinen Reisen. Die Mutter hing an seinen Lippen. Die Eltern schickten die Tochter zwar nicht weg, doch sie beachteten sie überhaupt nicht. Es war ihnen vollkommen gleichgültig, ob sie da war oder nicht. Sie durfte zuhören und träumte den Erzählungen des Vaters nach.

Einmal hatte er eine Weltkarte mitgebracht, die er in der Küche aufhängte. Liliane hatte sich in die bunten, eigentümlich geformten Länder verliebt. Besonders die einsam gelegenen und weit entfernten hatten es ihr angetan, wie sie Cord vorschwärmte. Der Vater hatte sie alle gesehen. Wenn sie ihn fragte, berichtete er ihr bereitwillig davon. Er sprach von den undurchdringlichen dunklen Wäldern, von wilden Tieren, exotischen Pflanzen und gastfreundlichen Menschen. Er sprach von der Sonne, die alles in warmes Licht hüllte und die Menschen sanft und gesellig machte. Er sprach von der Kälte und dem Polarlicht. Er sprach von schönen Frauen, die fast nackt herumliefen.

Als Liliane erwachsen war, hatte sie die Mutter einmal gefragt, ob sie denn nie eifersüchtig sei und nie befürchte, dass der Vater etwas mit anderen Frauen habe. Die Mutter antwortete sofort: »Wieso befürchtet? Das weiß ich doch, da gibt es nichts zu befürchten.«

Liliane war perplex. »Und das macht dir nichts aus?«

Wieder antwortete die Mutter, ohne zu zögern: »Überhaupt nicht. Er ist eben ein richtiger Mann.« Liliane konnte nicht glauben, was sie da hörte, und schüttelte stumm den Kopf, bis die Mutter hinzufügte: »Wenn es ihm nur gut geht. Ich möchte, dass es ihm gut geht. Und wenn er hier ist, soll er ganz bei mir sein. Du wirst das später einmal begreifen, Liliane Marlene, glaub mir. Und dann ist es früh genug dafür.«

Es blieb das einzige Mal, dass sie mit ihrer Mutter darüber sprach. Liliane glaubte ihr nicht, die Antworten waren viel zu schnell gekommen, so, als seien sie vorher zurechtgelegt worden. Außerdem hatte sie sie mit ihrem vollständigen Namen angesprochen, Liliane Marlene, was sie sonst so gut wie nie tat. Marlene hieß die Schwester der Mutter, Lilianes geliebte Tante. Auf jeden Fall wollte die Mutter nicht darüber reden, jedenfalls nicht mit ihr. Das hatte Liliane begriffen. Und da die Mutter nicht unglücklich schien, weder in der langen Abwesenheit des Vaters und noch weniger, wenn er da war und von seinen Erlebnissen berichtete, ließ Liliane das Thema ruhen. Allerdings machte sie sich ihre Gedanken über ihre schöne und immer noch sehr jugendlich aussehende Mama.

Auf Lilianes Frage hin, ob Cord das verstünde, hatte er sofort verneint, konnte er sich doch nicht einmal vorstellen, eine andere Frau als Liliane zu berühren. Er erinnerte sie daran, dass sie kürzlich zusammen beim Tanzen gewesen waren. Damenwahl war ausgerufen worden, und eine schöne dunkle Frau hatte ihn sofort zielstrebig aufgefordert. Es sei ihm unangenehm gewesen, obwohl er gleichzeitig registriert habe, wie anziehend die Frau eigentlich war. Liliane hatte Malte, Cords besten Freund, aufgefordert, und die beiden schienen sich beim Tanzen gut zu amüsieren, während Cord nur daran denken konnte, dass er diesen Tanz nicht mit Liliane tanzte. Ein verlorener Tanz, verlorene vier Minuten, wie überhaupt die Zeit ohne sie etwas Verlorenes und

Sinnloses hatte. Aber das sagte er ihr nie. Sie musste es doch wissen. Oder vermisste sie vielleicht klare Antworten auf die Fragen, die ihr wichtig waren? Er fand für seine Gefühle keine Worte. Sie war sehr viel offener zu ihm. Sie liebte ihn, hatte keine Scheu, ihm das immer wieder zu sagen, und auch, dass es für sie keine anderen Männer neben ihm geben würde. Ja, mit ihnen lachen, tanzen, scherzen und auf der Bühne auch Küsse und Umarmungen, wenn es die Rolle erforderte. Aber weiter nichts. Niemals. Er war sich sicher, dass sie ihm bedingungslos treu war.

## MITTEN IM LEBEN

### HAMBURG, AUGUST 1914

Am liebsten mochte Cord es, wenn Liliane ihn zu Hause besuchte und er ihr in seinem Zimmer vorlas. Cord wohnte bei seiner Mutter. Der Vater, ein hoher Beamter der Eisenbahngesellschaft, war bei einem Unfall ums Leben gekommen, als Cord noch ein kleiner Junge gewesen war. Er erinnerte sich daran, dass der Vater cholerisch und unbeherrscht gewesen war und in seiner Gegenwart stets eine angespannte Stille geherrscht hatte. Wegen einer Nichtigkeit konnte der Vater in Wut geraten, zum Beispiel wenn er etwas in der Zeitung las, das ihm nicht gefiel. Nachdem die Wut verraucht war, tat es ihm leid, seine Frau und den kleinen Sohn so angeherrscht zu haben, doch die Worte »Entschuldigung« oder »Verzeih mir« wollten ihm nicht über die Lippen kommen. Stattdessen überhäufte er sie beide mit Geschenken. Cords Zimmer war mit »Wiedergutmachungsgaben« angefüllt, über die sich Mutter und Sohn heimlich lustig machten. Der Vater merkte es nicht oder wollte es nicht merken. Nach seinem Tod verfiel die Mutter in eine lange, tiefe Depression, und Cord hatte das Gefühl, der Einzige zu sein, der sie aufheitern könnte. Bereits als Jugendlicher fühlte er sich für sie verantwortlich.

Wenn es besonders schlimm kam, fuhr er mit ihr nach Stellingen und lud sie zu einem Spaziergang in Hagenbecks Tierpark ein. Diese fremde Welt mit ihren exotischen Tieren hatte etwas Tröstliches, riss die Mutter aus ihrem Alltag. Am stärksten zog es sie zu den Löwen. »Schau, Cord, wie traurig er aussieht, der König der Tiere. Auch die Starken und Mächtigen sind manchmal traurig«, sinnierte sie bei solchen Gelegenheiten vor sich hin.

Cord erkannte die depressiven Phasen meist schon, bevor sie einsetzten. Er sah es in ihren Augen. Die schienen dann gleichzeitig in die Ferne zu schweifen und ins eigene Innere zu blicken. Drei Jahre lang kamen und gingen die depressiven Episoden, dann waren sie vorbei, von einem Tag auf den anderen. Die Mutter wurde aktiv, traf sich wieder mit Freundinnen an der Alster und teilte dem Sohn irgendwann mit, nun könne er doch wohl allein in den Tierpark gehen. Sie müsse ihn nicht mehr begleiten, er sei schließlich fast erwachsen. Seine Mutter begann tatsächlich ein eigenes Leben. Zunächst war Cord verblüfft, dann schnell sehr froh und erleichtert. Denn nun konnte er sich endlich ohne Schuldgefühle seiner großen Leidenschaft zuwenden: der Literatur.

Als er Liliane davon berichtete, reagierte sie für ihn so überraschend, dass er seinen Ohren nicht zu trauen glaubte.

»Du bist ein begnadeter Therapeut, Cord«, lobte sie ihn.

Er vermutete, sie mache sich über ihn lustig, doch sie beteuerte, es sei ihr ernst.

»Deine Mutter hat ihre Rolle wiedergefunden. Sie ist wieder zu derjenigen geworden, die sie einmal war: zu einer Frau, die immer für andere da war, vor allem für ihren einzigen Sohn. Gleichzeitig erkennt sie, dass dieser inzwischen erwachsen geworden ist und ihrer Hilfe – in diesem Fall der Begleitung – nicht mehr bedarf. Sie zieht die Konsequenzen. Grandios.«

So ganz verstand Cord nicht, was ihm Liliane damit sagen wollte, aber das gab er nicht zu. Ihn beschäftigte vielmehr die Frage, woher ihr psychologisches Wissen stammte. Als er sie danach fragte, antwortete sie: »Du hast mir doch von Sigmund Freud und der Psychoanalyse vorgeschwärmt. Deine Begeisterung hat mich angesteckt, und ich hab angefangen, das eine und andere zu lesen.«

Damit hatte Cord überhaupt nicht gerechnet. So war sie, seine Königin, immer für eine Überraschung gut.

Manchmal besuchte er nun allein das Hagenbeck'sche Polarland. Die Eisbären musste er einfach dann und wann wiedersehen. Schon als Kind hatte er sich zu ihnen hingezogen gefühlt. Er konnte es nicht fassen, dass sie bei der Geburt gerade einmal so groß wie ein Meerschweinchen waren und später eine Länge von bis zu drei Metern erreichen konnten. Ein Band über Eisbären war das erste Buch, das er sich in der Hamburger Bücherhalle ausgeliehen hatte. Die Informationen, die ihn besonders verblüfften, hatte er mit Bleistift unterstrichen und am Rand notiert: »Eisbären sind bei der Geburt zwischen 20 und 30 Zentimeter lang und wiegen zwischen 400 und 900 Gramm. Die Mutter wiegt das Dreihundertfache. Eisbärenbabys haben anfangs nur wenige Haare, sind blind und taub und saugen fast ununterbrochen, sodass sie enorm an Gewicht zunehmen. Nach einem Jahr wiegen sie schon über 100 Kilo. Männliche Eisbären können bis zu 500 Kilo schwer werden.«

Als er das Buch zurückgab und der Bibliothekarin von seinen neu gewonnenen Erkenntnissen berichtete, die er für nachfolgende Leser gekennzeichnet hatte, war sie wütend geworden und hatte ihn aufgefordert, das Buch zu ersetzen. So könne sie es nicht zurücknehmen. Auch zu Hause war er nicht auf Verständnis gestoßen, er hatte das neue Buch von seinem Taschengeld bezahlen müssen. Zwar wirkte sich das unerfreuliche Erlebnis nicht negativ auf sein Verhältnis zum Lesen aus, aber von diesem Moment an vermied er es, in Büchern herumzustreichen – sogar in seinen eigenen.

Seit er denken konnte, war Cord ein besessener Leser. Neben Nietzsche waren Rilke und Dehmel seine Götter. Er kannte viele von deren Gedichten auswendig. Diese beiden Poeten verstanden es so meisterhaft, seine innersten Gefühle auszudrücken, dass er nie auf die Idee gekommen wäre, selbst Lyrik verfassen zu wollen. Warum auch? Wenn Rilke in seinem »Schlussstück« die Größe des Todes besang, dem wir Menschen gehören und den wir doch immer wieder vergessen, bis er uns daran erinnert, und mit den Sätzen schloss: »*Wenn wir uns mitten im Leben meinen, / wagt er zu weinen / mitten in uns*« – was war dem noch hinzuzufügen? Oder seinem »Buch der Bilder«? Cord hätte es absurd gefunden, sich nach dieser Lektüre selbst als Dichter zu versuchen. Als er sich in Liliane verliebte, las er fast nur noch Dehmel. Der konnte wie kein anderer seinen Gefühlen Ausdruck verleihen, fand Cord. Wenn er Sätze las wie »Fühlst du nicht den Abend glühen?« oder »Nein, länger duld ich nicht dies blöde Sehnen« oder »Du sollst nicht dulden, dass dein Schmerz dich knechte; du bist so gern vor Freude wild«, wurden die Gefühle, die er in sich trug und die ihn manchmal zu überwältigen drohten, endlich gebändigt. Jedenfalls für eine gewisse Zeit. Doch es dauerte nicht lange, bis sie wieder ausbrachen und ihm erneut zu schaffen machten.

Liliane – wie passte sie in sein Leben, in seine Zukunft, in die neue Welt, die in diesen Tagen heraufzuziehen begann? In den letzten Wochen war in Hamburg viel geschehen. Anfang August war das Gasthaus »Moulin Rouge« umbenannt worden. Der Besitzer hatte im »Hamburger Fremdenblatt« bekannt gegeben: »In Anbetracht der schamlosen Herausforderung Russlands, Frankreichs und Englands, die eines Serbien wegen Deutschland den Krieg erklären, bestimme ich hiermit, dass alle ausländischen Bezeichnungen aus meinem Haus verschwinden, und taufe ich heute mein früheres ›Moulin Rouge‹ mit dem deutschen Namen ›Jungmühle‹.« Es blieb nicht das einzige Gasthaus, das sein Deutschtum mit einem solchen ebenso demonstrativen wie einprägsamen Akt unter Beweis stellte. Aus dem »Café Belvedere« wurde das »Kaffeehaus Vaterland«, und der Besitzer des »Café Boulevard« entschloss sich zu »Kaffee Braun«. Die »Hamburger Nachrichten« triumphierten nach der ersten Kriegswoche, dass der »welsche Namensunfug« endlich weggefegt sei. Doch damit nicht genug: Ab sofort sollten nur noch deutsche Produkte gekauft werden, die ausländischen wurden aus den Regalen verbannt.

Vor Kurzem war Liliane ganz aufgeregt bei ihrem Treffpunkt am Hotel Atlantic angekommen und hatte ihm von den großen Schwierigkeiten berichtet, die es ihrer Mutter auf einmal bereitete, Spezialitäten, die sonst so geschätzt wurden, zu verkaufen: Englische Konfitüre war beinahe von einem Tag auf den anderen verpönt, genauso wie französischer Camembert. Sie blieben in den Regalen liegen. Nur der gute holsteinische Schinken, den die Mutter anbot, wurde weiterhin gern gekauft. Liliane war entsetzt über so viel Engstirnigkeit. Cord nahm sie in den Arm und schlug vor: »Ändert einfach die Etiketten. Marmelade aus der Lüneburger Heide, Weißkäse aus Ostfriesland.«

Liliane musste lachen. »Ach, Cord, das ist doch nicht das Problem.«

Heute waren alle schon da, als Cord den »Goldenen Anker« betrat. Wie immer redete Horst am lautesten. Schon als Cord die schwere Eingangstür mit den Butzenscheiben öffnete, hörte er dessen sonore Stentorstimme, die immer von irgendetwas getrieben zu sein schien und in der eine leichte unterschwellige Aggression mitschwang: »Deutschland darf sich nicht länger unterbuttern lassen.«

Dann die viel leisere, in ihrer schneidenden Überdeutlichkeit jedoch genauso durchdringende Stimme Wilhelms. Er hatte zu einer längeren Rede ausgeholt, in der Cord den Namen des Dichters Richard Dehmel vernahm. Wilhelm dozierte: »Die Russen sind Barbaren. Sie haben keine Kultur und keine ethischen Werte. Aber die Engländer sind um nichts besser. Sie sind reine Händler, dressierte, präzise funktionierende Wesen. Ohne Herz, ohne Gemüt, ohne Gefühl. Sie sind fischblütig und gierig. In Amerika haben sie mit diesen Charaktereigenschaften eine Vormachtstellung erlangen können. Deutschland ist dabei in den Hintergrund gedrängt worden. Das darf Deutschland nicht auf sich sitzen lassen. Auf keinen Fall. Deutschland darf nicht länger Opfer sein.«

Die Freunde würdigten Cord nur eines beiläufigen Blickes, als er sich zu ihnen an den Tisch setzte. Dann fuhr Wilhelm fort: »Richard Dehmel sagt, jeder solle die Chance, sich als Deutscher zu beweisen, die sich jetzt durch den Krieg endlich bietet, wahrnehmen. Er selbst wird sich freiwillig melden.«

»Was, der alte Kerl?«, brüllte Horst. »Der ist doch schon fast fünfzig.«

»Einundfünfzig«, präzisierte Wilhelm und lobte: »Umso bewundernswerter, dass er für unsere gemeinsame Sache eintritt und sein Leben wagt. Er hätte es weiß Gott nicht nötig, bei dem Ansehen, das er genießt.«

Horst blieb skeptisch. »Ob es wirklich einen Sinn hat, dass die Alten sich überall in den Vordergrund drängen? *Wir* gehören dahin. An die Front. Es geht um unsere Zukunft.«

»Nichts anderes sagt Dehmel, und er sagt es nicht nur, er unterstützt uns sogar«, erklärte Wilhelm. »Mich überzeugt dieser existenzielle Einsatz für unsere Kulturnation. Deutschland hat bedeutende Dichter, Komponisten, Maler, Bildhauer hervorgebracht. Das macht unseren Reichtum aus. Wir müssen dafür kämpfen, dass diese Werte erhalten bleiben. Sie sind einzigartig. Deutschland ist eine einzigartige Kulturnation, wie Dehmel sagt, und muss es bleiben. Wir müssen dem asiatischen Kulturschädling, der uns bedroht, trotzen.« Damit hob er sein Bierglas und rief: »Hoch lebe Deutschland!«

Die anderen prosteten ihm zu.

Cord, der noch nichts zu trinken bestellt hatte, sah sich nun gezwungen zu widersprechen: »Ich glaube nicht, dass Dehmel das so gemeint hat. Da müsst ihr etwas missverstanden haben. Ich habe fast all seine Werke gelesen und nirgends so eine Kulturarroganz bei ihm gefunden, wie ihr sie propagiert. Denkt mal an Frankreich. Wilhelm, wie hast du von Paris geschwärmt. Oder denkt an Goethes ›Italienische Reise‹. Ihr könnt doch die kulturelle Bedeutung Frankreichs und Italiens nicht leugnen.«

»Das war einmal, lieber Cord«, warf Hermann ein. »Das ist vorbei, lange vorbei. Es mangelt diesen Nationen an moralischer Reife und sittlicher Reinheit. Sie haben sich selbst überlebt. So etwas kann immer passieren, wenn man nicht aufpasst. Denk an die Griechen und die Römer.«

Hermanns Belehrung machte Cord beinahe wütend, aber er ignorierte ihn, zwang sich zur Ruhe und fuhr mit seinen Ausführungen über Dehmel fort: »Dehmel ist nicht so engstirnig. Er schaut über Deutschlands Grenzen hinaus. Weit hinaus. Kennt ihr nicht sein Gedicht *›Orientalisches Potpourri‹*? Da besingt er die braune Geliebte zwischen Palmen: *›Grau in staubiger Wüste / stand mein dorniges Blattwerk / jahrlang mit durstig schwellendem Fleisch.‹*«

Cords kurze Rezitation leitete ein übermütiges Gejohle über das »stehende dornige Blattwerk« und das »durstig schwellende Fleisch« ein.

»Merkst du denn nicht, dass er sich lustig macht?«, prustete Wilhelm, und Horst ergänzte: »Die Weiber sind doch überall gleich; welche Hautfarbe sie haben, ist doch egal, wenn sonst alles dran ist.«

Das Gelächter schwoll wieder an, bis Hermann plötzlich mit ernster Stimme sagte: »So egal ist das nicht. Wir Männer müssen uns und vor allem die Frauen vor fremden Einflüssen schützen. Wir sind verantwortlich für ihre sittliche Entwicklung. Seht euch um, wie manche von ihnen einherstolzieren. Sie tragen aufreizend geschlitzte Röcke, tanzen leichtfertige Tänze und rauchen Zigaretten. Welsche Sitten haben schon lange bei uns Einzug gehalten. Schon viel zu lange.«

Wilhelm pflichtete ihm bei: »Du hast recht. Wir Männer sind verantwortlich für die Zukunft unseres Landes.« Dann holte er eine Ausgabe der »Hamburger Nachrichten« hervor und las laut: »›*Der Russ ist ein Verbrecher, / Sein Land ein dunkles Loch; / Der Franzmann ist noch frecher. / Aber Senge krieg'n sie doch! / Der Serbe trieft vom Morde, / Ist schmierig wie ein Schwein, / Stolz, neben dieser Horde, / Trollt England hinterdrein!*‹ Das hat ein Vater seinem Sohn im Feld gewidmet. Die ›Hamburger Nachrichten‹ drucken jetzt immer Gedichte ab, die Deutschland unterstützen. Jeder kann sich als Dichter versuchen, das finde ich gut. Hermann hat auch schon eins an die Redaktion gesandt. Hermann, lies es uns doch mal vor.«

Aber Hermann wehrte ab, und Cord konnte nicht an sich halten, er tat sein Entsetzen offen kund: »Das sind jämmerliche …« – er suchte nach passenden Worten – »Schmierenkomödiantenverse. Mit Dichtkunst hat das beim besten Willen nichts zu tun. Wie kannst du das nur in einem Atemzug mit Dehmel nennen, mit einem Genie der Dichtkunst? Ich verstehe dich nicht.«

Statt Wilhelm antwortete nun Hermann: »Weil du arrogant bist. Eingebildet und elitär. Du bist der Letzte, der uns Kulturarroganz vorwerfen kann. Du weißt doch überhaupt nicht, was die Masse der Menschen da draußen bewegt. Du kennst nicht ihre Not. Du hast immer genug Geld gehabt. Du bist immer allein klargekommen. Du kennst die Menschen überhaupt nicht. Du kennst nur deine Bücher. Wir brauchen keine Gedichte und Romane für unser stilles Kämmerlein. Wir brauchen Lieder, die wir gemeinsam singen kön…«

Doch Cord war schon aufgestanden, sein halb volles Glas ließ er stehen, ging kopfschüttelnd zum Tresen, um das Bier zu bezahlen, und hörte noch, wie Hermann ihm nachrief, er solle sich mal die Haare schneiden lassen.

Draußen angekommen, atmete er auf. Die Atmosphäre im Lokal hatte ihm die Luft abgeschnürt. Was war eigentlich los? Was war geschehen? Cord ließ die letzten Wochen Revue passieren. Jeder Tag hatte für eine neue Verwirrung gesorgt, und begonnen hatte es schon Ende Juli: Da war der Abbruch der diplomatischen Beziehungen Österreich-Ungarns zu Serbien bekannt gegeben worden. Die allgemeine Reaktion in der Stadt: Begeisterung. Vor den Zeitungshäusern versammelten sich die aufgeregten Menschen. Sie prügelten sich fast um die druckfrischen Extrablätter. Auch in den kommenden Tagen waren Rathausmarkt und Jungfernstieg ständig voller Menschen – wie sonst nur beim Derby. Die Cafés waren sogar übervoll. Und von allen Seiten ertönte nur ein einziges Gesprächsthema: der Krieg. Er schien von Anfang an unvermeidbar, nicht nur weil die politische Lage ziemlich verfahren war, sondern weil das Ereignis des Kriegs als ein verlockendes und befreiendes erschien. Die Möglichkeit eines friedlichen Kompromisses wurde überhaupt nicht in Erwägung gezogen.

Im »Alsterpavillon« am Jungfernstieg, wo sich die vornehme Hamburger Gesellschaft traf, spielte die Kapelle ununterbrochen. Die Menschen drängten sich um sie herum und sangen patriotische Lieder. Als der »Radetzky-Marsch« erklang, riefen sie: »Gott erhalte Franz den Kaiser!«, und bald mischte sich das Deutschlandlied unter den Marsch: »Deutschland, Deutschland über alles!«

Aus dem Pavillon tönte es vielstimmig: »Es braust ein Ruf wie Donnerhall«. Die Bürger waren von einer Art kollektivem

Rausch erfasst. Da war nichts mehr zu spüren von kühler hanseatischer Zurückhaltung, geschweige denn Vornehmheit. Stattdessen lärmten Ungeduld und Kriegsgeilheit durch die Stadt. Zurückhaltung und Schweigen galten schon als Verrat.

»Wehe dem, der durch Sitzenbleiben Gleichgültigkeit oder gar eine andere Gesinnung an den Tag legen wollte!«, las Cord in den »Hamburger Nachrichten«. Den Besonnenen wollte man die Kriegsbegeisterung beibringen. Man warf ihnen die Fensterscheiben ein – als Warnung. Und nach einer vaterländischen Kundgebung im großen Versammlungssaal von Sagebiel wurden die Kriegsgegner verprügelt. Die Polizei hatte einiges zu tun, um die Protestierer und Mahner zu schützen. Cord war nicht dabei. Kundgebungen dieser Art schätzte er nicht. Er war eher ein Einzelgänger, da hatte Hermann schon recht.

Vor Kurzem hatte er einen weiteren Einzelgänger kennengelernt und sich öfter mit ihm getroffen. Hans war wie er ein Liebhaber der Literatur. Darüber hinaus kannte er sich in den anderen Künsten, der Malerei und der Musik, gut aus. Seiner Meinung nach durften sie nicht voneinander getrennt werden. Hans schätzte die Künstler, die sich in mehreren Sparten zu Hause fühlten, wie Ernst Barlach und Heinrich Vogeler. Gesamtkunstwerk hieß das Konzept, das ihn faszinierte. Schon bei einem ihrer ersten Treffen hatte er Cord schweigend ein Oktavheft in die Hand gedrückt. Auf dem Etikett stand nur der Name »Hans Leip«. Es enthielt Gedichte mit Zeichnungen und sogar Noten zu einzelnen Versen. Die Kunst sei seine wahre Passion, gestand Hans dem neuen Freund, in dem er einen Verbündeten sah. Doch zunächst war der Alltag zu bewältigen, und der bestand für Hans im Unterrichten. Nach erfolgreicher Abschlussprüfung am

Lehrerseminar hatte er eine Stelle als Hilfslehrer angetreten und lehrte nun an der Volksschule Vierländerstraße in acht Fächern: Religion, Anschauung, Erd- und Heimatkunde, Englisch, Zeichnen, Singen und Turnen. Ein ähnliches Schicksal stand Cord auch bevor, der etwas später als Hans die gleiche Prüfung absolviert hatte und nun auf eine Anstellung wartete. Doch was Hans berichtete, war für Cord nicht gerade ermutigend: volle Klassen, gelangweilte Schüler und vor allem ein Lehrplan, den er für uninteressant und nutzlos hielt. Obwohl Hans eine zwiespältige Einstellung zum Krieg hatte, kam ihm die Einberufung unmittelbar nach Kriegsbeginn gerade recht.

Am Nachmittag des 31. Juli 1914 hatte ein Offizier den Infanteriezug des Regiments Hamburg angeführt und auf allen öffentlichen Plätzen die kaiserliche Verordnung über die Verhängung des Kriegszustands verlesen. Um elf Uhr abends waren Extrablätter mit der Nachricht vom deutschen Ultimatum an Russland erschienen. Am 1. August 1914 war um sechs Uhr abends die deutsche Mobilmachung verkündet worden.

Da Cord noch nicht volljährig war, wurde er nicht einberufen. Hans hingegen erhielt einen Stellungsbefehl. Cord bedauerte, dass der Freund, den er erst vor Kurzem kennengelernt hatte, der ihm aber schnell wichtig geworden war, seinen Wehrdienst bei der Preußischen Garde in Berlin leisten musste. Er würde ihm als ebenbürtiger Gesprächspartner fehlen.

Cord sah die Soldaten ausrücken. »Du bist Betrachter und enthältst dich des lauten Urteils«, war eine der Maximen, die er von Hans übernommen hatte und denen er sich verpflichtet fühlte, als er den Soldaten begegnete. Sie trugen graue Felduniformen, wurden von Frauen und Kindern begleitet. Auf und vor dem Bahnhof herrschte Volksfeststimmung.

»Siegreich wollen wir Frankreich schlagen!«, tönte es aus dem Menschengetümmel.

In den Gewehrläufen der Soldaten steckten Blumen.

# DU BIST EBEN EINE FRAU

## HAMBURG, AUGUST 1914

*Unsere beiden Schatten sah'n wie einer aus*

Wo blieb er denn nur? Liliane wurde langsam ungeduldig, denn von Cord war weit und breit keine Spur zu entdecken. Dabei war er es gewesen, der auf diesem Treffen bestanden hatte. Für sie war es eher ungünstig, weil sie ihrer Mutter versprochen hatte, bei der Buchführung zu helfen, doch Cord drängte in dem kleinen Brief, den er im Laden für sie abgegeben hatte, so sehr, dass sie die Mutter auf den nächsten Tag vertröstet hatte. Er müsse sie heute Abend unbedingt treffen, auch wenn es nur kurz sein könne, schrieb er. Diesmal hatte er kein Gedicht beigefügt, was er sonst immer tat. Darüber wunderte sie sich zunächst, schrieb es aber dann seiner Eile und seiner Aufregung zu.

»Ich muss dir etwas Wichtiges mitteilen, was unser beider zukünftiges Leben betrifft«, stand in dem Brief und weiter, dass es keinen Aufschub dulde. Es hörte sich zwar dramatisch an, aber Liliane war nicht beunruhigt. Cord neigte manchmal zu großen und geheimnisvollen Äußerungen, vor allem wenn er gerade »seine«

Dichter gelesen hatte. Nach der Rilke-Lektüre plagten ihn jedes Mal existenzielle Fragen, die in das Lob und die Anbetung der Schöpfung mündeten. Nach der Dehmel-Lektüre waren es die Liebe und die Leidenschaft, die ihn besonders erfüllten. Dann betete er Liliane und in ihr die Frau an sich noch verzückter an. Obwohl sie den Zusammenhang zwischen seiner Lektüre und seinem Verhalten ihr gegenüber durchschaute, genoss sie seine Komplimente. Und jetzt war sie neugierig darauf, was er ihr mitteilen wollte. Doch er kam nicht. Sie bewegte sich ein paar Schritte aus dem Lichtschein der Laterne heraus und suchte Schutz im Dunkeln.

Die erstaunliche Wirkung des Laternenlichts hatten sie erst vor Kurzem in Paris entdeckt. Es konnte sogar noch schmeichelnder als Kerzenlicht sein, hatte Cord bemerkt, der es liebte, Liliane bei Kerzenschein zu betrachten. Ihre Haut schimmere dann wie zarte Blütenblätter, schwärmte er. Wenig später hatten sie in Hamburg fast die gleichen Laternen wie in Paris gefunden, und zwar beim Hotel Atlantic, nicht sehr weit entfernt vom Laden der Mutter. Wie außergewöhnlich sanft und weich das Licht war, das diese Jugendstillaternen spendeten, war ihnen vorher gar nicht aufgefallen. Sie hatten erst nach Paris reisen müssen, um Hamburg mit neuen Augen wahrzunehmen. Liliane lächelte verträumt vor sich hin, als sie jetzt daran dachte, aber gleichzeitig wurde ihr ein wenig bang ums Herz.

Ach, Paris, wann würden sie wieder dorthin reisen können? Die Steine, die diesem Unternehmen beim ersten Mal im Weg gelegen hatten, waren endlich ausgeräumt: Die Mutter würde sich nicht wieder dagegenstellen, nachdem sie nun erlebt hatte, dass die erste Reise im Frühjahr ohne Komplikationen und negative Folgen verlaufen war. Außerdem kannte sie den Freund ihrer

Tochter nun schon eine Weile und mochte ihn. Dieses Mal wären auch die finanziellen Aufwendungen kein Problem, denn Liliane hatte mit den Auftritten in der jämmerlichen Revue, in der ihre Rolle nur darin bestanden hatte, zu lächeln und im richtigen Moment das Glöckchen zu läuten, so viel Geld verdient, dass sie nicht nur problemlos die Bahnbilletts bezahlen konnte, sondern wahrscheinlich sogar ein Hotelzimmer. Vielleicht würde sie sich auch wieder das wunderbare Parfum kaufen können. Sie atmete tief durch und meinte, den einzigartigen Duft von Blumen und Vanille riechen zu können.

Ach, endlich dieses verrückt gewordene Hamburg mit seinem Kriegsgeschrei hinter sich lassen! »Siegreich wollen wir Frankreich schlagen!«, hatten sie gerufen. Frankreich der Feind – wie absurd! Aber bestimmt würde die Kriegsbegeisterung nicht lange dauern.

Wo blieb nur Cord? Allmählich sorgte sie sich um ihn – nicht nur, weil er sich verspätete. Eine ungute Vorahnung begann ihr die Luft abzuschnüren. Wo war er nur? Endlich sah sie ihn die Straße entlang auf sich zu kommen. Ihr fiel auf, dass er heute besonders aufrecht ging. Ganz ungewohnt, so als würde er von einem unsichtbaren Faden in die Höhe gezogen. Als er näher kam, entdeckte sie, dass er seine Haare geschnitten hatte. Für einen Moment war sie enttäuscht, entschloss sich jedoch, dieses Gefühl für sich zu behalten. Sie wollte ihn nicht beeinflussen, hatte ohnehin gefürchtet, er habe sich das Haar nur ihretwegen wachsen lassen. Schade drum, aber wirklich wichtig war es nicht.

Zur Begrüßung gab es nur einen flüchtigen Kuss. Er schaute sie überhaupt nicht richtig an, sondern druckste herum, ging kurz aus dem Laternenschein, nahm seine übliche Haltung mit dem gesenkten Kopf ein, reckte ihn plötzlich wieder in die Höhe und stellte sich vor ihr auf. Er schwieg, bis Liliane fragte: »Was ist los?«

Nach längerem Zögern antwortete er nur: »Der Krieg.«

Das war's also. Liliane fühlte sich erleichtert und stellte mit einem Seufzen fest: »Ja, er macht uns alle ganz närrisch.«

»Das meine ich nicht«, widersprach Cord mit tonloser Stimme.

»Er wird bald vorbei sein, Cord. Alle sagen das. Wir müssen nur Geduld haben und zusammenhalten.« Sie nahm seinen Arm und streichelte ihn. Dann hakte sie sich bei ihm ein, aber er machte sich mit einer heftigen Bewegung los.

»Das reicht nicht!«

Nun wurde Liliane unruhig. »Was meinst du damit?«

»Man muss Stellung beziehen.«

»Stellung?«

»Zu dem, wofür man steht und kämpft und eintritt.«

»Wovon redest du eigentlich, Cord?«

»Ich kann mich nicht länger raushalten.«

»Ich verstehe nicht, was du meinst.« Liliane glaubte, nicht richtig gehört zu haben.

»Liliane, manchmal kommt der Augenblick, in dem man sich bekennen muss, auch dann, wenn man es eigentlich gar nicht will und viel mehr Zeit für sich und seine Entscheidungen bräuchte. Weißt du, ich würde auch lieber mit dir zusammen sein, ins Theater gehen, Bücher lesen, aber die Welt fragt nicht nach unserem kleinen Glück. Unser Land ist in großer Gefahr. Wir müssen es verteidigen. Ich muss dabei helfen. Ich habe mich freiwillig gemeldet.«

»Cord, dieser Krieg ist ein Wahnsinn. Wir dürfen da nicht mitmachen!«

»Aber er ist nun einmal ausgebrochen.«

»Ausgebrochen? Menschen haben angefangen, auf andere zu schießen, *das* ist der Krieg. Er bricht nicht einfach von selbst aus. Du tust ja so, als sei er eine Naturkatastrophe.«

»Richtig, Liliane, er hat etwas davon. Dehmel hat geschrieben …«

Liliane verdrehte die Augen und rief: »Hör auf, mir zu erzählen, was andere dazu gesagt haben! Ich will wissen, was du denkst!«

»Ich denke, dass ich die Pflicht habe, mein Vaterland, also auch dein Vaterland, zu verteidigen.«

»Wogegen? Gegen die Franzosen? Vor einem halben Jahr hast du dich bei ihnen noch sehr wohlgefühlt.«

»Ach, Liliane, du verstehst überhaupt nichts.«

»Ich glaube eher, du hast überhaupt nichts begriffen. Gehörst du jetzt auch zu denen, die einen Kapellmeister zusammenschlagen, weil er französische Stücke spielen will? Oder zu denen, die französische Waren boykottieren und laut zu ihrem Boykott aufrufen. Wir können ein Lied davon singen, meine Mutter und ich. ›Camembert sollten Sie nicht mehr anbieten in Ihrem Geschäft, mein Fräulein‹, sagte kürzlich ein Kunde zu mir.«

»Das ist doch nicht wichtig. Mein Gott, Liliane, es geht um die Zukunft Deutschlands, da ist doch die Käsesorte egal.«

»Nein, ist sie nicht.«

Stille trat ein, beide schwiegen. Sie standen sich gegenüber, das Licht der Laterne beleuchtete ihre Gesichter wie ein Scheinwerfer. Beide waren höchst erregt.

Cord machte einen Anfang: »Liliane, du bist eben eine Frau. Du denkst an uns, an unsere Beziehung, und das ist wunderbar, aber in diesen Tagen ist das Große gefordert, das Ganze, in dem wir beide nur ein winziger und – ja, entschuldige, aber so ist es nun einmal – ein unwichtiger Teil sind. Das ist eine Frage der Verantwortung, Liliane. Wir, also, das deutsche Volk kann sich nicht raushalten, wenn es um die Menschheit geht. Oder zumindest um Europa. Wir Deutschen sind im Moment einfach die Einzigen, die zur geistigen Führung der Menschen des europäischen Völkerbunds fähig sind.«

Liliane kam sich vor wie im falschen Stück, einem, in dem sie gar nicht mitspielen sollte – der Albtraum eines jeden Schauspielers. Sie hatte die Bühne nur durch ein Versehen betreten, wusste überhaupt nicht, um was es ging. Im Gegensatz zu ihr beherrschte ihr Partner seine Rolle, hatte den Text auswendig gelernt.

Nur war das hier viel schlimmer. Dies war keine Bühnenfantasie, sondern bittere Realität. Unfassbar. Was war nur mit Cord geschehen? Und wann und warum? Angestrengt versuchte sie sich zu erinnern, wann sie sich zuletzt getroffen und worüber sie gesprochen hatten. Ob schon irgendetwas auf seine ihr völlig fremde Geisteshaltung hingedeutet hatte. Erst vorgestern hatte er ihr in seinem Zimmer vorgelesen. Sie liebte es so, sein Zimmer, seine Papierhöhle. Wenn er nicht da war, schien es eine Rumpelkammer zu sein, wenn er darin saß, ein Ort verborgener und verzauberter Schätze. Nur er konnte sie zum Leben erwecken, konnte sie funkeln lassen. So etwas hatte sie vorher nie erlebt. Bei ihr zu Hause musste alles aufgeräumt sein. Immer. Für den Fall, dass der Vater überraschend käme. Obwohl er nie überraschend und ohnehin nur selten kam.

Cord war immer für sie da, seit sie sich kannten. Sie liebte seine träumerische Art, seine Zärtlichkeit, seine Fantasie. Er dachte sich immer wieder Neues aus, um sie zu überraschen. Und wenn er ihr vorlas, gab es nur sie und ihn auf der Welt.

Aber jetzt, hier unter der Laterne, fühlte sich Liliane zum ersten Mal in seiner Gegenwart allein. Hatte er ihr wirklich eben gesagt, dass er mitmachen wollte? In den Krieg ziehen? Sie verlassen? Cord und Liliane – das war doch gar nicht auseinanderzudenken. Seine Briefe. Über Wochen hinweg jeden Tag mindestens einer. Der Mutter war es zu viel gewesen. Sie hatte Angst um ihre Tochter gehabt, die noch so jung war. Was, wenn sie schwanger würde? Was, wenn er sie mit einem Kind sitzen ließe? Am Anfang hatte die Mutter seine Briefe verschwinden lassen. Doch es hatte nichts genützt. Sie fühlten sich einfach zu sehr zueinander hingezogen. Zwei Magneten, deren Zusammenprall durch nichts und niemand aufgehalten werden konnte.

»Willst du auf mich warten, Liliane?«, fragte Cord plötzlich mit sehr ernster Stimme.

»Wie lange warten?«

»Bis wir gesiegt haben.«

»Siegen – was heißt denn für dich siegen? Du kannst mir doch nicht weismachen, dass du wirklich gegen die Franzosen bist. Hast du Paris schon vergessen? Als ich vorhin auf dich wartete, hab ich die ganze Zeit daran gedacht.«

»Es wird nicht lange dauern«, beruhigte er sie.

»Aber du wirst ein anderer sein, wenn du zurückkommst.« Plötzlich klang ihre Stimme bitter. »Und dann hast du keinen Feind mehr. Dann musst du ihn dir wieder suchen. Er wird dir nämlich fehlen. Was denkst du, was der Krieg aus dir macht? Diese kranke Männerbündelei. Du redest ja jetzt schon ganz anders als vorher. Wahrscheinlich hat dein neuer Freund Hans damit zu tun.«

»Ich wusste, dass du das sagen würdest. Nur weil ich ab und zu gern mit meinen Freunden und vor allem mit Hans zusammen bin, wirfst du mir Männerbündelei vor. Weil du eifersüchtig bist auf meine Freunde!«

Ein Vorwurf, der Liliane bis ins Mark erschütterte, weil er so gar nichts mit ihr zu tun hatte. Er war einfach unpassend und ungerecht. Kannte er sie so wenig?

Anscheinend ja, denn er fuhr fort: »Du willst mich für dich allein haben. Aber du täuschst dich, es sind nicht nur die Männer. Komm doch mal mit zum Rathausmarkt, wenn die Extrablätter mit den Siegesmeldungen verteilt werden. Da siehst du mehr Frauen und Kinder als Männer, die Deutschland, den Kaiser und das Heer hochleben lassen. Von den Kirchtürmen schallen triumphierend die Glocken. Auf den Spielplätzen spielen die Kinder Krieg. In den Schulen sind die Schlachten des Vormarschs nach Westen Unterrichtsthema. Sie verfolgen den Kriegsverlauf auf Landkarten und setzen Fähnchen.« Weil Liliane schwieg, setzte er nach: »Und es gibt mittlerweile auch viele Frauen, die ihren Beitrag leisten wollen.«

Das darauf folgende Schweigen hatte etwas Kaltes und Endzeitliches. Es schien endlos zu dauern. Liliane schaute über die dunkle Alster. Dann wandte sie sich wieder an Cord: »Gut, Cord Hanke, verteidige dein Land, mach mit in diesem Krieg, aber sag nicht, dass du es für uns oder für mich tust. Du tust es nur für dich selbst. Wie deine Kumpane. Ich werde nicht warten, bis ihr alles kaputt gemacht habe. Nein, Cord, ich warte nicht auf dich.«

Mit diesen Worten ging sie davon, ohne ihn noch einmal anzuschauen, den Kopf hoch erhoben, mit schnellem, entschiedenem Schritt. »Eine Königin« – so hatte Cord sie oft genannt. Was sollte sie bloß tun?

Erst als Liliane außer Cords Sichtweite war, fiel ihre Haltung in sich zusammen. Sie weinte hemmungslos, alles Leid der Welt schien in ihren Tränen zu verschwimmen. Dabei stieg Hass in ihr auf, ein Gefühl, das sie bisher nicht gekannt hatte, bildete Wörter und Sätze in ihrem Kopf, schließlich eine ganze Wutrede, die sich gegen Männer und ihre zerstörerischen Visionen richtete: »Wohin wollt ihr denn noch, ihr geistigen Führer der Menschheit? Die Welt erobern, ihr euren Stempel aufdrücken, eure Flagge aufstellen. Jetzt flattert die norwegische am Südpol. Endlich von Menschenfuß betreten. Ist es so wichtig, dass das ein norwegischer war? Amundsen hat gewonnen. Scott ist zu Tode gekommen. Wettläufe um den Sieg. Wie dumm und rücksichtslos. Wahrscheinlich würdet ihr am liebsten zum Mond fliegen, ohne jemals seine Botschaften, die Gezeiten, die unser irdisches Leben bestimmen, begriffen zu haben. Eure unsinkbaren Schiffe sind untergegangen, die ›Titanic‹ ist am erstbesten Eisberg zerschellt. Blind und überheblich in die Katastrophe geschliddert. Tanzend und plaudernd ins Eiswasser gestürzt. Die Natur lässt sich nicht so einfach herausfordern, sie wehrt sich. Genau wie die Tiere: Der ›Gebieter der Dschungelkatzen‹, der übermütige Dompteur im Circus Carl Hagenbeck, ist vor den Augen des Publikums in der Manege zerrissen worden. Was hatte er denn geglaubt? Dass er den jahrtausendealten Instinkt mit seinen Kapriolen ausschalten könnte. Immer dieselben Fragen: Wer ist der Stärkere? Der Schnellere? Der Mächtigere? Immer am Wichtigsten vorbei. Immer bereit, die Liebe zu opfern. Cord, du bist wie Balduin in dem Film, den wir zusammen gesehen haben: Verkaufst dein Spiegelbild und denkst nicht an die Folgen. Erkennst nicht, dass dein Geschäftspartner der Teufel ist. Solche Geschäfte kann man nicht rückgängig machen. Du wirst es erleben, aber ich will nicht dabei sein.«

Mittlerweile war sie im Laden ihrer Mutter angelangt und so erschöpft, dass sie beschloss, kurz auszuruhen. Sie ließ sich auf den Hocker hinter dem Tresen fallen und blickte ins Leere. Neben ihr lag ein Zeitungsstapel. Die Mutter hatte die »Hamburger Nachrichten« der letzten Wochen bereitgelegt, um sie als Einwickelpapier zu verwenden. Liliane nahm die oberste Zeitung und las: *»An Deutschlands Frauen! / Ihr Mädchen und Frauen im deutschen Land, / Steht auf, macht mobil gegen fränkischen Tand! / Werft von Euch die welschen Sitten, / Darunter so lang wir schon litten!«* Als sie bei der Zeile *»Drum fort mit des Tangos leichtfertigem Schritt, / kehrt wieder zum deutschen Tanze zurück«* angelangt war, konnte sie nicht mehr an sich halten. Sie knüllte die Zeitung zusammen, warf sie heftig gegen den Tresen und traf ein Marmeladenglas, das hinunterstürzte und mit lautem Knall aufschlug. Liliane erschrak. Der Boden färbte sich rot.

# DIE MUNI BRENNT

## HAMBURG, FEBRUAR 1917

*und sollte mir ein Leid gescheh'n*

Es dauerte eine Weile, bis Liliane realisierte, dass heftig an die Wohnungstür geklopft wurde. Es war neun Uhr morgens, und sie saß noch im Nachthemd am Frühstückstisch, ausnahmsweise hatte sie länger geschlafen als sonst und fühlte sich benommen, fast wie im Traum. Die Mutter hatte das Radio wie immer so laut eingestellt, dass es alles andere übertönte. Oft lief es den ganzen Tag, auch wenn die Mutter gar nicht im Raum war. Als Liliane sie einmal darauf aufmerksam gemacht hatte, hatte sie geantwortet, dadurch fühle sie sich weniger allein. Das Klopfen wurde stärker, doch erst als Liliane Friedas Stimme erkannte, rannte sie zur Tür und stieß beinahe mit der Mutter zusammen, die aufgeregt die Kellertreppe heraufgelaufen kam.

Als sie die Tür öffnete, stürzte ihr Frieda weinend entgegen. Liliane fing die Freundin auf. »Was ist los, Frieda?«

»Meine Mama!«, war das Einzige, was Frieda herausbrachte.

»Was ist los?«, wiederholte Liliane bestürzt. »Warum weinst

du? Ich hab dir doch gestern Nachmittag gesagt, dass ich mich nicht wohlfühle und heute nicht zur Arbeit gehe. Aber es ist nichts Schlimmes. Und du bist ja, wie ich sehe, auch nicht gegangen.«

In diesem Moment kam der Postbote vorbei, schaute ins Treppenhaus zu ihnen herauf und rief aufgeregt: »Ich hab's gewusst, dass es einmal passieren würde!« Als er Liliane sah, atmete er erleichtert auf: »Gott sei Dank, du bist zu Haus.« Dann begann er zu lachen, zunächst erleichtert, bis er gar nicht mehr aufhören konnte. Ein Lachkrampf hatte ihn überfallen. Die drei Frauen sahen sich an, Frieda mit noch immer tränennassen Wangen. Was war los mit ihm? So hatten sie den zurückhaltenden, schweigsamen Mann noch nie erlebt. Was, um alles in der Welt, war geschehen?

»Die Pulverfabrik ist explodiert. Die Muni brennt!«

Es war einer dieser Momente, in denen so viele verschiedene Gefühle aufeinanderprallen und sich sofort ineinander verknoten, dass man sie nur mit Mühe entflechten kann: Erschrecken, Angst, Verwirrung – und plötzlich Erleichterung.

»Frieda, wir haben ein solches Glück gehabt. Gut, dass du auch nicht zur Muni gefahren bist. Mir wird schlecht. Nicht auszudenken, wenn du allein dort …« Liliane umarmte die unaufhörlich weinende Freundin.

Nun begann der sonst so wortkarge Postbote ausführlich zu erzählen. Er wusste schon mehr über den Hergang des Unglücks, weil ihm ein befreundeter Kollege aus Quickborn am Telefon des Postamts davon berichtet hatte. Der Freund sei noch im Bett gewesen – es war gegen sieben Uhr –, als es eine furchtbare Erschütterung gegeben habe. Wie ein Erdbeben. Fenster und Türen schienen aus der Wand springen zu wollen. Es knackte und knisterte überall – man habe nicht gewusst, wo man sich festhalten solle. Und dann Stille. Beunruhigende Stille, die das nächste Ereignis einzuleiten schien. Er habe sich rasch Hemd und Hose übergestreift, Schuhe angezogen und sei nach draußen gestürmt.

Auf der Straße seien Hunderte Verletzte unterwegs gewesen, fast nur Frauen und Mädchen, manche allein, manche in Gruppen, ziellos. Einige schrien um Hilfe, andere waren verstummt. Der Bahnhof im benachbarten Ellerau war überfüllt mit Verwundeten. Da erfolgte schon die zweite Explosion, die wiederum die Zimmerwände wackeln ließ. Er habe sein Rad genommen und sei auf den Mühlenberg gefahren, einen Hügel nördlich von Quickborn. Von dort aus habe er die Pulverfabrik in Flammen stehen sehen. Am Himmel zuckten grellweiße Blitze.

Schon vor dem Krieg hatte es in der Umgebung vieler großer Städte Pulver- und Sprengstofffabriken gegeben, so auch in Quickborn. Auf den Schlachtfeldern gingen täglich unzählige Granaten nieder, aus Tausenden Geschützen wurde gefeuert. Munition konnte es also nie genug geben. Es herrschte fast immer Mangel. Nachschub war dringend erforderlich. Und so wurden immer mehr Munitionsfabriken gebaut, teilweise in aller Eile und provisorisch – in unmittelbarer Umgebung der Städte und vor allem verkehrstechnisch gut erreichbar. Welche Bedrohung diese Produktionsstätten für Explosivstoffe bedeuteten, war allgemein bekannt. Nicht nur an der Front ging von Sprengstoff eine tödliche Gefahr aus. Bereits das Hantieren mit den verschiedenen Chemikalien bei der Füllung von Granaten und Minen war mit erheblichen Risiken verbunden.

Zeitweise arbeiteten mehrere Tausend Menschen in den Fabriken, überwiegend Frauen, dazu ein paar wehruntaugliche

Männer. Die meisten Arbeiterinnen waren noch sehr jung: zwischen 16 und 25 Jahre alt.

Nach Friedas Frankreich-Aufenthalt und ihrer Rückkehr nach Hamburg hatte sie Liliane dazu überredet, mit ihr eine Zeit lang in der Muni, wie die Quickborner Munitionsfabrik genannt wurde, zu arbeiten – eine Möglichkeit, in kurzer Zeit relativ viel Geld zu verdienen. Im Augenblick die einzige, denn an Lilianes großen Traum – eine Karriere als Sängerin und Schauspielerin – war in diesen Zeiten überhaupt nicht zu denken.

Aber er musste ja irgendwann einmal aus sein, der Krieg. Dann würden sie auch wieder in das geliebte Paris reisen. Dafür brauchten sie Geld. Frieda war wie immer zuversichtlich. Doch sie konnte sich nicht wie früher darauf verlassen, dass ihr die Mutter die Reise finanzierte. Zwar ging es dieser in ihrem prächtigen Haus in Blankenese vergleichsweise gut, aber man wusste nicht, wie lange noch.

So unrealistisch konkrete Pläne für die Zukunft sein mochten, waren sie doch notwendig, um sich den Lebensmut zu erhalten.

Liliane hatte Träume, Frieda hatte Pläne. So ergänzten sie sich. Während Liliane sogar beim Träumen ihren Realitätssinn nicht verlor und immer genau wusste, was möglich und was unmöglich war, hielt sich Frieda mit Unterscheidungen dieser Art erst gar nicht auf. Wenn sie eine Idee hatte, die ihr gefiel, setzte sie diese so rasch wie möglich um. So hatte sie es immer gemacht. Um Französisch zu lernen, gab es ihrer Ansicht nach keinen geeigneteren Ort als Paris. Also hatte sie beschlossen, dort eine Stelle als Au-pair-Mädchen anzunehmen. Monsieur Larouche, der in Hamburg ein feines französisches Restaurant betrieb, das ihre Mutter sehr liebte, war ihr bei der Suche behilflich gewesen. Seine Schwester lebte in Paris, hörte sich um, und im Nu war die Sache perfekt gewesen.

Friedas Mutter unterstützte ihre Tochter in allem, was sie vorhatte. Sie wusste, dass Frieda Hindernisse sowieso nicht akzeptierte. Ebenso schnell, wie sie einen Plan in die Tat umsetzte, konnte sie ihn auch wieder verwerfen – ohne Bedauern oder gar Reue zu verspüren. Unbekümmert entschied sie, wann das laufende Spiel aus war und ein neues begann. Nach einem halben Jahr Paris war es so weit gewesen. Sie hatte genug gehabt. Auch von Jacques. Also war sie zurück nach Hamburg gegangen, früher als vereinbart und zur Überraschung ihrer Pariser Gastfamilie, die sich auf ihre Unterstützung verlassen hatte. Vorwürfe hatte sie nicht von ihrer Mutter zu hören bekommen, sondern von Monsieur Larouche, der sich für sie eingesetzt hatte.

Eine Freundin ihrer Mutter war Mitglied im »Vaterländischen Frauenverein«, in dem die Damen der besseren Gesellschaft sich zusammengeschlossen hatten, um sich für die Belange der Frauen einzusetzen. Die Rekrutierung von Frauen und Mädchen für die Kriegsindustrie bezeichneten sie als Fortschritt auf dem Weg zur Selbstständigkeit. Liliane durchschaute diese Propaganda sofort: »Die nehmen uns doch nur, weil keine Männer da sind.«

Frieda hingegen war das egal. »Wir müssen das ja nicht lange machen. Nur, bis wir genügend Geld zusammenhaben.«

Auch diese Arbeit betrachtete Frieda als Spiel, das man jederzeit beenden konnte. »Wenn wir wollen, können wir jederzeit aufhören. Meine Mutter regelt das für uns.«

Und so ließ Liliane sich überreden. Als Frieda jedoch vorschlug, im Wohnheim auf dem Fabrikgelände gemeinsam ein Zimmer zu beziehen, um nicht jeden Tag die Fahrt mit dem überfüllten Zug auf sich zu nehmen, lehnte sie ab. Das war eindeutig zu viel für sie. Frieda schmollte. »Du sperrst dich gegen neue Erfahrungen«, warf sie ihr vor.

Erst als Frieda erfuhr, dass ihr für eine Abstellkammer, die nicht einmal beheizt werden konnte, drei Mark als Miete von ihrem wöchentlichen Lohn von 18 Mark abgezogen werden sollten, ließ auch sie den Plan fallen.

Nachdem sie sich beim Betriebsleiter vorgestellt hatten und dem Meister übergeben worden waren, wies man ihnen in der Halle zunächst zwei Plätze nebeneinander zu. Liliane fügte sich ins Unvermeidliche und arbeitete konzentriert vor sich hin. Ihre Aufgabe bestand darin, Sprengstoffe in Granaten und Schwarzpulver in Patronen zu füllen. Genauere Informationen enthielt man ihnen vor – bewusst, wie Liliane kritisierte. Auf Verpackungen hatte sie die Bezeichnung TNT entdeckt. Als sie den Meister nach der Wirkungsweise fragte, wich er mit den Worten »Das ist für Laien schwer verständlich« aus und fügte hinzu: »Manchmal ist es besser, über eine Sache nicht zu viel zu wissen. Ich habe euch genau erklärt, was zu tun ist. Mehr braucht ihr nicht zu wissen.«

Immer wenn Liliane zur Seite schaute, um Frieda einen Blick zuzuwerfen, nahm diese das sofort zum Anlass für einen Wortwechsel. Obwohl Liliane fürchtete, dass das nicht lange gut gehen würde, ging sie bereitwillig darauf ein, und so ergab ein Wort das andere. Der Meister hielt sich auffällig oft in ihrer Nähe auf. Als die beiden Freundinnen wieder einmal die Köpfe zusammensteckten, fuhr er rüde dazwischen und trennte sie. Er warf ihnen vor, die Gefährlichkeit ihrer Tätigkeit für sie und andere nicht erkannt zu haben. Man müsse sehr genau arbeiten, aufpassen, dass sich die kleinen Schwarzpulverkugeln nicht beim Pressen im Stahlmantel des Geschosses verklemmten. Es könne zu schweren Verletzungen und Vergiftungen führen. Er sei dafür verantwortlich, dass niemand zu Schaden komme. Als Liliane ihn an ihre Frage bezüglich TNT erinnerte, herrschte er sie wütend an, er wisse besser, wann Erklärungen angebracht seien.

Sicherheits- und Gesundheitsvorschriften gab es keine. Die Frauen- und Jugendschutzgesetze waren vorsorglich schon zu Kriegsbeginn außer Kraft gesetzt worden. Eine Schicht dauerte normalerweise zwölfeinhalb Stunden und enthielt nur eine viertelstündige Frühstücks- und eine ebenso kurze Mittagspause. Die meisten Frauen klagten einander zwar täglich ihr Leid, trauten sich jedoch nicht, von ihrem Arbeitgeber humanere Arbeitsbedingungen zu fordern und nach Schutzausrüstung zu fragen.

Nach dem Eingreifen des Meisters wurden die Freundinnen in eine andere Abteilung versetzt, wo sie an weit voneinander getrennten Arbeitsplätzen Pikrinsäure, einen ebenso hochexplosiven wie giftigen Sprengstoff, in Granaten füllen mussten. Die Pikrinsäure roch scharf und durchdringend. Wenn etwas davon auf die Haut tropfte, brannte es sich sofort fest, es war unmöglich, es abzuwaschen, sodass die Haut sich entzündete und schmerzte. Frieda verlangte Handschuhe – vergeblich, sie erhielt die Antwort, sie müsse sie sich selbst besorgen.

Nach einer Woche dort kam Frieda auf einmal laut schreiend zu Liliane gelaufen, was strengstens verboten war. Der eigene Platz durfte nicht verlassen werden. Aber Frieda nahm darauf keine Rücksicht. Kein Wunder! Im Waschraum hatte sie in der Spiegelscherbe an der Wand über dem völlig verdreckten Waschbecken gesehen, dass ihr Gesicht eine gelbliche Farbe angenommen hatte.

»Liliane, ich bin ganz gelb. Glaubst du, ich habe mich vergiftet? Schau mal, wie hässlich ich aussehe!«

Liliane erschrak. Frieda neigte zwar zu Übertreibung, aber diesmal hatte sie recht. Liliane versuchte, sie zu beruhigen: »Das kommt von deinen Händen.« Sie strich der Freundin über die Wange und zeigte ihr ihren gelben Zeigefinger. »Schau, es lässt sich entfernen. Du hast dir die gelbe Farbe von deinen Händen ins Gesicht gewischt.«

Lilianes Hände waren zwar von der Verfärbung verschont geblieben, dafür hatte ihr Haar einen Grünschleier bekommen. Als die beiden Frauen den Meister darauf aufmerksam machten und die Versetzung an eine andere Stelle verlangten, verwies er sie auf die Dreherei. Frieda machte sich sofort auf den Weg. Doch kurz bevor sie die Halle betrat, bekam sie mit, dass einer Frau bei der Herstellung von Granaten soeben heiße Späne in die Augen geflogen waren. Das ließ Frieda auf dem Absatz kehrtmachen: dann schon lieber der Gestank und die Hautverfärbung.

Liliane zog ein zynisches Fazit: »Die Frauen riskieren ihr Leben, um Munition herzustellen – hier in Deutschland genau wie in allen anderen Ländern –, und die Männer töten sich gegenseitig damit. Was für ein Irrsinn! So habe ich mir mein Leben nicht vorgestellt.«

Während sie ihre monotone Arbeit verrichtete, stritt sie in Gedanken fast immer mit Cord. Sein Verhalten war und blieb ihr unverständlich. Wie hatte er sich nur so verändern können? Innerhalb kürzester Zeit. Sich freiwillig an die Front zu melden – eine Aktion, die allem widersprach, was sie mit ihm erlebt und besprochen hatte. Das letzte Treffen, zu dem er sie in einem Brief gedrängt hatte, war unauslöschlich in ihr Gedächtnis eingebrannt: Mit der Ankündigung »Ich muss dir etwas Wichtiges mitteilen, was unser beider zukünftiges Leben betrifft« begann der Brief. Das hatte zwar Lilianes Neugier geweckt, aber ihr keinesfalls Sorgen bereitet. Cord hatte manchmal einen Hang zum Dramatischen, wie er sogar selbst ironisch diagnostizierte, vor allem wenn er aus seiner Bücherwelt auftauchte, nachdem er dort länger verweilt hatte. Doch das war diesmal nicht der Fall.

Das Erste, was ihr neben seinem kurz geschnittenen Haar ungewöhnlich vorgekommen war, war seine Verspätung. Sie hatte ihn nicht darauf ansprechen können, denn er hatte sofort zu reden begonnen: »Für mich ist der Augenblick gekommen, an dem ich mich zu meinem Vaterland bekennen muss, das in großer Gefahr ist. Es ist meine Pflicht, es zu schützen und zu verteidigen. Ich kann mich nicht länger raushalten, wenn es um die Zukunft der Menschheit geht.« Liliane hatte es kurz die Sprache verschlagen. Dann war es zu einer heftigen Auseinandersetzung gekommen. Und nun arbeitete sie in einer Fabrik, die mit ihrer Produktion den Krieg erst ermöglichte. Frauen halfen mit, eine wesentliche Voraussetzung dafür zu schaffen. Doch Liliane hatte endgültig genug. Diesmal würde sie Frieda zuvorkommen und sofort kündigen. Das hatte sie sich bereits am Vortag überlegt, als sie sich nicht wohlgefühlt und krankgemeldet hatte.

Je länger Liliane nun darüber nachdachte, desto klarer wurde ihr, dass ihr dieser Entschluss womöglich das Leben gerettet hatte. Und Frieda, die die Gelegenheit, nicht zur Arbeit zu gehen, beim Schopf gepackt hatte, ebenfalls. War es die Erleichterung, die Frieda nicht aufhören ließ zu weinen? Oder war es das Mitgefühl mit den anderen Frauen?

Das verspürte Liliane natürlich auch, allerdings war es ein eher abstraktes Mitgefühl, denn in der kurzen Zeit, in der sie dort gearbeitet hatte, hatte sie keine näheren Bekanntschaften schließen können. Ausgenommen Heidi, die erst sechzehn war und für die sie sich ein wenig verantwortlich fühlte. Hoffentlich war dem kleinen Mädchen mit den langen roten Zöpfen, das seit einigen Tagen an ihrer Seite gearbeitet hatte, nichts geschehen.

Warum um alles in der Welt weinte Frieda so? Um Liliane herum spielte sich eine absurde Szene ab: in ihren Armen die Freundin, die nicht aufhören konnte zu schluchzen, vor sich auf der Straße der von einem erneuten Lachkrampf geschüttelte Postbote. Dann waren beide still, bis Frieda leise sagte: »Meine Mama ist in der Muni.«

»Was? Wieso denn das?« Liliane verstand nicht, was ihr Frieda damit sagen wollte.

»Sie wollte meine Salbe holen und sich bei unserem Meister beschweren.« Frieda fing wieder an zu weinen, diesmal ganz leise. Doch nach und nach erfuhr Liliane, was geschehen war: Frieda hatte ihrer Mutter am Vorabend berichtet, dass Liliane am nächsten Tag zu Hause bleiben wollte, weil sie sich unwohl fühlte und den freien Tag nutzen wollte, um sich darüber klar zu werden, ob sie überhaupt noch weiter in der Muni arbeiten würde. Frieda hatte das eine gute Idee gefunden und beschlossen, auch nicht zur Arbeit zu gehen. Ihrer Mutter war das mehr als recht, sie sah es ohnehin nicht gern, dass ihre Tochter diese in ihren Augen völlig unpassende und darüber hinaus gefährliche Stelle angenommen hatte. Mit ihren Bekannten vom Vaterländischen Frauenverein hatte sie schon mehrfach darüber gestritten und ihnen Scheinheiligkeit vorgeworfen. Eine Weile war sie sogar wütend auf Liliane gewesen, die sie für weit vernünftiger hielt und von der sie erwartet hatte, dass sie Frieda von ihrem Plan abbringen würde. Stattdessen hatte Liliane sich entschlossen, auch dort zu arbeiten.

Am Vorabend hatte Frieda entdeckt, dass sie die Salbe, mit der sie ihre entzündeten Arme behandelte, in der Fabrik vergessen hatte. Sie war beinahe in Panik geraten und hatte ihrer Mutter ihr Leid geklagt: Sie wisse nicht, wie sie die Nacht überstehen sollte.

Auf jeden Fall könne sie nun am nächsten Tag nicht zu Hause bleiben, sondern müsse unbedingt die Salbe holen. Zwischendurch hatte sie ihre juckenden Arme gekratzt. Alle Appelle der Mutter, damit aufzuhören, waren erfolglos geblieben. Erst kalte Umschläge hatten den quälenden Juckreiz lindern und Frieda beruhigen können. Etwas Schlafpulver, aufgelöst in einem Glas Wasser, hatte ein Übriges getan.

Am Morgen hatte die Mutter ihrer schlaftrunkenen, von den Medikamenten benommenen Tochter angekündigt, sie werde zur Muni fahren und die Salbe holen. Dabei könne sie ihre Beschwerden äußern und Friedas Abwesenheit entschuldigen. Frieda war erleichtert gewesen, hatte genau den Platz beschrieben, an dem sie die Salbe versteckt hatte, und sich nach dem Frühstück wieder ins Bett gelegt.

Liliane wusste, dass es nichts gab, was Frieda nun beruhigen könnte. Trotzdem versuchte sie es: »Lass uns doch erst einmal abwarten. Vielleicht ist deine Mutter ja gar nicht direkt zur Fabrik gefahren, sondern hat vorher noch etwas besorgt oder jemanden getroffen.« Aber wen sollte sie morgens um sieben Uhr getroffen haben? Liliane glaubte selbst nicht an das, was sie sagte, redete aber weiter: »Vielleicht war deine Mutter längst auf dem Rückweg, als die Fabrik detonierte.«

Erst allmählich erfuhr die Bevölkerung, was geschehen war: Für über 100 Mitarbeiterinnen war jede Hilfe zu spät gekommen, sie wurden in einem Massengrab auf dem Quickborner Friedhof beigesetzt. Doch das war nur die offizielle Zahl. Wie viele Menschen tatsächlich ihr Leben verloren, wurde nie geklärt, denn die öffentliche Aufarbeitung des Unglücks wurde durch die Militärzensur verhindert. Laut Schätzung waren es viermal so viele.

Der Pastor verkündete in seiner Predigt bei der Trauerfeier in Quickborn: »Alle großen Erfahrungen in diesem Kriege sind in Blut getaucht, aber sie führen uns, unsere gerechte deutsche Sache, zum Sieg.« Liliane bekam einen Brechreiz und stürzte aus der Kirche.

# AUFWIEGLERISCH GESINNTE FRAUENSPERSONEN

## HAMBURG, AUGUST 1917

*Wer wird bei der Laterne steh'n*

Die Ereignisse der letzten Monate hatten Lilianes Mutter stark zugesetzt: Ihr Lebensmittelgeschäft war mehr als einmal geplündert worden, und jedes Mal hatte sie es mühsam wieder eingerichtet. Seither litt sie permanent unter der Angst, ein Angriff dieser Art könnte sich wiederholen, oder schlimmer noch: Einbrecher könnten in ihre über dem Laden gelegene Wohnung eindringen. Ihre Nerven waren überstrapaziert, sie fand keine Ruhe. Und jetzt noch diese verheerende Brandkatastrophe in der Munitionsfabrik.

Im letzten Winter hatte eine große Lebensmittelknappheit geherrscht. Für viele Menschen hatte die Hauptmahlzeit aus den wenig nahr- und schmackhaften Steckrüben bestanden. Ein Grund dafür lag in der schlechten Ernte, dazu kam das ungebrochene Profitdenken der Bauern. Nicht nur, dass sie sich weigerten, ihre Erzeugnisse zu den staatlich verordneten Preisen zu verkaufen, sie hielten sie sogar zurück, um den Mangel zu verstärken und die Nachfrage zu erhöhen. Ende November setzte eine Frostperiode ein, die lange andauerte. Der Kartoffelvorrat schwand, und die wöchentliche Ration, die ohnehin klein genug war, wurde vom neu eingerichteten Kriegsversorgungsamt um die Hälfte gekürzt. Man musste sich zu helfen wissen in der Not und aß Steckrüben, weil nichts anderes da war.

Oft saßen sich Liliane und ihre Mutter schweigend am Küchentisch gegenüber. Jede konnte in den Augen der anderen die Frage lesen: Und was essen wir morgen? Weiter wurde nicht gedacht, um nicht ganz zu verzweifeln. Es war Frieda, die sie in solchen Momenten aufmunterte. Meistens erschien sie zu spät zum Essen, doch jedes Mal lobte sie den Erfindungsreichtum ihrer Pflegemutter: »Was du aus den Steckrüben zauberst, Mami, ist sensationell!«

Gleich nachdem Friedas Mutter verunglückt war, hatten Liliane und ihre Mutter die Freundin bei sich aufgenommen. Beiden war klar gewesen, dass sie Frieda in dieser Situation nicht allein lassen konnten. Als sie ihr vorgeschlagen hatten, bei ihnen einzuziehen, hatte sie sofort eingewilligt. Nach wenigen Tagen schien es Liliane so, als seien sie schon immer beieinander gewesen.

Lilianes Mutter mischte die Steckrüben beim Backen in den Brotteig und beim Marmeladekochen unter die Früchte. Sie bereitete sie als Gemüse, als Einlage in der Suppe und als Nachspeise zu. Kriegskochbücher mit Steckrübenrezepten erschienen zuhauf. Doch mit diesem Gemüse schmackhafte Speisen zuzubereiten, war eine fast unlösbare Aufgabe, denn Zucker, Mehl und Fett fehlten. Dennoch gelang es der Mutter mit viel Fantasie, eine köstliche Marmelade zu kreieren, die sie zu einem Spottpreis in ihrem Laden verkaufte und die reißenden Absatz fand. Das Rezept behielt sie für sich, ja sie machte ein so großes Geheimnis daraus, dass sie nicht einmal Liliane einweihte. Als diese eines Tages unerwartet früh von einem Treffen mit Heidi, der ehemaligen Arbeitskollegin aus der Muni, nach Hause kam und, angelockt durch den Duft von Früchten, neugierig in die Küche schaute, reagierte ihre Mutter mit großer Unruhe. Sie hörte auf, in dem großen Topf zu rühren, und stellte sich vor den Herd, als müsse sie ihn verteidigen. Ehe sie etwas sagen konnte, zog sich Liliane zurück, schloss die Tür und ging schmunzelnd in ihr Zimmer. Es ist Alkohol dabei, dachte sie. Vermutlich Weinbrand. Wieder einmal bewunderte sie die Kochkunst ihrer Mutter und vor allem ihre nicht zu bremsende Experimentierlust.

Doch dann wurden sogar noch die Steckrüben rationiert und ihre Qualität gleichzeitig immer schlechter. Manchmal waren sie halb verfault und so gut wie ungenießbar. Aber damit nicht genug: Es traten auch Engpässe in der Brot-, Milch- und Butterversorgung auf. Fleisch und Fisch gab es sowieso schon lange nicht mehr. Ein Drittel der Einwohner Hamburgs wusste sich nicht anders zu helfen, als die öffentlichen Kriegsküchen aufzusuchen.

Neben der großen Lebensmittelknappheit erschwerte noch eine andere das Leben der Zivilbevölkerung: die Heizmittelknappheit. Und das bei anhaltend klirrender Kälte. Wie Tausende Frauen standen Liliane und Frieda schon früh am Morgen für Kohlebons an. Als Liliane einmal allein in der Schlange stand, fiel sie vor der Bezirksstelle in Ohnmacht. Die hinter ihr wartenden Frauen ergriffen ihre Chance, dadurch früher an die Reihe zu kommen. Sie liefen an ihr vorbei, ohne sich um sie zu kümmern.

»Komm schnell. Worauf wartest du?« – »Sollten wir nicht nachsehen, was mit ihr ist?« – »Es sind ja noch so viele andere Leute da. Lass uns weitergehen.«

Liliane hörte den Wortwechsel der beiden Frauen wie aus weiter Ferne.

»Also, ich gehe jetzt. Wenn du warten willst, bitte ...!« – »Nein, nein, ich komme mit.«

Es dauerte eine Weile, bis ihr von einem jungen Mädchen aufgeholfen wurde. Ihren Platz in der Reihe hatte sie verloren und nun Mühe, sich wieder einzufädeln. Mit der vielbeschworenen Solidarität und Hilfsbereitschaft in der Not war es nicht weit her. Im Gegenteil: Die Atmosphäre war angespannt, geradezu aggressiv.

Der Kohlenmangel führte dazu, dass die Polizeistunde auf halb elf Uhr abends festgesetzt wurde. Man durfte zu Hause nur wenige Stunden am Tag Gas verbrauchen. Turnhallen, Theater und Kinos wurden zu öffentlichen Wärmehallen umfunktioniert. Kirchen und Schulen konnten nicht geheizt werden. Wegen der Kälte blieben sie oft sogar ganz geschlossen. Die Temperaturen lagen wochenlang weit unter null, manchmal sogar bei minus 20 Grad Celsius.

Die wachsende Verzweiflung verwandelte sich in Wut, die sich in Protestkundgebungen und Demonstrationen entlud. Aktionen dieser Art begannen in den Arbeitervierteln Barmbek und Hammerbrook – nicht als organisierte, sondern als spontane Versammlungen. Auf der Straße waren überwiegend junge Frauen und Mädchen, die sich zunächst vergeblich vor den Bäckereien angestellt hatten. Kinder sprangen umher und sangen: »Brot her, Brot her, oder wir fall'n um.«

Irgendwann wurden aus den verbalen Protesten handfeste Angriffe: Schaufensterscheiben wurden eingeschlagen, Läden geplündert. Man registrierte mehr als 50 Einbrüche in Geschäfte, bei denen Lebensmittel gestohlen wurden. Die rasch herbeigeholte Polizei griff beherzt ein und verzeichnete Dutzende Festnahmen. Unmittelbar danach wurde eine Verordnung erlassen, nach der Jugendlichen unter 18 Jahren das »ziellose Auf- und Abgehen und der zwecklose Aufenthalt auf öffentlichen Straßen und Plätzen« verboten wurde. Kindern unter 14 Jahren war das Betreten von öffentlichen Plätzen nach acht Uhr abends nur in Begleitung Erwachsener erlaubt. Verstöße wurden mit Gefängnis oder Geldbußen bestraft.

Auf einem Flugblatt las Liliane, dass sich eine Gruppe namens »Hamburger Genossen« in einem anonymen Schreiben an Reichskanzler Bethmann Hollweg gewandt hatte, in dem sie die Drohung formulierte: »Wenn die deutsche Regierung nicht bald zu der Einsicht kommen wird, dass 250 g Brot für den Tag und 90 g Fett die Woche für die Ernährung eines erwachsenen Menschen, der sich infolge der Wucherpreise andere Lebensmittel nicht verschaffen kann, vollkommen ungenügend sind, und wenn sie nicht bald den allein durch ihre Schuld entstandenen Lebensmittelwucher beseitigen wird, dann werden die Unruhen in kurzer Zeit zu Barrikadenkämpfen ausarten.«

Zunächst versuchten die Ordnungskräfte die Bevölkerung zu beruhigen, indem sie den Forderungen entgegenkamen und zusätzliche Lebensmittel, vor allem Kartoffeln, verteilten. Doch eine Demonstration im Nobelviertel Harvestehude wurde brutal niedergeknüppelt. Die Polizisten wandten eine perfide Strategie an: Sie warteten schwer bewaffnet in Verstecken auf die Protestierenden. Sobald diese sich versammelt hatten, gingen sie mit Säbeln und Knüppeln auf die Demonstrierenden los. Als die Versammlung auseinanderbrach, verfolgten sie einzelne Fliehende und schlugen auf sie ein. Dabei verschonten sie die Frauen und Mädchen, die bereits am Boden lagen, nicht, sondern misshandelten sie mit weiteren Schlägen und Fußtritten.

Liliane und Frieda wurden Augenzeuginnen. Sie konnten nicht glauben, was sie zu sehen bekamen: Niemals hätten sie gedacht, dass die Polizei derart brutal gegen harmlose Demonstrantinnen vorgehen würde. Für beide war es ein Schlüsselerlebnis, aus dem sie eine Konsequenz zogen: Sie misstrauten einer Regierung, die so brutal mit der Bevölkerung verfuhr und auf friedliche Proteste mit roher Gewalt reagierte.

Weil die Lebensmittel-Tagesration nicht ausreichte – wie konnte man mit 5 Scheiben Brot, 5 Gramm Butter, 20 Gramm Zucker und einem winzigen Bissen Fleisch überleben? –, suchte Liliane den Schwarzmarkt auf. Sie hatte früh erkannt, dass gerade in Notlagen nicht alle gleich waren, sondern diejenigen, die über Geld oder begehrte Tauschobjekte wie Schmuck verfügten, Wege fanden, sich neben den offiziellen Zuteilungen Lebensmittel zu beschaffen.

Die Warnungen der Mutter schlug sie in den Wind, auch weil sie diese Marktbesuche als Tarnung für eine andere Aktion benutzte: das Studieren der Verlustlisten. Immer wenn sie bekannt gegeben wurden, machte sich Liliane mit Herzklopfen auf den Weg. Nachdem sie sich davon überzeugt hatte, dass Cords Name nicht aufschien, ging sie erleichtert zur Alster und fütterte die Schwäne mit Brotrinden. Sie zelebrierte es als Ritual. Mit Cord hatte sie oft am Ufer gesessen und die stolzen Tiere bewundert. Sogar im schlimmsten Winter der gesamten Kriegszeit gab sie ihnen zu fressen, allerdings so, dass es keiner merkte. Es wäre zu gefährlich gewesen in einer Zeit, in der alle hungerten.

Nach dem Quickborner Unglück und einer weiteren Kürzung der Brotration kam es erneut zu Hungerunruhen. Diesmal waren viele Stadtviertel betroffen, in über einhundert Geschäften wurden die Schaufensterscheiben eingeworfen und Brot gestohlen. Weil die Polizei überfordert war, erhielt sie militärische Unterstützung durch sechs Kompanien Infanterie und eine Abteilung Husaren, die eine Zeit lang auf den Hauptstraßen mit aufgepflanzten Bajonetten und vollem Sturmgepäck Patrouille liefen.

Lilianes Mutter sah die Meute kommen und entschloss sich, keinen Widerstand zu leisten. Ihre größte Angst bestand drin, dass Liliane, die sich im Lagerraum befand, angelockt durch den Lärm, eingreifen könnte. Sie fürchtete, dass die Situation dann eskalieren könnte. Das wollte sie unbedingt vermeiden.

Schon betraten zwei junge Frauen in Arbeitskitteln den Laden. Sie blickten sich suchend um, mit ihrer Aufgabe sichtlich unglücklich. Fast flehend fragten sie nach Brot. Als die Mutter kurz zögerte, ergänzte eine der beiden leise und stockend: »Wenn Sie sich weigern, holen wir Verstärkung.«

Die andere pflichtete ihr bei. Es klang nicht wie eine Drohung, sondern eher wie eine Entschuldigung. Aus Verlegenheit machte sie eine unkontrollierte Bewegung und streifte ein Marmeladenglas, das klirrend vom Tresen auf den Boden fiel und zersprang. Erschrocken schaute sie um sich. Im nächsten Moment stand Liliane im Laden. Was dann geschah, verblüffte ihre Mutter: Liliane gab den beiden Frauen alle Brotlaibe bis auf einen, den sie für sich behielt, woraufhin sich die beiden artig bedankten. Bevor sie den Laden verließen, rief Liliane: »Schlagt die Scheibe ein. Nicht die große, dann wird es hier drinnen zu kalt, aber die kleine an der Seite, damit wir den Brotdiebstahl melden können.« Ihre Mutter sah sie staunend an.

Als am nächsten Tag im »Hamburger Echo« von »Putschversuchen oppositioneller Wirrköpfe« und »schon ihrem Aussehen nach aufwieglerisch gesinnten Frauenspersonen« zu lesen war, bestellte Liliane die Zeitung schnurstracks ab. Es war doch offensichtlich, dass es sich bei den sogenannten Plünderern um Hausfrauen, Mütter, Dienstmädchen handelte, die nicht wussten, was sie ihrer Familie am Abend zu essen anbieten sollten.

»Wenn die Behörden so weitermachen und die Notleidenden, die sich endlich wehren und selbst aktiv werden, als Verbrecher abstempeln, gibt es bald einen Bürgerkrieg«, prophezeite Liliane. Auf den Einwand ihrer Mutter, es sei aber doch zweifellos Diebstahl und Sachbeschädigung, antwortete sie: »In einer Zeit, in der Unrecht herrscht, kann man manchmal nur überleben, wenn man zu denselben Mitteln greift.«

Im Spätsommer versammelten sich auf dem Heiligengeistfeld Arbeiter aus den umliegenden Fabriken und dem Hafen, unter ihnen auch Frauen. Sie forderten bessere Arbeits- und Lebensbedingungen. Liliane erkannte ein paar Gesichter aus der Quickborner Muni. Innerhalb kurzer Zeit wurden die Protestierenden von Polizisten eingekreist, die verhindern wollten, dass noch mehr dazukamen und die Menge wuchs. Einige Polizisten waren auf Fahrrädern unterwegs, andere saßen auf Pferden. Auf ein Zeichen hin begannen sie, das Heiligengeistfeld zu räumen. Dabei nahmen sie wahllos Demonstranten fest. Als Liliane sah, wie zwei Polizisten eine junge Frau abführten, folgte sie ihnen unauffällig bis zum äußersten Rand der Menge. Weil die Kundgebungsteilnehmer sich an den Händen hielten und keinen Durchlass gewährten, ließen die Polizisten die Frau schließlich los, und Liliane, die zu allem entschlossen gewesen war, atmete auf.

Schließlich setzte sich die Menge in Bewegung. Ihr Ziel war der zwei Kilometer entfernte Jungfernstieg, wo die reichen Leute lebten. Angekommen am »Alsterpavillon«, riefen die Demonstranten: »Frieden, Freiheit, Brot«, und stimmten Friedenslieder an.

»Wohlan, wer Recht und Freiheit achtet«, tönte es vielstimmig, aber vereinzelt flogen auch Steine.

Dann zog die Menge weiter Richtung Rathaus. Als ihnen von der Polizei an der Schleusenbrücke der direkte Weg versperrt wurde, wichen die Demonstranten auf den Neuen Wall aus. In diesem Moment hörte Liliane, dass ihr Name gerufen wurde, schaute um sich und entdeckte Malte, Cords besten Freund. Er war offensichtlich zu gleichen Teilen erfreut und verlegen: »Du hier?«

Liliane antwortete mit einer Gegenfrage: »Ja klar. Warum nicht?«

»Na ja, es sind nicht viele Frauen hier«, erklärte Malte. Als sie nicht antwortete, sondern ihn nur lächelnd mit einer Mischung aus Staunen und Ironie anschaute, fügte er hinzu: »Ich weiß, du bist nicht wie andere Frauen.«

Sie gingen nebeneinander her und unterhielten sich über die Friedensdemonstration. Malte regte sich darüber auf, dass es den im Krieg Verwundeten verboten worden war, sich auf dem Jungfernstieg und in dessen Umgebung aufzuhalten, weil man den feinen Leuten ihren Anblick nicht zumuten könne. Sie seien zu »sensibel«. Liliane glaubte ihren Ohren nicht zu trauen und pflichtete Malte bei.

Der Weg führte sie über die Ellerntorsbrücke und über den Alten und Neuen Steinweg zum Millerntor. Auf der Reeperbahn löste sich die Demonstration auf.

»Wann hast du Cord das letzte Mal gesehen?«, fragte Liliane unvermittelt.

Malte druckste herum. »Es ist schon eine Weile her. Wo er jetzt gerade ist, weiß ich nicht. Ich hab ihn nur einmal getroffen, kurz nachdem er sich zum Kriegsdienst gemeldet hatte. Da war er auf Heimaturlaub.«

»Du bist nicht eingezogen worden?«, wollte Liliane wissen.

»Nein, ich war noch zu jung. Gott sei Dank«, antwortete Malte schnell.

Liliane stutzte. »Du bist doch genauso alt wie Cord. Habt ihr nicht sogar am selben Tag Geburtstag?«

Nach einer Pause gestand Malte: »Ich bin vom Wehrdienst befreit, weil ich eine seltene Krankheit habe. Aber ich will nicht darüber reden.«

Stattdessen begann er über Cord zu sprechen. Er erzählte in einem fort, ohne dass Liliane eine Frage stellen musste. Wann genau er Cord während seines Heimaturlaubs getroffen hatte, wusste er nicht mehr, auch nicht, warum Cord so früh Urlaub bekommen hatte. Es muss mit seiner Mutter zu tun gehabt haben. Jedenfalls habe Cord bei diesem Treffen im »Goldenen Anker« nur von Liliane geredet und dabei immer mehr getrunken. Sogar fremde Männer habe er in das Gespräch hineingezogen und nicht gemerkt, wie sie sich über ihn lustig machten. Gedichte von Richard Dehmel habe er rezitiert, begonnen mit: »*Weißt du noch, wie weiß, wie bleich / in den Maiendämmerungen, / wenn ich lag, von dir umschlungen, / dir zu Füßen hingerissen, / um uns schwankten die Narzissen?*«, bis hin zu: »*Sei gesegnet, ernste Stunde, / die uns endlich stählern eint; / Frieden war in aller Munde, / Argwohn lähmte Freund wie Feind – / jetzt kommt der Krieg, / der ehrliche Krieg!*«

Anschließend habe er unvermittelt einen Zettel aus der Hosentasche gezogen, auf dem die Grundausstattung eines Soldaten notiert war. Mit lauter Stimme las er vor: Hose, Jacke, Hemd, Helm, Unterhosen, Strümpfe, Halsbinden, Stiefel, Schnürschuhe, Mütze, aber keine Bücher. Pulswärmer, Handschuhe, Kopfschützer, aber keine

Bücher. Leibbinde, Gewehr, Seitengewehr, Patronentaschen, Koppel, Brottasche, Spaten, eine eiserne Verpflegungsration (Fleischkonserve, Kekse, Salz, Kaffee, Tee), Gewehrfett, Putzmittel fürs Gewehr, aber keine Bücher. Verbandszeug, schwere Wolldecken, Tornister, Armbinde, Leinenbeutel. Er habe lange dafür anstehen müssen, klagte er, aber es sei gut, dass so viele Männer unverzagt Seite an Seite stehen wollten: »Leben heißt lachen mit blutenden Wunden!« Immer wieder Dehmel …

Keiner der Anwesenden wusste, warum Cord diese Liste vorlas und immer wieder das Fehlen von Büchern betonte. Er habe sich weder von Fragen noch von Störversuchen unterbrechen lassen. Doch dann habe er mit den Worten »Warum wollte sie nicht auf mich warten!« abrupt das Thema gewechselt und begonnen, von Lilianes schönem Gang, ihrer Anmut, ihrem Stolz, ihrer Treue zu sprechen. Immer habe sie gewartet, auch wenn er sich sehr verspätete. Nie habe sie ihm den kleinsten Vorwurf gemacht. Er habe von den Laternen in Paris geschwärmt, die ihnen beiden gefallen hätten. Liliane habe wie eine Prinzessin, nein, eine Königin ausgesehen – ihre Haut so weiß wie Schnee, ihre Lippen so rot wie Blut und ihr Haar so golden wie die Sonne! Sie habe in dem wunderbaren Scheinwerferlicht vor ihm posiert und ein Potpourri aus verschiedenen Rollen vorgetragen. Zum Schluss habe sie gesungen »Die Männer sind alle Verbrecher« und vollführte dazu einen wilden Tanz, wie sie ihn im Vaudeville-Theater gesehen hatten. Bei der Strophe »Aber lieb, aber lieb sind sie doch« habe sie ihn heftig geküsst und immer weiter getanzt.

»Er konnte einfach nicht fassen, dass du ihm nicht Auf Wiedersehen gesagt hast«, erklärte Malte der verstörten Liliane. »Er hätte von dir mehr Verständnis erwartet und fühlte sich wohl getäuscht. Er nannte dich ›Liliane, die Konsequente‹, die nach ihrer einmal getroffenen Entscheidung niemals einen Schritt auf ihn zugehen würde. Ich habe versucht, ihm deinen Standpunkt zu erklären …«

»Was hast du gesagt?«, unterbrach Liliane ihn.

»Ich hab ihm gesagt: Liliane war genauso verletzt wie du. Ihr wart beide enttäuscht. Ihr habt euch beide verlassen, allein, im Stich gelassen gefühlt. Das war nicht so einfach zu lösen.«

Doch Cord habe ihm nicht zugehört, sondern weiter getrunken und sogar noch weiter vor sich hin geredet, als die anderen schon längst die Kneipe verlassen hatten. Ganz allein habe er dagestanden, Dehmel deklamiert und immer wieder »keine Bücher« gemurmelt.

Liliane brauchte alle Kräfte, um nicht sofort anzufangen zu weinen. Das Bild, das Malte heraufbeschworen hatte, würde sie so schnell nicht wieder verlassen: der betrunkene, abwechselnd Gedichte rezitierende und die Liste der soldatischen Grundausstattung vorlesende Cord in der sich nach und nach leerenden Kneipe.

Auch an Malte war die Begegnung mit Cord nicht spurlos vorübergegangen. Er verstand die Welt nicht mehr: Da waren zwei Menschen, die ihm nahestanden, die er gernhatte. Sie waren beide klug, sensibel und ineinander verliebt, konnten aber nicht wieder zusammenkommen, nachdem sie sich getrennt hatten. Sie fanden einfach keinen Weg, aufeinander zuzugehen, unternahmen nicht einmal den Versuch. Wie war das bloß möglich?

Als Liliane zu Hause ankam, war alles dunkel. Leise betrat sie die Wohnung und zog sich im Flur vor dem Schlafzimmer der Eltern aus. Ihr Nachthemd lag im Ehebett, in dem Liliane seit Kurzem neben ihrer Mutter schlief. Ohne sie zu wecken, schlüpfte

Liliane unter die Bettdecke. Seit dem ersten Angriff auf ihr Geschäft hatte die Mutter Angst. Sie konnte nicht schlafen, vor allem nicht allein. Zugegeben hätte sie das nie, ebenso wenig hätte sie Liliane gebeten, sich zu ihr zu legen. Lieber litt sie still vor sich hin.

»Du vermisst Papa, stimmt's?«, hatte Liliane gefragt, aber keine Antwort erhalten. »Warum sagst du es nicht? Ich versteh das doch nur zu gut.«

Liliane war ungeduldig geworden. Sie hatte nicht verstanden, warum die Mutter nicht zugeben konnte, dass sie davon träumte, nachts aufzuwachen und ihn neben sich zu spüren. Warum hatte sie ihre Tochter nicht ins Vertrauen gezogen? Irgendwann war es Liliane zu viel geworden, sie hatte das angestrengte Schweigen der Mutter unterbrochen und angekündigt: »Mama, ich komme zu dir.«

Die überrumpelte Mutter hatte Lilianes Entschluss abgewehrt, doch diese war dabei geblieben.

In den ersten Nächten war es ungewohnt für sie gewesen. Sie hatte immer allein geschlafen, bis auf die wenigen Male, wenn sie mit Cord verreist war. Selbst da war sie anfangs irritiert gewesen, wenn sie aufwachte und neben sich den schlafenden Geliebten liegen sah. Sie mochte es, ihn anzuschauen. Ihn zu berühren hatte sie sich jedoch nicht getraut. Ein schlafender Mensch hatte etwas Unberührbares, als sei er von einem schützenden Kokon umgeben. Während sie noch ganz in ihre Betrachtungen versunken war, hatte Cord plötzlich die Augen aufgeschlagen, und ehe sie sich's versah, hatte er sie schon fest umschlungen. Es hatte keine Minute gedauert, bis er wieder eingeschlafen war. Sein gleichmäßiges Atmen hatte auch sie beruhigt. Niemals zuvor und niemals danach hatte sie so tief und sorglos geschlafen.

Daran zu denken, tat weh. Aber waren die Gedanken erst einmal da, ließen sie sich nicht so schnell wieder vertreiben.

Und so schlief die Mutter neben ihr, und Liliane lag wach. Sie liebte ihre Mutter, brauchte aber gleichzeitig Abstand. Seit Stunden lauschte sie nun schon der Stille und wartete auf den Schlaf. Plötzlich öffnete sich die Tür und ließ das Licht vom Flur herein. Frieda schaute durch den Spalt und schlich ins Zimmer.

»Schlaft ihr schon, Mami? Liliane?«, flüsterte sie kaum hörbar. Als sie entdeckte, dass Liliane noch wach war, setzte sie sich auf die Bettkante.

»Liliane, ich kann nicht schlafen, ich vermisse sie so!« Sie zitterte, Tränen liefen über ihr Gesicht, sodass Liliane nichts anderes übrig blieb, als die Bettdecke aufzuschlagen und die Freundin aufzufordern, sich zu ihr zu legen. Frieda ließ sich nicht lange bitten, sondern kuschelte sich sofort eng an die Freundin.

Liliane beschloss, sich schlafend zu stellen: links neben ihr die gleichmäßig atmende Mutter, rechts die schluchzende Freundin. Sie fühlte sich bedrängt, beengt. Weil die Angst, erdrückt zu werden, in ihr aufstieg, entstand kein Geborgenheitsgefühl. Wie komme ich da nur wieder raus, war der einzige Gedanke, der ihr durch den Kopf ging.

# WIR BLEIBEN WACH

## MÜNCHEN 1924

*alle Abend brennt sie*

Um fünf Uhr nachmittags war die Künstlergarderobe des Kabaretts »Simplicissimus«, genannt Simpl, in der Münchner Türkenstraße ein ruhiger Ort. Kein wohnlicher, aber eben ein ruhiger. Lili saß direkt vor dem fleckigen Spiegel, von dem ganze Teile blind waren, ohne hineinzuschauen. Seit ein paar Wochen war sie hier engagiert. Wie immer hatte sie die Gemeinschaftsgarderobe schon viele Stunden vor ihrem Auftritt bezogen, um sich dort allein ankleiden und schminken zu können. Eine eigene Garderobe hatte man ihr nicht zugewiesen, sie teilte sie mit Emma, einer etwa gleichaltrigen Sängerin – und einer Morphinistin, die sich in eine Art religiösen Wahn hineingesteigert hatte.

Emma stammte aus Lübeck und betonte immer wieder, wie glücklich sie sei, dem kühlen Protestantismus ihrer norddeutschen Heimat entkommen zu sein und im bayerischen Katholizismus ein Zuhause gefunden zu haben. Es klang wie aufgesagt.

Emma bog sich die katholische Lehre so zurecht, wie es ihr gerade passte.

Aus Angst, dass ihre Kollegin mit dem Missionieren beginnen würde, vermied Lili das Gespräch und versuchte, die gemeinsame Zeit in der Garderobe so knapp wie möglich zu halten. Das fiel ihr nicht schwer, denn Emma erschien immer erst in letzter Minute, schaffte es gerade noch rechtzeitig, sich für ihren Auftritt vorzubereiten, und verschwand hinterher genauso schnell. Sie gehe noch einer anderen Tätigkeit nach, lautete ihre Erklärung. Lili fragte nicht weiter nach. Es lag auf der Hand: Emma brauchte Geld für Drogen, und zwar viel mehr, als sie im Simpl verdiente. Es war offensichtlich, dass sie anschaffen ging. Ihre Versuche, das zu verheimlichen, waren mehr als ungeschickt. Man brauchte nur ihre Kleidung anzuschauen. Doch Lili sprach das Thema nicht an. Sie wollte Emma nicht in Verlegenheit bringen und spürte deren Erleichterung über ihre Diskretion.

Trotz der Unbequemlichkeiten und eher enttäuschenden Arbeitsbedingungen – sowohl was die Würdigung ihrer Auftritte als auch die Höhe der Gage betraf – war Lili froh, nun in München zu sein und zum Ensemble des Simpl zu gehören. Es war ihr Ziel gewesen, sich so weit wie möglich von Hamburg zu entfernen, um »ungestört von ständigen Erinnerungen am Wegesrand ein neues Leben zu beginnen«, wie sie es ihrer Mutter und Frieda erklärt hatte. Wie erwartet, hatte sich Lilis Mutter mit den Plänen ihrer Tochter nicht einverstanden gezeigt. Sie fand es unmöglich, dass eine junge Frau allein in eine fremde Großstadt ging, um dort zu arbeiten. Doch was hieß arbeiten? Sie versuchte, am Theater Geld zu verdienen. Die Mutter hatte so sehr gehofft, dass Liliane irgendwann vernünftig werden und ihre Leidenschaft fürs Theaterspielen und Singen endgültig den

Status einer Freizeitbeschäftigung erhalten würde. Lili sei intelligent, zuverlässig und fleißig – in ihren Augen genau die richtigen Eigenschaften für eine Stelle als Bürokraft. Wenn sie sich weiterbilde, könnte sie bestimmt Sekretärin sein. Aber darüber könne man mit Liliane nicht reden, so ihre ständige Klage.

Da erging es Lili besser. Sie wusste, mit wem sie reden konnte: Tante Marlene hatte Verständnis für ihre Ambitionen, und, was ihr besonders wichtig war, sie hatte erkannt, wie groß Lilis Begabung war. Sie glaubte an ihre Nichte. Weil sie selbst vor vielen Jahren eine Zeit lang in einem Münchner Modeatelier gearbeitet hatte, bestärkte sie Lili darin, dort ihr Glück zu versuchen.

»Ich kläre das schon mit deiner Mutter«, versprach sie Lili. »Du kannst dich auf mich verlassen.«

Lili war beruhigt. Tante Marlene würde ihr helfen – wie damals, als Lili mit Cord nach Paris hatte fahren wollen. Da hatte sie auch auf ihre Schwester eingewirkt und dafür gesorgt, dass die Reise stattfinden konnte. Einzige Bedingung damals wie heute: »Du musst mir berichten, wie es dir dort geht und was du tust.«

Lili versprach, ihr regelmäßig zu schreiben. Die Begeisterung der Tante für die bayerische Großstadt, in der ab und zu ein warmer Wind durch die Straßen fegte, der den Menschen den Kopf verdrehte – einigen jedenfalls –, war geradezu ansteckend. Biertrinken am Chinesischen Turm, Spazierengehen im Englischen Garten, Nacktbaden im Eisbach, Luftbaden in den Isarauen und abends in den Simpl – was könnte es Schöneres geben. Tante Marlene war in nahezu euphorischer Stimmung, wenn sie Lili davon vorschwärmte. Einmal hatte Lili gefragt, warum sie eigentlich nicht dort geblieben sei, und sofort gespürt, dass es ein Fehler gewesen war. Tante Marlenes Hochstimmung brach zusammen.

»Das ist eine lange Geschichte, Liliane«, war ihre einzige Erklärung gewesen. Lili hatte verstanden, dass sie ein Tabuthema berührt hatte. Diesen Fehler würde sie nicht noch einmal machen.

Gleich bei ihrer Ankunft in München hatte Lili bei der Chefin der berühmten Künstlerkneipe »Simplicissimus« vorgesprochen und eine brüske Abfuhr erhalten. Es war Lili nicht gelungen, die erfahrene Wirtin von ihren Auftrittsideen und ihrem Repertoire zu überzeugen. Auf das Wort »Vaudeville« hatte sie geradezu allergisch reagiert: »Wir sind hier in Bayern, wir haben unsere Stanzerln und unsere Couplets. Wir brauchen nichts Französisches!«

Lilis Hinweis, »Couplet« sei schließlich auch ein französischer Begriff, hatte sie wütend gemacht, und sie war in ein so breites Bayerisch verfallen, dass Lili überhaupt nichts mehr verstand. Unmissverständlich war allerdings die Geste, mit der ihr die erregte Wirtin die Tür wies.

Beim Verlassen des Lokals war Lili ein junger Mann begegnet. Ohne Einleitung sagte er: »Sie hat Nein gesagt – oder?«

Lili nickte.

»Schauen Sie in zwei Wochen wieder vorbei. Dann ist sie auf Kur, und ich vertrete sie im Lokal.«

Bevor sich Lili bedanken konnte, war er verschwunden. Er hatte so überzeugend geklungen, dass Lili trotz der Abfuhr, die sie gerade eingesteckt hatte, nicht an Aufgeben dachte. Wieder einmal war Geduld gefordert.

Doch sie konnte nicht zwei Wochen untätig bleiben, denn sie brauchte dringend Geld, um ihren Unterhalt zu bestreiten. Den Notgroschen, den sie von ihrer Tante erhalten hatte, wollte sie auf keinen Fall anrühren. Daher blieb ihr nichts anderes übrig, als beim Stadlerwirt, einer Volkssängerbühne ohne künstlerischen Anspruch, anzufangen. Der Stadlerwirt benötigte immer wieder neue Tänzerinnen, weil es die meisten nicht lange bei ihm aushielten. Unwillkürlich fühlte sich Lili mit einer Zeitmaschine in die Vergangenheit zurückkatapultiert: Wie vor fast zehn Jahren in Hamburg stand sie neben einem Dutzend anderer junger Frauen auf der Bühne, sang und tanzte – zum Glück fehlten die Glöckchen, für die sie sich in Hamburg regelrecht geschämt hatte.

Das Publikum des Stadlerwirts war nicht so, wie sie es sich erträumt hatte: Es bestand zum größten Teil aus Männern und Frauen mittleren Alters, denen es weniger um einen künstlerischen, sondern vor allem um den leiblichen Genuss ging. Immer wieder wurde ein Hoch auf die Münchner Gemütlichkeit ausgerufen, und das Finale bildete meistens ein Lobgesang auf das Bier. Die Besucher schätzten die Mischung verschiedenster Genüsse, die ihnen beim Stadlerwirt und anderen Gasthäusern dieser Art geboten wurde: deftiges Essen, süffiges Bier, Zigarren in der Gaststube und auf der Bühne hübsche Mädchen – »Girls«, wie sie seit einiger Zeit genannt wurden, sogar in bayerischen Lokalen.

Die Dramaturgie wurde durch die Abfolge des Abendessens bestimmt: Nachdem die dampfenden Platten mit saftigen Braten, Würstln, Knödeln und Rotkraut serviert worden waren, durfte das Stück oder die Szene, die auf der Bühne dargeboten wurde, etwas länger sein, damit die Gäste ihre üppigen Mahlzeiten in Ruhe genießen konnten. Lili schaute mit einer Mischung aus Degout und Neid auf die gefüllten Teller. Sie konnte nicht glauben, dass Menschen in der Lage waren, so mächtige Portionen zu vertilgen. Viele Speisen waren ihr fremd. Vor allem die Auswahl an Würsten war in Hamburg nicht so groß. In München gab es dünne, dicke, weiße, solche mit knusprig gebratener Haut und sogar hautlose. Doch es waren vor allem die Mengen, die sie erschreckten – oder für sie nicht verzehrbare Speisen wie gekochte Kalbsfüße, die bei den Männern besonders beliebt waren. Die Frauen schienen Süßes zu bevorzugen: Krapfen, Rohrnudeln, Dampfnudeln, Kirchweihnudeln – allesamt fetttriefend. Ob Lili im Anschluss an die Vorstellung noch etwas zu essen bekommen würde, war fraglich. An manchen Tagen blieb viel übrig, an anderen aßen die Gäste fast alles auf.

Die Stücke, in denen Lili auftrat, waren kurz, meistens Einakter. Fast immer ging es um Alltäglichkeiten wie das Verhältnis zwischen Männern und Frauen. Andere Themen waren Skepsis gegenüber technischen Neuerungen, das Beschwören der guten alten Zeit, in der alles besser gewesen war, und Politikerparodien. Die Handlung war fast immer unsinnig, die Typen, die darin vorkamen, immer dieselben: Bei den Männern waren es die schlauen Ganoven aus der Vorstadt, Kare und Luke, die sich einen Spaß daraus machten, tölpelhafte Polizisten zu überlisten. Es gab reiche, grobe Bauern und großmäulige Soldaten. Das Rollenrepertoire der Frauen war noch kleiner: zänkische Ehefrauen, böse Schwiegermütter, hübsche Dienstmädchen, die »Kocherl« genannt wurden und mit ihren Reizen nicht geizten. Auch dafür schämte sich Lili. Schließlich sah der Alltag für Frauen ganz anders aus: In erster Linie waren sie es gewesen, die nach dem Krieg dafür gesorgt hatten, dass in relativ kurzer Zeit wieder ein halbwegs normales Alltagsleben möglich gewesen war. Der Unterschied zur Vorkriegszeit: Die Frauen – jedenfalls die, die Lili kannte – waren um vieles selbstbewusster, sogar so sehr, dass sie sich das Wahlrecht erkämpft hatten. Wie sollte das zu so einem albernen Verhalten auf der Bühne passen?

Vom »Stadlerwirt« wechselte Lili zum »Reichshof«. Den Ausschlag dafür hatte wohl der Name gegeben, der sie an ein gleichnamiges Hotel in Hamburg erinnerte.

Mit diesem Schauplatz der »Golden Twenties« hatte der Münchner »Reichshof« allerdings wenig zu tun. Er befand sich in Haidhausen, dem sogenannten Armenhaus Münchens, in dem Lili eine Bleibe gefunden hatte. Ein Elendsviertel wie noch vor wenigen Jahren war es nicht mehr, ein Bauboom hatte dafür gesorgt, dass neben den winzigen Herbergshäusern neue Wohnblocks entstanden. Weil die Bauherren möglichst schnell Mieteinnahmen kassieren wollten, boten sie mittellosen Wohnungssuchenden an, die gerade errichteten und noch feuchten Räume trocken zu wohnen. Gesund war das nicht, aber eine Übergangslösung, die Lili gerade recht kam. Als Norddeutsche war sie feuchtes, kühles Klima gewohnt. Außerdem hatten sie gerade Sommer. Für den Winter würde sie aber etwas anderes finden müssen.

Zuvor hatte sie kurze Zeit ein vergleichsweise komfortables Mansardenzimmer in der Nähe der Münchner Freiheit gemietet. Erst nach ihrem Einzug hatte sie ein tiefes Unbehagen beschlichen. In dem Raum konnte sie nicht denken, obwohl er hell und freundlich war und durch die beiden Fenster in der Schräge der Himmel hereinschaute. Es war, als trüge das Zimmer irgendetwas mit sich, einen Geist, der sie störte und gefangen nahm. Eigentlich fern von Ideen dieser Art, die mit Übernatürlichem zu tun hatten, glaubte sie in diesem Fall doch fast daran und war froh, als sie eine andere Bleibe fand.

Nun musste sie noch eine andere Bühne finden. Der »Reichshof« war nicht der Ort, an dem eine Karriere, wie Lili sie sich vorstellte, beginnen würde. Weder Reichtum noch Berühmtheit war ihr Ziel, sondern Selbstverwirklichung und Freiheit. In diesen Forderungen stimmte sie mit Frieda überein. Auch für ihre Freundin waren dies keine abstrakten Wünsche oder utopischen Forderungen, sondern Selbstverständlichkeiten.

Als sie gerade auf dem Weg zum Odeonsplatz gewesen war, um sich bei Gustl Annast vorzustellen, der im ersten Stock seines Cafés das »Hofgarten-Kabarett« gegründet hatte, war ihr auf der Brienner Straße der junge Mann aus dem Simpl entgegengekommen, der ihr bei ihrem ersten Besuch empfohlen hatte, sich nach einiger Zeit noch einmal dort zu melden.

»Gut, dass ich Sie treffe«, rief er erfreut. »Die Kathi ist in Reichenhall. Für vier Wochen habe ich jetzt das Sagen im Simpl. Sie sind engagiert!«

Am liebsten wäre Lili ihm um den Hals gefallen, hielt sich aber zurück, ergriff seine Hände, schüttelte sie kräftig und rief: »Danke, danke!«

In diesem Moment war es für Lili unwichtig, dass er keine Probe ihres Könnens verlangte, sondern sie anscheinend nur deshalb engagierte, weil sie ihm gefiel. Solange er keine Gegenleistung erwartete, war es ihr egal.

»Am besten kommen Sie gleich mit«, schlug er vor und ergänzte: »Ich heiße übrigens Friedrich.«

Das Kabarett »Simplicissimus« war nicht nur berühmt, mehr als das: Es war ein Mythos. Vor dem Krieg hatten dort Künstler wie Frank Wedekind und Joachim Ringelnatz verkehrt, deren freche Texte Lili imponierten, wie schon Jahre zuvor ihrer Tante. Gegen Gehorsam und Spießertum – das entsprach ihrer eigenen Maxime. Und die Herren Künstler waren bereit, dafür die Konsequenzen zu tragen. Wedekind galt als Bürgerschreck, wurde mehrfach wegen seiner »unzüchtigen Texte« angeklagt,

Ringelnatz machte sich über den deutschen Spießer lustig, der sich längst die Bettdecke über die Ohren gezogen hatte, wenn das Schwabinger Nachtleben begann. Im Simpl waren selbst die Hunde skurril: Das Wappentier, das den Gast auf dem Wirtshausschild begrüßte, eine mächtige Bulldogge, war gerade damit beschäftigt, mit den Zähnen eine Sektflasche zu entkorken.

Gemeinsam nahmen Lili und Friedrich an einem der langen Tische im schmalen Mittelteil der Kneipe Platz. Friedrich hielt es für notwendig, Lili einige Informationen über Kathi Kobus zu geben, damit sie wusste, was sie erwartete. Gleich am Anfang erklärte er, was er besonders an dieser egozentrischen Frau schätzte: ihr bis an Eigensinn grenzendes Selbstbewusstsein und ihren Widerstandsgeist. Die Überschreitung der Polizeistunde war bei ihr an der Tagesordnung, allerdings war sie wohlkalkuliert: Kathi Kobus hatte ausgerechnet, dass die Einnahmen, die sie durch die längere Öffnungszeit ihrer Gaststätte verzeichnete, mühelos die Strafkosten decken würden. Mit den Worten: »Also, Kinder, heute wollen wir feiern! Wir bleiben wach!«, forderte sie ihre Gäste zum Bleiben auf, oft bis zum frühen Morgen getreu dem Motto »Simplicissimus bleibt wach!«.

Akzeptable Gagen gab es im »Simplicissimus« nicht, aber immerhin gut zu essen und zu trinken. Außerdem war es üblich, dass die Künstler vor und nach ihren Auftritten eigene Postkarten verkaufen durften. Auf Lilis Frage, was sie denn auf ihre Postkarten drucken lassen solle, antwortete Friedrich: »Dein Foto. Du bist so eine schöne Frau.«

Sein abrupter Wechsel vom Sie zum Du signalisierte ihr, dass sie aufpassen und für die Einhaltung einer gewissen Distanz sorgen musste, ohne ihn zu brüskieren. »Ich hab einige Verse verfasst«, fuhr sie fort.

»Schau am besten selbst, was sich gut verkauft.«

Lili gefiel die bunte Mischung des Programms. Es waren überwiegend junge Künstlerinnen und Künstler, die im Simpl auftraten. Sie sangen, musizierten, tanzten, trugen Texte vor, führten Sketches und Szenen auf. Manchmal war sogar ein Zauberkünstler dabei. Nicht nur aus ganz Deutschland kamen die Gäste, es waren Franzosen, Italiener, ab und zu sogar Amerikaner im Publikum. Lili hatte das Gefühl, nach all der Dumpfheit, an der sie vor, während und nach dem Krieg beinahe erstickt wäre, endlich wieder frei atmen zu können – wie damals in Paris, als an den Krieg noch nicht zu denken gewesen war. Jedenfalls hatte sie nicht daran gedacht, was sie sich mittlerweile vorwarf: Ihre Unbeschwertheit und Sorglosigkeit wertete sie rückblickend als Naivität und Ignoranz.

Wie immer war sie sehr streng, beinahe unerbittlich mit sich selbst. Warum hatte sie nicht gemerkt, was vor sich ging?

Es tat immer noch weh, wenn sie an Cord dachte, auch nach fast zehn Jahren. Das hatte sie damals nicht erwartet, als sie ging. Oder vielmehr: als er ging. In diesen Wahnsinnskrieg, in dessen Begeisterung er sich hatte hineinziehen lassen. Ein Mann wie er. Hatte er vielleicht versucht, mit ihr über seinen Konflikt zu reden, ohne dass sie es gemerkt hatte? Darüber, dass er nicht wusste, worin seine Aufgabe bestand. Sie versuchte wieder einmal mit aller Kraft, sich an die letzten Wochen vor seiner Entscheidung zu erinnern. Vergeblich. Doch das beruhigte sie nicht, sondern setzte ihr noch mehr zu und führte unwillkürlich zu der Frage, was sie damals übersehen hatte. Und wenn ihr das damals passiert war – was übersah sie vielleicht in diesem Moment?

Je mehr sie darüber nachdachte, desto einsamer fühlte sie sich. Cord und Lili – das war gar nicht auseinanderzudenken gewesen.

Nach ihrem Parisaufenthalt hatten sie sich versprochen, dass das gemeinsame Reisen in ihrer Beziehung immer eine große Rolle spielen sollte. Zusammen unterwegs sein. Die Welt sehen. Neues kennenlernen. Unbekanntes entdecken. Damals war ihnen in Hamburg alles zu eng geworden. Eng, obwohl es das Tor zur Welt war. Der Hafen als ständige Aufforderung zum Aufbruch versprach Ferne und Abenteuer. Die nächste gemeinsame Parisreise war ihr so nah erschienen. Wieder durch die Straßen laufen, zu den Bouquinisten, von denen sich Cord nicht losreißen konnte. Und zum Parfumeur Guerlain, dessen kleiner Laden ihr wie ein magisches Labor der Kostbarkeiten erschien. Betörende Düfte, funkelnde Flacons. Hier wurden Liebeselixiere kreiert. In Paris hatte sie sich den ersten Lippenstift ihres Lebens gekauft, der so teuer gewesen war, dass ihr Reisegeld fast völlig aufgebraucht worden war. Der Name »Guerlain« war in die goldene Hülle eingraviert. Zum Glück hatte sie die Rückfahrkarten schon in der Tasche gehabt.

Für Lili war Paris untrennbar mit Cord verbunden. Sie wollte nicht allein dort hinfahren. Auch nicht mit Frieda, die immer wieder davon sprach. Was sollte sie in einer solchen Stadt ohne ihn? Sie würde immer nur nach Spuren der Vergangenheit suchen. Ganz anders in Hamburg. Dort überwogen die negativen Gefühle. Vor ihrem inneren Auge sah sie wieder und wieder die kriegsgeifernde Menge, Menschen im martialischen Gleichschritt und mit gegröltem Gleichklang, die Fahnen und die Blumen in den Gewehrläufen. Doch das Feiern war der fanatisierten Meute bald vergangen. Nach kurzer, nach kürzester Zeit waren sie von ihrer dumpfen Ignoranz geheilt worden. Das unvorstellbare Leid und der Horror waren ihnen schon in den ersten Kriegstagen gegenübergetreten und hatten sie vier Jahre lang nicht verlassen.

Ein wenig Schadenfreude – ein Gefühl, das ihr fremd war und gar nicht zu ihr passte – konnte sie bei diesem Gedanken nicht unterdrücken. Zum wiederholten Male stellte sie sich die Frage: Wie konnten Männer wie Cord, die voller Fantasie und Neugier auf die Welt schauten, all das ausschalten, um sich zusammenzurotten und bewaffnet gegen Gegner zu Felde zu ziehen, die sie gar nicht kannten?

Nein, mit Hamburg verband sie Cord nicht so sehr wie mit Paris. Nur wenn sie sich an sein Hamburger Zimmer zurückerinnerte, wurde ihr weh ums Herz. Es war voller Bücher gewesen, die den ganzen Raum belebten, kreuz und quer lagen und standen. Eine Ordnung oder ein System schien es nicht zu geben. Cord jedoch fand alles, was er ihr vorlesen wollte, auf Anhieb, und das waren damals in erster Linie Liebesgedichte von Richard Dehmel. Wunderbare Sätze stiegen aus ihrer Erinnerung auf und umschmeichelten sie:

*Weißt du noch, wie heiß, wie weich*
*in den blauen Juninächten,*
*wenn wir, müde von den Küssen,*
*um uns flochten deine Flechten,*
*Düfte hauchten die Narzissen?*

Weißt du noch – ja, sie wusste noch, würde immer wissen, egal, was noch geschehen würde. Das, was damals zwischen ihnen gewesen war, würde sie nie vergessen: das Gefühl des Eingehülltseins in einen Kokon aus Liebesworten. Nie wieder hatte sie sich so geborgen gefühlt. Alles war beseelt und schien ihre Liebe mit ihnen zu feiern: die Bücher, die Blumen, die Lampen, der Tisch, der Stuhl, das Bett. Alles nur für sie beide, die zu einem Wir geworden waren. Vielleicht war das das Allerschlimmste, der Verlust dieses »Wir«, eines Zusammengehörigkeitsgefühls, das allem standhielt. Eins »Wir«, das stark und weniger verletzlich machte und unzerstörbar schien. Damals hatte sie nicht daran gedacht, dass sie sich jemals wieder allein und unvollständig fühlen könnte.

Mit diesem Wir hatte sie die Benachteiligung ertragen, die sie als Mädchen und junge Frau erfuhr, als es um ihre Ausbildung ging. Na gut, dann half sie eben der Mutter im Laden und bei der Buchführung, bis sie eine Möglichkeit gefunden hatte, ihren Traum zu realisieren. Theaterspielen und singen wollte sie, auch wenn es zunächst nur zum Spaß wäre. Es war und blieb ihre Leidenschaft. Sie wusste nicht, was sie damit anfangen konnte, vor allem nicht in Hinblick auf ein eigenes Auskommen, aber sie sang. Einfach so.

Jeder ihrer Auftritte war ein Ereignis. In schillerndes Hellgrün gekleidet, kam sie so selbstverständlich auf die Bühne, als betrete sie ihr Wohnzimmer. Dort stand ein hoher Bartisch bereit, mit einer Champagnerflasche, in der sich allerdings nur Wasser befand, daneben ein Champagnerglas in Kelchform und ein aufgeschlagenes Buch. Lili bewegte sich langsam auf den Tisch zu. Sie schien das Publikum nicht zu bemerken. Am Tisch angekommen, nahm sie das Buch und begann, lautlos darin zu lesen. Das Publikum folgte ihr gebannt, wenn sie die Seiten umblätterte. Als sie endlich einmal aufblickte, erwartete man, dass sie nun mit ihrer Darbietung beginnen würde, aber weit gefehlt. Sie griff die Flasche, schenkte sich ein, wartete einen Moment und nahm den ersten Schluck. Dann las sie weiter. In ihrer Stille hatte die Szene etwas Magisches: Das Publikum schien hypnotisiert zu sein. Endlich klappte sie das Buch zu und streifte sich so lasziv die langen

Handschuhe von den Händen, dass ein Gast einmal bemerkte, es sei die erotischste Geste gewesen, die er jemals gesehen habe.

Anschließend trat sie vorn an den Bühnenrand, richtete ihren Blick direkt ins Publikum und begann mit sicherer Stimme zu sprechen. Ihr Repertoire bestand aus eigenen Gedichten. Sie textete kleine Strophen, vieles war angelehnt an Dehmel, streng genommen geklaut, aber das machte ihr nichts aus.

*Weißt du noch, die laue Luft*
*und des Parfums süßer Duft.*
*Am Boulevard Café au lait.*
*Die Erinnerung tut so weh.*
*Doch ich möchte sie nicht missen*
*Wieder locken die Narzissen.*

Für den zweiten Teil ihres Auftritts gesellte sich ein Klavierspieler dazu, mit dem sie Lieder von Wedekind und Klabund einstudiert hatte.

Besonders laut applaudierte ihr heute ein junger Pianist aus der Schweiz, der seit einigen Tagen im Simpl gastierte. Er war auf der Durchreise, sein Ziel war New York, wobei er noch nicht wusste, wie er dort hinkommen sollte. Er hielt sich alles offen, war erst einmal dem Ruf des legendären Münchner Kabaretts gefolgt, wo er hoffte, sich Geld für die Reise verdienen zu können. Als Lili ihn zum ersten Mal spielen hörte, hatte sie Herzklopfen bekommen. Diese amerikanischen Ragtime-Klänge, wie er sie nannte, waren ihr nicht gänzlich unbekannt. Schon vor dem Krieg hatte es in Hamburg einen Club gegeben, in dem Ragtime gespielt wurde, das »Maryland«. Von Anfang an hatte sie sich zu dieser Musik hingezogen gefühlt. Genau wie Cord.

Wenn Lili sang und an Cord dachte, vergaß sie für kurze Zeit das, was sie voneinander getrennt hatte. Doch dann stand sie plötzlich wieder wie in Stein gemeißelt vor ihr: seine Ankündigung, sich freiwillig für den Kriegsdienst zu melden. Sie hatte alles von Grund auf verändert. »Kompletter Szenenwechsel« wären seine Worte dafür gewesen.

Sie hatten sich beide diese Theatersprache angewöhnt und wandten sie gerne auf das Alltagsgeschehen an: Eben noch in freundlicher Umgebung in warmes Licht gehüllt – plötzlich gleißendes Licht, blendende Scheinwerfer. Der Boden bröckelte unter Lilis Füßen, während Cords Gesicht vor ihrem inneren Auge aufzog. Es schienen sich Falltüren aufzutun, die zu Gletscherspalten mutierten. Wo man sich früher sicher und sorglos bewegt hatte, hieß es jetzt aufpassen. Die Erde hatte sich weit geöffnet. Die Tiefe war belebt, übte einen unheilvollen Sog aus. Es kostete immense Kräfte, sich dagegen zu wehren, zu widerstehen, an der Oberfläche zu bleiben, sich aufrecht zu halten. Alle Dinge, die man normalerweise einfach tat, ohne darüber nachzudenken und ohne die geringste Anstrengung zu verspüren, fielen nun unglaublich schwer. Allein das Aufrechtgehen. Vorher war sie geschwebt, geflogen, getanzt – mühelos und voller Leichtigkeit. Jetzt nahm sie all ihre Energie zusammen, um gerade zu gehen, geradeauszugehen. Nicht einmal für Tränen reichte ihre Kraft.

Und dann diese Schlaflosigkeit. Etwas, was sie früher überhaupt nicht gekannt hatte. In Hamburg war sie am Ende eines jeden Tages müde gewesen, mal mehr, mal weniger, und dementsprechend früher oder später zu Bett gegangen. Meistens hatte sie noch in einem Buch gelesen, aber fast immer waren ihr schon nach wenigen Seiten die Augen zugefallen. Und jede Nacht hatte sie tief geschlafen, von intensiven Träumen begleitet. Als das legendäre Gewitter über Hamburg getobt hatte und am nächsten Tag Stadtgespräch gewesen war, wusste sie zunächst nicht, wie sie sich verhalten sollte, denn sie hatte es einfach nicht mitbekommen. Die Donnerschläge, hieß es, seien so heftig und laut gewesen, dass selbst Schwerhörige in helle Aufregung gerieten. Dazu grelle Blitze.

Anscheinend war sie die Einzige, die wie immer friedlich durchgeschlafen hatte. Selbst die Mutter fragte am nächsten Morgen in der Küche mit sorgenvoller Stimme, ob sie denn keine Angst gehabt habe. Lili wusste nicht, wovon die Mutter redete. Wovor sollte sie Angst gehabt haben? Die Mutter schüttelte den Kopf, ungläubig lachend, aber sie kannte ja ihre Tochter und beneidete sie um ihren kindlichen Seelenfrieden, wie sie es nannte. Allerdings empfahl sie ihr, anderen Leuten nichts davon zu erzählen. »Sag einfach, wir hätten in der Küche zusammengesessen, da an Schlaf natürlich nicht zu denken war. Sonst vermuten sie nämlich, du würdest Schlafpulver in hoher Dosis zu dir nehmen.«

»Niemals werde ich Schlafpulver nehmen«, war Lilis prompte Antwort gewesen. »Ich weiß gar nicht, wie das ist, wenn man nicht schlafen kann. Außerdem stelle ich es mir gar nicht so schlimm vor, wenn man ab und zu nachts mal eine Stunde wach liegt. Man kann endlich in Ruhe über all das nachdenken, wozu man tagsüber nicht kommt, wenn so viel zu tun ist. Und man wird nicht von seiner Mutter gestört, die wieder irgendeinen Auftrag für einen hat«, hatte sie schelmisch hinzugefügt. Die Mutter hatte ihr liebevoll übers Haar gestrichen und geschwiegen.

Was Lili im Gegensatz zu Schlaflosigkeit sehr wohl kannte, war eine Art nächtlicher Aufregung. Die stellte sich immer dann ein, wenn die Ankunft des Vaters bevorstand. Man konnte nicht immer ganz genau sagen, wann das Schiff, auf dem er zur See fuhr, im Hafen einlaufen würde. In diesen Tagen des Wartens schlief nicht nur die Mutter, sondern auch sie mit klopfendem Herzen ein und wachte ebenso auf. Die Träume dazwischen waren besonders bildreich und eindringlich.

Erst in der Zeit, als sie das Schlafzimmer mit der Mutter teilte, hatte Lili die Gabe des kindlichen Schlafes verloren und nicht verhindern können, dass sich die Unruhe der Mutter auf sie übertrug. Die Mutter wartete jeden Tag und jede Nacht auf den Vater, während des Krieges noch sehnsüchtiger als sonst, verlor aber kein Wort darüber. Gleichzeitig wartete Lili auf Cord, auch wenn sie es sich nicht eingestehen wollte und vehement abgestritten hätte. Warten und Schlaflosigkeit gehörten irgendwie zusammen. Doch eigentlich gab es nichts und niemanden mehr, auf den es sich für sie zu warten lohnte, nachdem Cord ihr seine Entscheidung für den Krieg verkündet hatte. Er hatte sie aus seinem Leben hinausgeworfen. Es ging sie nichts mehr an. Oder doch?

# TRAUMWÜNSCHE – WUNSCHTRÄUME

## MÜNCHEN 1924

*Küsst mich wie im Traume*

In München waren ihre Nächte beinahe frei von Schlaf. Sie lag im Bett und wartete – etwa auf ihn? Es gab nichts anderes, auf das sie warten konnte. Wenn der Schlaf doch irgendwann kam, dann mit furchtbaren Träumen im Gefolge. Der Schlimmste von allen suchte sie immer wieder heim. Er begann stets auf die gleiche Weise: Lili war unterwegs, schon vor einiger Zeit auf eine Reise gegangen, und plötzlich dachte sie an ihre Tiere zu Hause, die sie bis zu diesem Moment vergessen hatte: Enten, die sie in ihrer Wohnung hielt und ohne Wasser und Nahrung zurückgelassen hatte. Der Augenblick, in dem es ihr einfiel, war entsetzlich. Was tun? Jemandem Bescheid geben? Ausgeschlossen. Dazu war es zu spät. Sie versuchte vergeblich, sich zu beruhigen: Eine Weile konnten es die Tiere sicher aushalten. Aber sie musste so schnell wie möglich zurückfahren. Das tat sie auch umgehend. Bevor sie die Wohnung betrat, endete der Traum, und sie erwachte. Der Anblick der verhungerten Tiere blieb ihr erspart.

Was hatte dieser Traum zu bedeuten? Wofür standen die verhungerten oder verhungernden Tiere? Wen hatte sie im Stich gelassen?

Lili kaufte sich ein Exemplar der »Traumdeutung« des berühmten österreichischen Psychiaters Sigmund Freud, von dem sie in Hamburg schon einiges gelesen hatte, nachdem ihr Cord davon berichtet hatte. Er war von den Erkenntnissen des Psychoanalytikers, die mit dem Surrealismus korrespondierten, fasziniert gewesen. Damals hatte sie dem Thema skeptisch gegenübergestanden, vor allem der Zuordnung und Interpretation der Symbole. Sie erschienen ihr willkürlich, aber mittlerweile hoffte sie, Antworten und dadurch Ruhe zu finden. Anfangs erschrak sie, weil das Werk 600 Seiten umfasste und sie nicht wusste, ob sie es tatsächlich durchlesen würde. Deswegen dauerte es eine Weile, bis sie es öffnete. Immer wieder schob sie es auf, weil sie vermutete, dass sie für eine Seite mehr als eine Stunde benötigen würde. Dafür war keine Zeit.

An einem Nachmittag, kurz bevor sie sich von zu Hause auf den Weg in die Garderobe machen wollte, schlug sie das Buch auf und begann sofort zu lesen. Zu ihrer großen Überraschung war der Text überhaupt nicht schwer verständlich – vielleicht manchmal etwas zu ausführlich, aber sie fand schnell heraus, was sie nur zu überfliegen brauchte und was unbedingt genauer durchzuarbeiten war. Der Gedanke, die Traumdeutung als »Chiffriermethode« zu bezeichnen, »da sie den Traum wie eine Art von Geheimschrift behandelt, in der jedes Zeichen nach einem feststehenden Schlüssel in ein anderes Zeichen von bekannter Bedeutung übersetzt wird«, gefiel ihr besonders. Wenn sie Freud richtig verstand, war jeder Träumende selbst aufgefordert, diese Entschlüsselungsarbeit zu leisten. Freuds eigene Traumschilderungen und Interpretationen lieferten dafür Orientierung. Er verstand den Traum als Wunscherfüllung: Während des Schlafes drängten die unterdrückten Wünsche und Triebe aus dem Unbewussten ins Bewusste, wurden aber durch eine innere Instanz daran gehindert, sich direkt zu zeigen, sondern stattdessen gezwungen, sich zu maskieren.

Wie gern hätte Lili mit Cord darüber gesprochen. Sie hatte immer so viele Fragen. Kluge Fragen, wie ihr Cord attestiert hatte, wofür er sie oft bewundert hatte. Wenn er ihr philosophische Systeme erklärte, war sie stets eine aufmerksame Zuhörerin gewesen, die sich jedoch meistens nicht mit dieser Rolle zufriedengegeben, sondern Kritik und Anregungen geäußert hatte.

»Du erkennst so schnell, wo eine Theorie hakt oder widersprüchlich ist«, lobte Cord. »Ich bin jedes Mal verblüfft. Ohne dass du viel gelesen hast, erkennst du die Schwachpunkte eines Textes. Ich tue mich da viel schwerer.«

»Weil du zu sehr an Autoritäten glaubst, an Titel, Position, Berühmtheit, Renommee. Das verstellt deinen Blick. Ich habe diese Informationen nicht und kann pur an die Dinge herangehen.«

Aber jetzt fehlten ihr sein Wissen und seine Fähigkeit, Erkenntnisse in einen wissenschaftlichen und gesellschaftlichen Zusammenhang einzuordnen. Allein kam sie damit nicht zurecht. Wieder war es die Darstellung der Symbole und ihrer Bedeutung, mit der sie unzufrieden war. Dass die Ente Wachsamkeit, Neuanfang und Wohlstand symbolisierte, brachte sie bei ihren Erklärungsversuchen nicht weiter. Was bedeutete es, wenn man sie verhungern ließ?

Zur Interpretation dieses Traums war Freuds »Traumdeutung« nicht hilfreich. Eher noch seine immer wiederkehrende Aufforderung, selbst zu dechiffrieren, was ihr Unbewusstes so stark beschäftigte, dass es erschreckende Traumszenen erzeugte.

Was ihr seit kurzer Zeit vor dem Einschlafen durch den Kopf ging, war kein Traum, obwohl ihr die Szene im Nachhinein unwirklich vorkam. Es war die Erinnerung an ein beunruhigendes Erlebnis, das ihr unmittelbar nach dem Tod von Friedas Mutter widerfahren war. Gleich nach der Explosion der Muni hatte sie die Gedanken daran, was gewesen wäre, wenn sie am Unglückstag wie gewohnt zur Arbeit in die Fabrik gegangen wäre, nicht abschütteln können. Ein naheliegender Gedanke, denn bis zu diesem Zeitpunkt hatte sie niemals gefehlt, war nicht krank gewesen, hatte nicht blaugemacht. Was wäre also, wenn?

An einem Morgen hatte sie plötzlich den Drang verspürt, die Stadt zu verlassen und sich ins Freie Richtung Quickborn zu begeben. Sie hatte sich auf den Weg gemacht – von etwas Unbekanntem angezogen und gleichzeitig diffus ziellos. Irgendwann hatte sie sich in der Nähe der Bahnstrecke wiedergefunden. Irgendwo am Stadtrand. Sie war ganz allein, kein Mensch weit und breit. Sie sah sich selbst auf den Gleisen balancieren. Filmriss! Sie wusste nicht mehr, wie sie dort hingekommen war. Sie wusste auch nicht, wie frequentiert die Strecke war und wohin sie überhaupt führte. Ihr Orientierungssinn war viel zu schlecht. Woher kamen die Züge, die hier Richtung Hamburg fuhren? Und – umgekehrt – welche Ziele steuerten die Züge an, die aus Hamburg kamen? Vielleicht Paris? Wenn sie das sicher gewusst hätte, wäre sie dem nächsten Zug, vom dem sie glaubte, er fahre dorthin, entgegengeeilt. Sie hätte die Verschmelzung mit ihm und den Erinnerungen an diese Stadt gesucht.

Es war nur ein kurzer Moment der Todesbereitschaft, gespeist von ihrer Lektüre der letzten Wochen, Rilkes »Die Aufzeichnungen des Malte Laurids Brigge«, ein Buch voller Lebenslust und Todessehnsucht. Ein Buch, wie sie bisher noch keines gelesen hatte. Es richtete sich direkt an alle Sinne, lehrte nicht nur das Schauen und Hören, sondern auch das Riechen und Tasten. Dass es neben allen anderen Vorzügen eine Hommage an Paris war, hatte zuallererst ihr Interesse geweckt.

»So, also hierher kommen die Leute, um zu leben, ich würde eher meinen, es stürbe sich hier. Ich bin aus gewesen. Ich habe gesehen: Hospitäler. Ich habe einen Menschen gesehen, welcher schwankte und umsank …«

Ein unglaublicher Sog ging von Rilkes Schilderung aus, ein Sog, dem sie sich kaum entziehen konnte. Sie war mutig und verzweifelt, für einen kurzen Augenblick bereit, mit einem Leben abzuschließen, in dem alle Menschen, die ihr lieb und teuer waren, vom Kriegsfieber befallen waren. Wie sollte sie mit ihnen umgehen? Was sollte sie in einer Stadt tun, die von oben bis unten mit Flaggen behängt war und in der die Frauen die Gewehre der Männer mit Blumen schmückten? In einer Stadt, in der es für sie keinen Cord mehr gab, mit dem sie am liebsten darüber gesprochen hätte. Wie früher. Jetzt wagte sie nicht einmal, Malte nach ihm zu fragen.

Seit dem zufälligen Treffen bei der Kundgebung auf dem Hamburger Heiligengeistfeld stand sie mit Malte in Verbindung. Sie hatten sich zwar nicht mehr gesehen, schrieben einander aber unregelmäßig. Wie schnell sich die allgemeine Kriegsbegeisterung zum Kriegshorror entwickelte, schilderte er ihr anhand der Künstler und Schriftsteller, mit denen er sich, genau wie Cord, beschäftigte und die eine Art Vorbildfunktion für ihn erfüllten. Erst deren Fronterlebnisse machten einige von ihnen, die enthusiastisch ins Feld gezogen waren, zu Pazifisten.

Nicht zu übersehen war, dass die Verlustlisten in den Zeitungen stetig wuchsen. Zwar fanden die Verwundetentransporte nachts zwischen zwei und drei Uhr statt, um möglichst wenig Aufsehen zu erregen, aber lange konnten sie nicht unbemerkt bleiben. Die Lazarette und Krankenhäuser füllten sich. Im Straßenbild waren Leichtverwundete zu sehen, die Kopf- oder Handverbände trugen. Der Bildhauer und Dichter Ernst Barlach, auf dessen Skulpturen sie von Cord aufmerksam gemacht worden war, hatte den Krieg anfangs als Erlösung gefeiert. Kurze Zeit später schuf er Werke, die zum Frieden aufriefen. Er war nur ein Beispiel dafür, wie Dichter im Laufe des Krieges den Ton wechselten: Aus Begeisterung wurde Verzweiflung, aus Ermutigung Resignation. Dem Überschwang und der Flut der Worte folgten das Schweigen, das Suchen nach einer angemessenen Sprache für das Erlebte, für das Unsagbare.

Lili war Malte für seine ausführlichen Briefe dankbar, vor allem weil sie eine unausgesprochene Verbindung zu Cord bildeten.

»Kannst du dich an Hans Leip erinnern?«, fragte er sie in einem seiner Briefe. »Er sprach gern vom kindlich selbstverständlichen Miteinander der Künste. Cord war kurz vor Kriegsausbruch oft mit ihm zusammen.« Während Lili diese Zeilen las, wurde das anfangs schemenhafte Bild Hans Leips vor ihren Augen immer deutlicher. Er war ein auffallend großer Mann. Einmal hatten sie sich bei Cord die Klinke in die Hand gegeben, aber nicht mehr als einen Gruß ausgetauscht. Wie sie später erfuhr, hatte er gerade seine Stelle als Hilfslehrer angetreten. Für ihn war es ein ungeliebter Beruf. Viel lieber wollte er schreiben. Was ihn mit Cord verband, war das Interesse für die verschiedenen Kunstformen. Damals hatte Cord von Hans geschwärmt, der universell begabt war und seine Gedichte selbst vertonte und illustrierte.

Nicht nur die Schriftsteller, auch die Maler drückten ihren Zwiespalt zwischen Faszination und Grauen in ihren Werken aus. Manchmal ging jede Kunstform ihren eigenen Weg. »Der Krieg war eine scheußliche Sache, aber trotzdem etwas Gewaltiges. Das durfte ich auf keinen Fall versäumen. Man muss den Menschen in diesem entfesselten Zustand gesehen haben, um etwas über den Menschen zu wissen«, schrieb der Maler Otto Dix. In seinen Werken stellte er allerdings zunehmend die grauenvolle, blutige und schmutzige Seite des Krieges dar. Auch der Maler George Grosz war ein Kriegsfreiwilliger, der allerdings schon nach einem Jahr als dienstuntauglich entlassen wurde. Daraufhin begann er, seine Bilder gegen den Krieg zu malen und sich als moderner Schlachtenmaler zu verstehen – »als Protest gegen eine Menschheit, die verrückt geworden war«.

Seine Zeichnungen aus dieser Phase waren nur schwer zu ertragen, fand Lili. Als radikaler Kriegsgegner legte er, wie sein Freund John Heartfield, der eigentlich Helmut Herzfeld hieß, seinen deutschen Namen ab und wählte einen englischen: George Grosz. Er sollte ein ständiges Zeichen gegen die antienglische Stimmung sein. Ein Jahr vor Kriegsende wurde er eingezogen, wiederum für dienstuntauglich erklärt und in eine Nervenklinik eingewiesen.

Zur selben Zeit appellierten die Zeitungen an das nationale Selbstverständnis und verbreiteten Feindbilder. Heroische Plakate und Bildpostkarten dienten als Propagandamaterial, mit dem es eine Zeit lang sogar gelang, das Grauen der Schlachtfelder auszusparen und das Leben zu idyllisieren. Die Wochenschauen vermittelten den Eindruck, der soldatische Alltag sei durch den freundlichen Kontakt zur Bevölkerung der besetzten Gebiete, Soldateneinsamkeit der Wachtposten und Kameradschaftszusammenkünfte bestimmt.

Doch die Traumwelten und Märchen waren der Realität nicht gewachsen. Besonders berührt wurde Lili von der Lebensgeschichte des Malers Heinrich Vogeler. Nach einem Besuch in Worpswede bei Bremen schickte ihr Malte seine Aufzeichnungen über Vogeler. Auch dieser hatte sich freiwillig für den Kriegsdienst gemeldet und war zu den Oldenburger Dragonern abkommandiert worden. Eine Zeit lang hatte er versucht, dem Kriegsgeschehen einen Sinn zu verleihen, aber nach einigen Fronterlebnissen funktionierte diese Verdrängungsstrategie nicht mehr, und er wurde zum engagierten Kriegsgegner. Kurz vor Kriegsende richtete er einen Friedensappell an den Kaiser, das »Märchen vom lieben Gott«, und wurde daraufhin zur Untersuchung seines Geisteszustandes ins Lazarett in Bremen eingeliefert. Man bezeichnete ihn als »gemeingefährlichen Neuropathen«, entließ ihn umgehend aus dem Heeresdienst und stellte ihn in seinem Wohn- und Arbeitshaus unter Polizeiaufsicht. Malte fügte seinen Ausführungen ein von Heinrich Vogeler illustriertes Buch bei. Es trug den Titel »Dir« und enthielt Liebesgedichte und Zeichnungen des Künstlers. In diesem Zusammenhang erwähnte Malte seit langer Zeit erstmalig wieder Cord. Der habe dieses Buch sehr geliebt.

Lili war es unangenehm, dass Malte ihr ein solches Geschenk machte. Sie wusste nicht recht, wie sie darauf reagieren sollte, und wartete lange mit ihrer Antwort, die schließlich noch kühler ausfiel, als sie es zunächst beabsichtigt hatte. Sie wollte auf Nummer sicher gehen und eine gewisse Distanz bewahren, denn Malte war in sie verliebt, das war nicht zu übersehen. Wer weiß, wie lange schon. Sie hatte nicht darauf geachtet. Doch nun wollte sie um jeden Preis verhindern, dass er ihr seine Liebe gestand. Alles in der Schwebe lassen, keine Fakten schaffen, auch nicht mit Worten, lautete ihr Plan. Malte hatte sie in einen Zwiespalt gestürzt: Sie mochte ihn, hatte ihn immer gemocht, aber eben nicht mehr. Er war Cords Freund und bildete jetzt die einzige Verbindung zu ihm. Die wollte sie nicht aufgeben, aber Malte gleichzeitig auf keinen Fall das Gefühl geben, dass sie ihn benutzte. Warum mussten Beziehungen so kompliziert sein?

# VERFÜHRUNGSSPIELE

## MÜNCHEN 1924

*Dein verliebter Mund*

Lili zog Bilanz und entschied, sie habe ihr Leben eigentlich im Griff. Sie hatte gelernt, auf Pläne zu verzichten, von Tag zu Tag zu leben und dabei auf ihre nächtlichen Träume zu achten, denn laut Freud war der Traum immer eine Wunscherfüllung. Sie modifizierte diesen Satz etwas: Ein Traum macht uns unsere Wünsche bewusst. Die Freud-Lektüre hatte sie angeregt zu träumen. Schließlich hatte er geschrieben, man könne das Träumen lernen. Wenn ja, dann wollte sie sich Cords Morgenfröhlichkeit herbeiträumen. Traumwunsch Nummer 1 war also Cord am Morgen – nicht der ganze Cord den ganzen Tag, sie wollte nicht unbescheiden sein, nur der Cord, der er am Morgen war. Er würde ihr helfen, den Tag zu überstehen, um sich nach einer Nacht, in der sie sich wie zersplittert fühlte, wieder zusammenzusetzen.

Die Medizin, die sie sich in München selbst verordnet hatte, erwies sich rasch als unwirksam: Das Einschlafen mit einem Liebhaber gefiel ihr, nicht aber das Aufwachen – daher blieb es bei ihren Männerbekanntschaften meist bei einer Nacht. Im halb wachen Zustand spürte sie das Wohlgefühl des Mannes, das allerdings nicht frei von einer gewissen Unsicherheit war. Zu Recht, denn am Morgen wurde er zumeist von Lili aufgefordert zu gehen. Das gemeinsame Frühstück könne man sich sparen, befand sie, genau wie Erklärungen und Begründungen. Die Männer waren von ihrem Verhalten schockiert. Normalerweise waren sie in der Rolle desjenigen, der der erstaunten Frau erklärte, warum es bei einer einzigen Liebesnacht bleiben würde. Lili kam ihren Männerbekanntschaften zuvor – aber wer weiß, vielleicht hatten diese gar nicht die Absicht gehabt, die Liaison, die noch keine war, zu beenden. Einzig Joaquin bildete eine Ausnahme. Von Anfang an war klar, dass er sich auf der Durchreise befand und ihre Beziehung nur vorübergehend sein würde. Und doch kam der Abschied überraschend. Sie redete sich ein, dass es vor allem seine Musik war, die ihr fehlte.

Lili behielt die Kontrolle über ihr Leben. Sie wusste, was sie wollte, und vor allem, was sie nicht wollte.

Nicht Ehefrau und Mutter sein, obwohl sie Kinder liebte und von Kindern geliebt wurde, weil ihr immer etwas Besonderes einfiel, was man gemeinsam spielen konnte.

Nicht einen der üblichen Frauenberufe ergreifen, aber trotzdem eigenes Geld verdienen und für sich selbst sorgen.

Ihre Kunst nicht den Gepflogenheiten der Karriere unterwerfen, aber trotzdem Erfolg haben.

Immer gab es ein Aber. Und das mächtigste hatte mit der Liebe zu tun: sich nie wieder so sehr verlieben, dass eine Enttäuschung sie um den Verstand bringen konnte. Cord endlich vergessen, aber die wundervollen Augenblicke ihrer Liebe nicht verlieren.

Weil sie selbst all diese Widersprüche im Blick hatte, sogar in einem schonungslosen, entschied sie, dass sie ihr Leben im Griff habe. So wurde sie auch von den anderen gesehen, von ihren Eltern, besonders der Mutter, von ihrer Tante Marlene und von Bekannten, ehemaligen Mitschülerinnen und Arbeitskolleginnen.

Einzig Frieda ließ sich nicht so rasch überzeugen. Doch während die beiden Freundinnen fast über alles ehrlich und kontrovers reden konnten, reagierte Lili bei Fragen, die nur im Entferntesten ihre Beziehung zu Cord betrafen, sofort mit Ablehnung und Widerstand. Also musste sich Frieda etwas anderes einfallen lassen, um den Verteidigungswall, den Lili um sich aufgebaut hatte, zu durchbrechen. Sie wollte ihre Freundin in ein Spiel hineinziehen, das sie sich ausgedacht hatte, von dem sie jedoch wusste, dass Lili niemals mitspielen würde, wenn sie ihr den Inhalt und die Spielregeln erklären würde. Sie musste es ganz anders anfangen, sodass Lili erst realisierte, was geschehen war, wenn das Spiel längst im Gang war.

Es war das erste Mal seit langer Zeit, dass sich Frieda an ihr Talent als Spielerin erinnerte. Früher war es häufiger geschehen, dass sie auf ihre Fähigkeit vertraute, ihr Leben spielerisch zu gestalten. Nach dem Tod ihrer Mutter hatte sie jedoch die Freude daran verloren, vor allem aber die Sicherheit, als Spielerin tonangebend zu sein, die Fäden ziehen und die Regeln bestimmen zu können. Sie hatte durch den schweren Schicksalsschlag lernen müssen, dass irgendwo ein Spielmacher lauerte, der mächtiger war als sie und ihr seine Gesetze aufzwang.

Auf dem Weg nach München spürte Frieda endlich wieder Tatkraft, fühlte sich handlungsfähig. Die lähmende Passivität, die sie perfekt zu verbergen gelernt hatte, sodass sie von anderen kaum registriert wurde, war für einen Moment verschwunden und hatte einen Teil ihrer Fantasie freigesetzt, der sie ausgefallene Ideen hervorbringen ließ. Verführung lautete das Motto. Verführung in mehrfacher Hinsicht. Sie hatte Lili ihren Besuch in München angekündigt und die große Freude genossen, die Lili empfand und ihr ungewohnt überschwänglich zeigte.

Lilis Traumwunsch Nummer zwei hatte nämlich Frieda gegolten. Lili vermisste die Freundin mehr, als sie jemals erwartet hatte, und träumte sie herbei. Doch bevor sie ihre Einladung aussprechen konnte, meldete sich Frieda bei ihr. Die Sehnsucht war also eine gegenseitige. Lilis Vorfreude war groß. Endlich mit jemandem Vertrautes durch die immer noch fremde Stadt laufen.

Für gemeinsame Unternehmungen mit Frieda war München genau der richtige Ort. Friedas Versuche, einen neuen Reiseplan für Paris zu entwerfen, hatte Lili stets mit der Begründung, kein Geld dafür zu haben, zurückgewiesen. Es stimmte nur halbwegs, der eigentliche Grund war, dass Paris so untrennbar mit Cord für sie verbunden war, dass sie sich nicht vorstellen konnte, mit einem anderen Menschen dort hinzureisen.

An dem Abend, an dem sie Frieda erwartete, schaute Lili zwischen ihren Auftritten, und sogar während sie sang, erwartungsvoll ins Publikum. Sie wollte ihre Freundin sofort entdecken, wenn sie den Raum betrat. Der Weg in den hinteren Teil des Lokals, der als Bühne diente, führte durch einen engen Gang, der die Gaststube im Eingangsbereich mit dem Veranstaltungssaal verband. Als Frieda sich den Weg durch die Menschenmenge bahnte, die sich in dem Gang angesammelt hatte, sang Lili gerade ihr Lieblingslied aus dem bunten Repertoire, das sie allabendlich präsentierte: »Ilse« von Frank Wedekind.

*Ich war ein Kind von fünfzehn Jahren,*
*Ein reines, unschuldsvolles Kind,*
*Als ich zum erstenmal erfahren,*
*Wie süß der Liebe Freuden sind.*
*Er nahm mich um den Leib und lachte*
*Und flüsterte: O welch' ein Glück!*
*Und dabei bog er sachte, sachte*
*Mein Köpfchen auf das Pfühl zurück.*
*Seit jenem Tag lieb' ich sie alle,*
*Des Lebens schönster Lenz ist mein;*
*Und wenn ich keinem mehr gefalle,*
*Dann will ich gern begraben sein.*

Die letzte Strophe sang Lili mit so viel Inbrunst, dass das Publikum hingerissen war und länger und lauter als sonst applaudierte.

»Du bist hier der Star, Lili!«, waren Friedas Begrüßungsworte. »Das hast du mir gar nicht erzählt, aber ich hätte es natürlich wissen müssen.«

Die Freundinnen lagen sich in den Armen.

»Lass uns in die Garderobe gehen«, flüsterte Lili, die Anweisung der Wirtin, auf keinen Fall »Fremde« mit in die Räume auf der Rückseite der Bühne zu nehmen, ignorierend. Sie ergriff Friedas Hand und zog sie hinter sich her. Seit einer Woche hatte sie den Umkleideraum für sich allein, Emma war verschwunden, ohne sich zu verabschieden.

In der Garderobe angekommen, waren die beiden Freundinnen zunächst sprachlos, hielten sich an den Händen und schauten einander prüfend an.

»Du bist dünn geworden«, waren Friedas erste Worte nach einer längeren Zeit des Schweigens, und als Lili nicht gleich antwortete, fuhr sie fort: »Wahrscheinlich arbeitest du zu viel. Das lässt sich ändern. Gut, dass ich gekommen bin!«

Da beendete auch Lili ihr Schweigen und pflichtete der Freundin aus voller Seele bei: »O ja, gut, dass du hier bist.«

Lili hatte nur noch ein Lied vorzutragen: Klabunds »Ich baumle mit de Beene«.

*Ich baumle mit de Beene*
*Meine Mutter liegt im Bette,*
*Denn sie kriegt das dritte Kind;*
*Meine Schwester geht zur Mette,*
*Weil wir so katholisch sind.*
*Manchmal troppt mir eine Träne*
*Und im Herzen pupperts schwer;*
*Und ich baumle mit de Beene,*
*Mit de Beene vor mich her.*

Auf den Verkauf ihrer Postkarten mit kleinen Versen und Bonmots, zu denen sie von Friedrich und ihren Kolleginnen angeregt worden war, verzichtete sie an diesem Abend, obwohl sich diese Einnahmequelle als viel lukrativer erwiesen hatte, als sie erwartet hätte.

Erst als sie in Lilis winzigem Zimmer in Haidhausen angekommen waren, spürte Frieda ihre Müdigkeit. Die Fahrt mit dem Zug von Hamburg nach München war anstrengend gewesen und hatte fast genauso lange gedauert wie die nach Paris. Zum Schlafen war es viel zu unruhig gewesen. Sobald sie sich an die lauten, monotonen Eisenbahngeräusche gewöhnt hatte und fast eingeschlummert war, hatte eine schrille Lautsprecherdurchsage sie wieder aufgeschreckt. Irgendwann hatte sie es aufgegeben und stattdessen in dem Buch gelesen, das sie Lili mitgebracht hatte: *Der Geldkomplex* von Franziska Gräfin zu Reventlow. Frieda hatte die ungewöhnliche, vor wenigen Jahren verstorbene Schriftstellerin erst kürzlich entdeckt und einige Aufsätze von ihr gelesen. Die Gräfin aus Husum hatte das Schloss, in dem sie aufgewachsen war, verlassen, um in München ein freies, selbstbestimmtes Leben zu führen.

Das gefiel Frieda, und sie war gespannt, was Lili dazu sagen würde. Die Künstlerkneipe »Simplicissimus«, in der Lili auftrat, kam bei der Reventlow auch vor, genau wie die privaten Malschulen, für die sich Frieda interessierte.

Lili fand es ganz natürlich, dass sich Frieda zu ihr ins Bett legte – wie sie es in der letzten Zeit in Hamburg auch oft getan hatte. Doch beim Einschlafen spürte sie, dass diesmal irgendetwas anders war. Im Ehebett der Eltern, in dem sie zu dritt geschlafen hatten, seit Friedas Mutter bei der Explosion der Muni ums Leben gekommen war, hatte sich Frieda oft fest an sie geklammert – so als wollte sie ihr neues Zuhause nicht mehr loslassen. Heute jedoch lag sie still neben ihr.

Und noch etwas fiel Lili auf: Frieda schien auf einmal gar nicht mehr müde zu sein. Sie ließ ihre Hände über Lilis Körper wandern, formte die Rundungen ihrer Brüste nach, umfasste ihre Oberarme, streichelte die Schultern und küsste ihren Hals. Entgegen ihrer Erwartung leistete Lili keinen Widerstand, sondern ließ die Berührungen zu. Mehr noch, sie begann, sie langsam und vorsichtig zu erwidern, und bildete nun ihrerseits die Umrisse von Friedas Körper mit zärtlichen Umkreisungen nach. Die Phase des vorsichtigen Tastens wurde bald abgelöst von leidenschaftlichen Liebkosungen und Küssen.

Beim Erwachen am nächsten Morgen gab es keinerlei Verlegenheit. Sie umarmten sich freundschaftlich, frühstückten und planten den Tag, der strahlend vor ihnen lag, bis zu Lilis Auftritt um neun Uhr am Abend. Über die Geschehnisse der Nacht sprachen sie nicht.

So ging es von diesem Tag an eine ganze Weile. Die Nächte gehörten der Liebe und der Leidenschaft, die Tage der Freundschaft. Lili spürte, wie sie aufblühte.

»Du siehst schon viel besser aus«, befand Frieda. Auch Lilis Kolleginnen waren sich einig, dass ihr der Besuch der Freundin guttat.

Frieda hatte mittlerweile eine Passion für sich entdeckt: die Malerei. Sie belegte Kurse an einer privaten Malschule in München. Das Institut der Madame Beauchamps war aus einer Damenakademie entstanden, die Ende des 19. Jahrhunderts gegründet worden war, als die staatlichen Akademien den Frauen noch verschlossen gewesen waren. Das hatte sich zwar mittlerweile geändert, aber weibliche Studierende bildeten nach wie vor die Ausnahme. Der Unterricht war auf männliche Studenten zugeschnitten – Frauen wurden nur als Aktmodelle gern gesehen.

Was Frieda an Talent fehlte, kompensierte sie durch Willenskraft. Auch in diesem Fall agierte sie als Spielerin, die ein Spiel, das sie einmal begonnen hatte, zu Ende führte. Die Spielregeln wurden von ihr akzeptiert, genau wie die Korrekturen der Professorin. Madame Beauchamps war eine strenge Lehrerin, die ihren Schülerinnen viel abverlangte: Geld und Gehorsam. Schließlich konnten sie froh sein, in einer Zeit, in der ihnen und ihren Geschlechtsgenossinnen der Zutritt an staatliche Hochschulen immer noch schwer gemacht wurde, kompetenten Unterricht zu erhalten.

Doch schon bald genügte Frieda das Lehrangebot Madame Beauchamps' nicht mehr; sie beantragte beim Rektor der Akademie der Bildenden Künste, an den dortigen Anatomiekursen teilnehmen zu dürfen. Mit der umgehend erfolgten Absage gab sie sich nicht zufrieden, sondern erwirkte einen persönlichen Gesprächstermin beim Rektor. Als sie anschließend nach Hause kam, konnte sie nicht aufhören, darüber zu berichten. Sie spielte die Szene vor und übernahm beide Rollen: die Studentin, ihr Alter Ego, sowie den um einen Kopf kleineren und spindeldürren Rektor. Er hatte ihr, einer kräftig gebauten jungen Frau, mit erhobenem Zeigefinger erklärt, das weibliche Geschlecht sei nun einmal zu zart und zu schwach für eine solche Konfrontation mit dem menschlichen Körper, wie sie in den Anatomiekursen üblich sei. Als Frieda die Stärke der Krankenschwestern im Krieg – ausgebildeter wie angelernter – zu bedenken gab und aufzählte, was sie in den Lazaretten leisteten, wand er sich wie ein Aal. Mehr als »das ist doch etwas ganz anderes« brachte er nicht hervor.

Am Ende war Friedas Insistieren so hartnäckig, dass er sich bereit erklärte, eine Sondergenehmigung für sie auszustellen –

eine Sondergenehmigung, die Frieda nie in Anspruch nahm, denn eigentlich wollte sie auf diese Erfahrung verzichten, es ging ihr wieder einmal nur um den Wettkampf, das Spiel, das sie nicht verlieren wollte.

»Weißt du, Lili, da stand er vor mir, reichte mir knapp bis zum Kinn und redete vom starken Geschlecht. Es war unglaublich. Ich hab mir so sehr gewünscht, einen Zeugen oder eine Zeugin dabei zu haben, am liebsten natürlich dich, denn es war eine Schmierenkomödie übelster Art und an Absurdität nicht zu überbieten. Dass ein Mann von seiner schmächtigen Statur eine solche Argumentation wagt, ist für mich unbegreiflich.«

Sie wurde nicht müde, Lili die groteske Szene vorzuspielen, und Lili war ein dankbares Publikum. Sie genoss es, dass Frieda ihrem Temperament freien Lauf ließ. Das tat sie seit dem tragischen Tod ihrer Mutter viel zu selten. Die Ausgelassenheit und Unbekümmertheit, um die sie Lili früher oft beneidet hatte, war seither verschwunden. Obwohl Lili sich manchmal davon abgestoßen gefühlt hatte, dass Frieda so gar nicht an andere Menschen zu denken schien, wenn sie einen ihrer Pläne durchsetzen wollte, vermisste sie diese Eigenschaft ihrer Freundin nun. Nie hätte sie gedacht, dass Frieda diese leidenschaftliche Spielfreude, die ihre gesamte Umgebung mitriss, einmal einbüßen würde. Aber genau das war geschehen.

Frieda hatte erkannt, dass nicht sie selbst die Spielregeln aufgestellt hatte, wie sie bisher angenommen hatte, sondern eine unbekannte Macht. Mit der wollte sie sich nicht anlegen. Allmählich und nur in wenigen Situationen trat die Spielerin mittlerweile wieder zutage und legte los, ohne sich selbst zu bremsen. Lili war begeistert und brachte eine Zeit lang immer wieder das

Gespräch auf Friedas Begegnung mit dem Rektor der Kunstakademie. Frieda griff die Stichworte, die Lili nannte, sofort auf. Es tat ihr sichtlich gut, diesen Teil ihrer Persönlichkeit ab und zu wieder zu spüren. Und sie zeigte Lili ihre Dankbarkeit auf ganz besondere Weise.

# DER HERR MIT DEM VIOLETTEN SCHAL

## MÜNCHEN 1924

*deine Schritte kennt sie*

Eines Tages, als Lili schon nicht mehr damit gerechnet hatte, tauchte Emma plötzlich wieder auf. Sie schien noch nervöser als sonst zu sein, aber Lili gab vor, nichts zu bemerken, und empfing sie mit selbstverständlicher Freundlichkeit. Wahrscheinlich war Lilis Diskretion der Grund dafür, dass Emma ihr am nächsten Tag ihr Herz ausschüttete. Emma war schon früher als sonst in der Garderobe eingetroffen. Sie murmelte Unverständliches vor sich hin, bis sie sich endlich direkt an Lili wandte: »Kann ich dich mal um Rat fragen?«

Lili hatte keinen Grund, das abzulehnen. Stockend und weitschweifig begann Emma von ihrer finanziellen Notlage zu berichten. Sie holte dabei weit aus und verlor den Faden, sodass Lili nicht mehr folgen konnte und schließlich ungeduldig forderte: »Emma, bitte sag mir doch einfach, worum es geht.«

»Eine heikle Geschichte, Lili.« Emma ging in der Garderobe schweigend auf und ab, bis Lili aufstand und Anstalten machte, den Raum zu verlassen. »Bleib hier, ich erzähl dir alles. Ich bin angezeigt worden und war im Gefängnis. Und jetzt hab ich Angst, wieder eingesperrt zu werden.«

»Warum?« Nun war auch Lili in Aufregung. »Wer hat dich angezeigt? Weswegen?«

»Angeklagt war ich wegen – warte mal, ich sag's dir gleich ...« Sie zog ein mehrfach gefaltetes Blatt Papier aus ihrer Tasche. »Wegen gewerbsmäßiger Unzucht einer nicht registrierten Prostituierten. Sechs Tage haben sie mich festgehalten und bei der Entlassung gesagt, ich sollte mich bloß nicht zu früh freuen, weil da noch eine Anzeige wegen Beischlafdiebstahls gegen mich eingegangen ist. Aber das ist vollkommen lächerlich.« Emma begann, zu weinen und ein Klagelied anzustimmen, in dem sie die Mutter Gottes anrief, ihr zu helfen. Vermutlich hatte Emma zu Drogen gegriffen, die ihre Konfusion verstärkten. »Noch mal lass ich mich nicht einsperren.« Ihr Klagegesang wurde immer heftiger. Lili befürchtete einen Zusammenbruch, sie nahm Emma in die Arme, dann brach es aus dieser heraus: »Es war ekelhaft. In der Strafanstalt musste ich als Erstes Kleider und Schuhe ausziehen. Dann wurde ich von der Aufseherin durchsucht. Ich weiß nicht, wonach. Jedenfalls hat sie nichts gefunden, und ich durfte mich wieder anziehen. Eine andere Wärterin hat mich in die Zelle gebracht. In der standen ein Tisch und eine Bank. Auf einer Pritsche lag eine Matratze mit einem Strohsack. Und in der Ecke gleich neben der Tür stand ein Kübel.«

Nachdem die schwere Tür ins Schloss gefallen war, habe sie vergeblich versucht, in dem Raum einen Platz zu finden, erzählte Emma weiter. Auf Lilis Frage »War es so schlimm? So schmutzig?« antwortete sie: »Nein, überhaupt nicht. Im Gegenteil. Es war sauber, zu sauber, zu grau und zu leer. Ich hatte plötzlich große Sehnsucht nach unserer bunten Garderobe. Ich wünschte mir so eine Enge und Unordnung, in der man nichts findet. Kannst du das verstehen?«

»O ja.« Lili wusste nur zu gut, was Emma meinte. Als sie sich nach den anderen Insassinnen erkundigte, antwortete Emma: »Jeden Nachmittag wurden die Zellen aufgeschlossen, und nach und nach kamen einige Frauen auf den Gang hinaus. Die meisten waren bestimmt schon länger dort. Sie verständigten sich mit Blicken und Handzeichen. Die Aufseherin kontrollierte die Zellen, zwei junge Frauen verteilten Brot und füllten die Wasserkrüge. Aber ich hab mit keiner gesprochen. Es ging alles so schnell, wir mussten gleich wieder in unsere Zellen, und dann wurde die Tür verriegelt.«

Während des Erzählens war Emma ruhiger geworden. Lili hielt sie immer noch im Arm und sagte: »Es ist alles wieder gut, Emma, du hast es doch jetzt überstanden.«

»Und wenn sie mich wieder verhaften? Sie haben mir ja schon damit gedroht.« Emma begann wieder zu zittern.

»Die wollten dich bloß einschüchtern, bange machen, du Bangbüx.«

Das unerwartete norddeutsche Wort löste Emmas Anspannung endgültig. »Bangbüx«, wiederholte sie lachend, »nein, das bin ich nicht.«

Lili lockerte die Umarmung, und nach einer Weile fragte Emma: »Willst du gar nicht wissen, ob ich es getan habe?«

»Was denn?«

»Beischlafdiebstahl.«

»Nein!« Lilis Stimme klang entschieden. »So, und jetzt lass mich in Ruhe, ich muss mich auf meinen Auftritt vorbereiten.«

In der folgenden Nacht träumte Lili, sie sei inhaftiert worden. Die Zelle, in die man sie gesperrt hatte, enthielt nur ein Regal mit vielen Büchern – keinen Tisch und kein Bett. Als ihr durch die Türklappe das Essen gereicht wurde, fragte sie, wo sie denn schlafen solle, erhielt aber keine Antwort, nur einen unappetitlichen Brei, von dem sie keinen Bissen herunterbrachte. Als sie sich das Bücherregal näher anschaute, erkannte sie, dass es sich dabei um eines aus Cords Hamburger Zimmer handelte. Die Bücher waren auf dieselbe Weise angeordnet wie damals, als sie zuletzt bei ihm gewesen war: nicht alphabetisch, sondern nach der momentanen Bedeutung für ihn, wie er jedes Mal betonte, wenn sie ihn besuchte. Rainer Maria Rilke und Richard Dehmel standen an erster und zweiter Stelle, dann folgten Ernst Barlach, Sigmund Freud, Franz Kafka, Thomas Mann und ein zweiter Rilke-Band. Als sie diesen aus dem Regal zog, entdeckte sie Einkerbungen an der Wand dahinter. Jemand schien eine Strichliste geführt zu haben. Sie zählte 28 Kerben. So viele Kerben, wie sie Jahre alt war. Plötzlich öffnete sich die Tür, und eine vermummte Gestalt forderte sie auf, den Raum zu verlassen. Ehe sie sich's versah, stand sie vor dem Gefängnistor, das sich langsam schloss. Anstatt sich über die wiedergewonnene Freiheit zu freuen, fühlte sie sich ausgeschlossen. Mit diesem Gefühl wachte sie neben der friedlich schlafenden Frieda auf. Entweder eingeschlossen oder ausgeschlossen – dazwischen schien es nichts zu geben. Es dauerte eine Weile, bis sie Traum und Realität sortiert hatte. Frieda erzählte sie nichts davon.

Eine Zeit lang lebten Lili und Frieda harmonisch und fantasievoll zusammen. Um den Vormittag mit Lili verbringen zu können, schrieb sich Frieda ausschließlich für die Nachmittagskurse der Malschule ein. In dieser freien Zeit versuchte Lili, eigene Liedtexte zu verfassen und sich passende Melodien auszudenken, obwohl sie kein Instrument spielte und keine Noten lesen konnte. Seit Frieda bei ihr war, ging sie erst gegen sieben Uhr aus dem Haus. Das war früh genug, um pünktlich um neun Uhr für ihren ersten Auftritt des Abends im Simpl auf der Bühne zu stehen. Frieda saß dann meistens schon im Zuschauerraum. Sie wollte keine Darbietung ihrer Freundin verpassen.

Doch irgendwann begann sie erst gegen halb zehn zu kommen, dann wurde es immer später. Schließlich erschien sie erst nach der Vorstellung, um Lili abzuholen. Als Lili sie darauf ansprach, war sie zuerst ungewohnt verlegen. Sie begann einen Satz, brach ihn ab, machte eine lange Pause. Doch schließlich nahm sie sich zusammen und erklärte Lili, sie habe sich nach einer Möglichkeit umgesehen, Geld zu verdienen. Bekanntlich seien die Malkurse sehr teuer, und ewig könne sie nicht mit in Lilis Zimmer wohnen. Die Vermieterin habe so etwas wiederholt anklingen lassen.

»Ja, und was machst du?«, fragte Lili.

»Ich vertreibe einem reichen älteren Herrn die Zeit«, lautete Friedas Antwort.

»Das musst du mir erklären.« In Lilis Kopf liefen parallel verschiedene extreme Filmszenen ab, von der kindlich-sentimentalen Vater-Tochter-Simulation bis zur gewalttätigen Machtdemonstration zwischen Gebieter und Lustsklavin. Sie gehe mit dem Herrn ins Kino, Kaffee trinken, im Englischen Garten spazieren, und manchmal – ganz selten – lade er sie in sein Schlafzimmer ein, wo es zu harmlosen Zärtlichkeiten komme. Dafür würde er sie ebenso großzügig entlohnen wie für die anderen gemeinsamen Unternehmungen. Beinahe jedes Mal verabschiedete er sich von ihr mit den Worten: »Du bist mein Glück.«

Lili war über diese Offenbarung weder erstaunt noch schockiert. Sie kannte ihre Freundin. So war sie eben: neugierig, offen, abenteuerlustig. Viel zu lange waren diese Eigenschaften in den Hintergrund gedrängt und von Traurigkeit überdeckt worden. Das war zum Glück vorbei. Am meisten interessierte Lili, wie es dazu gekommen war, und Frieda gab bereitwillig Auskunft: Auf dem Weg zum Simpl war sie an einem Blumenmädchen vorbeigekommen, das hübsche kleine Veilchensträuße anbot. Bevor sie ihr ein Sträußchen abkaufen konnte, sah sie einen älteren, äußerst elegant gekleideten Herrn zielstrebig auf das Mädchen zugehen und hörte ihn sagen: »Ich nehme den ganzen Korb, mein schönes Kind. Aber dafür müssen Sie mitkommen und ihn für mich nach Hause tragen.« Die Kleine schaute ihn mit angstvoll geweiteten Augen an, packte rasch ihre Sträuße zusammen, ergriff den Korb und rannte davon. Der Mann konnte sein Erschrecken nicht verbergen, eine solche Reaktion hatte er offensichtlich nicht erwartet. Da fiel sein Blick auf Frieda. Sie lächelte ihn freundlich an und prustete dann los. Damit war der Bann gebrochen, der vornehme Herr stimmte in das befreiende Gelächter ein, und sie gingen zusammen Kaffee trinken.

Nachdem Lili die Geschichte von Frieda erfahren hatte, schwieg sie eine Weile. Frieda war verunsichert. Vielleicht hätte sie eine Notlüge erfinden sollen. Sie wusste nicht, welche Reaktion sie von Lili erwarten konnte. Ihre Freundin hatte eine eigene, ungewöhnliche Moral, die wenig gemein hatte mit der allgemein gültigen. Neben ihrem Verständnis, ihrer Toleranz und ihrer Großzügigkeit existierte eine Strenge, die manchmal unvermutet und heftig zuschlug. Doch diesmal hatte Frieda nichts dergleichen zu befürchten – das zeigte ihr Lilis Mimik. Und dann tat die Freundin etwas Überraschendes. Sie begann zu singen:

*Neulich kommt ein Herr gegangen*
*Mit 'nem violetten Schal,*
*Und er hat sich eingehangen,*
*Und es ging nach Jeschkenthal!*
*Sonntag war's. Er grinste: »Kleene,*
*Wa, dein Port'menée ist leer?«*
*Und ich baumle mit de Beene,*
*Mit de Beene vor mich her.*

Frieda war verblüfft und gleichzeitig erleichtert. Auf ihre vorsichtige Nachfrage, ob sie ihr Verhalten missbillige oder ihr böse sei, erwiderte Lili: »Wie denn? Wie könnte ich dann solche Lieder singen? Die hab ich mir schließlich selbst ausgesucht. Aber ich möchte schon, dass du mir deinen Herrn mit dem violetten Schal vorstellst.«

Kichernd fielen sich die beiden Freundinnen in die Arme.

Lili musste nicht lange warten. Bereits am nächsten Tag übermittelte ihr Frieda eine Einladung ins Deutsche Theater zur Revue »Nacht der Nächte«. Dafür wurde in der Stadt aufwendig geworben. Das Plakat, an dem Lili auf ihrem Weg zum Simpl jeden Tag vorbeikam, zeigte eine schöne nackte Frau mit langem blondem Haar. Sie stand oder, besser gesagt, schwebte am Strand entlang. Das Meer war in Bewegung. In der Ferne glitt nahe der Horizontlinie ein Segelboot auf den Wellen dahin. Darüber leuchtete die Mondsichel, deren Lichtschein sich im Wasser spiegelte. Die

Frau hielt in einer Hand den Schleier, mit dem sie bis vor Kurzem noch verhüllt war, und grüßte mit der anderen den fernen Segler und den Mond.

In den letzten Tagen waren die beiden Freundinnen oft davor stehen geblieben. Lili hatte sogar überlegt, einmal im Deutschen Theater vorzusprechen. Es gefiel ihr zwar im Simpl, was ihre Arbeit, den künstlerischen Anspruch und das Publikum betraf, aber die Gage reichte einfach nicht aus. Es war unmöglich, damit langfristig zu überleben. Ein Parallel-Engagement am Deutschen Theater könnte die Lösung sein, allerdings gab sie sich keinen Illusionen hin: Mehr als Tänzerin in einer Gruppe wäre für sie sicher nicht drin.

»Eine hingebungsvolle Sehnsuchtsgeste«, schwärmte Frieda, auf das Plakat deutend, »aber ich würde gern ihr Gesicht sehen.«

Lili widersprach: »Auf keinen Fall. Das ist es ja gerade, was so beeindruckt: Ihr Gesicht und ihr Körper bleiben uns verborgen. Das macht sie so geheimnisvoll, gleichzeitig ist sie eine von uns.«

»Du meinst, weil sie wartet?«

Einen Moment lang überlegte Lili, ob Frieda sie damit an ihre eigenen Situation erinnern und provozieren wollte. Sie entschied, nicht darauf einzugehen, sondern fuhr fort: »Indem sie sich abwendet, steigert sie unser Interesse. Ihre Gleichgültigkeit uns gegenüber ist provozierend. Ihr Verlangen gilt einzig dem fernen Geliebten. Den will sie zur Rückkehr verführen, unverhüllt, nackt und trotzdem geheimnisvoll wie eine Mischung aus Loreley und Undine.«

Frieda besorgte ein Programmheft des Deutschen Theaters. Es bestand zum größten Teil aus Werbeannoncen für Coiffeur-Salons, Haute Couture, Tailleurs, »den neuen Amerikaner-Hut«,

Pelzwaren, Accessoires, elegante Möbel wie Rindslederclubsessel, kapriziöse Blumenarrangements, Champagner und Cigarettes. Das Heft war aufwendig gestaltet und setzte – neben Erotik und Verführung – auf Exotik, Internationalität und Exklusivität: Zwölf Tiller-Palacegirls traten auf (das würden sie mir bestenfalls anbieten, dachte Lili), Rosé Petösy mit seinem Tanzorchester, die jugendliche Tänzerin Ida Duffek, die Stepptänzer Dina Dietrich und Will Helman, der Kantelespieler Olli Suolahti und – zum ersten Mal in Deutschland – Johnson und Lewis, die preisgekrönten Charlestontänzer vom »New York Hyppodrom«, sowie Gipsy Rhouma-je. Je fremdartiger ein Name, desto aufregender.

Etwas verloren und fehl am Platz in diesem Meer der Internationalität wirkten zwei Namen, die in letzter Zeit in aller Munde waren: Karl Valentin und Liesl Karlstadt. Das »unerreichte« Münchner Komikerpaar war einmal die Woche mit der Szene »Der nervöse Musikant« angekündigt. Eine absurd-humoristische Programmeinlage in einer Revue, die sonst aus Tanz, Gesang, Akrobatik bestand. Wie war es dazu gekommen?

»Die beiden würde ich gern mal erleben«, sagte Lili.

Frieda pflichtete ihr bei. »Ich auch. Liesl Karlstadt und Karl Valentin treten normalerweise im Kolosseum auf. Soll ich unseren Kavalier fragen, ob wir umdisponieren können? Hoffentlich hat er die Eintrittbilletts noch nicht gekauft.«

Der Kavalier oder Herr mit violettem Schal oder Dr. Rerich oder Georg, wie sie ihn bald nannten, zeigte sich flexibel und schlug vor, gleich am kommenden Montag – da hatte Lili frei – ins legendäre Kolosseum zu gehen.

Was die beiden Komödianten auf der Bühne zeigten, war unvergleichlich und an Widersinn und Spaß am Absurden nicht zu überbieten. Sie ließen nichts an seinem Platz, stellten alles auf den Kopf. Lili wusste nicht, ob es kompletter Unsinn war, den die beiden verzapften, oder tiefgründige Philosophie. In der Aufführung war alles gegensätzlich, angefangen beim Äußeren der beiden Komödianten: Karl Valentin war groß und dünn, Liesl Karlstadt klein und drall. Während er immer denselben Typus verkörperte, wechselte sie ständig die Rolle: biedere Verkäuferin in der Bäckerei oder im Schallplattenladen, Fotografenlehrjunge, Trommlerbub, alter Kapellmeister. Ein unvorstellbares Spektrum. Die Darstellung der Männerfiguren schien ihr besonders viel Spaß zu machen.

Lili konnte nicht glauben, dass es ein und dieselbe Frau war, die auf so unterschiedliche und überzeugende Weise agierte. Ganz besonders berührte sie die Szene »Der Ententraum«, in dem die allgemeine Vernunft außer Kraft gesetzt wurde und die eigene individuelle Wahrnehmung absoluten Vorrang erhielt. Ein wenig fühlte sie sich an Freud erinnert, der auf dem Wahrheitsgehalt der Fantasie bestand. Und natürlich an ihren eigenen Ententraum. Doch den wollte sie lieber vergessen.

Valentin-Karlstadts »Ententraum« war so etwas wie eine Hommage an die Wahrheit des Traums. Der Trommlerbub weckte zu einer bestimmten Uhrzeit, wie verabredet, den Wachtposten Bene. Dieser reagierte unwirsch, weil er aus einem besonders schönen Traum gerissen wurde. Wovon er geträumt habe, wollte der Bub natürlich genauer wissen. Bene erklärte, er habe geträumt, er sei eine Ente, die auf einem Weiher herumschwimmt. Plötzlich habe er am Ufer einen langen gelben Wurm entdeckt, sich auf ihn zu bewegt und den Schnabel aufgerissen, aber bevor er den Leckerbissen schnappen konnte, sei er vom Trommlerbuben auf unsanfteste Weise geweckt worden. In diesem Fall vereitelte also das Aufwachen den erwarteten Genuss, während es Lili in ihrem Ententraum vor einer grässlichen Entdeckung bewahrte.

Der Moment, in dem sich der Trommlerbub von der fantastischen Schilderung Benes anstecken und in den Traum hineinziehen ließ, berührte Lili ganz besonders. Sie kannte diese Vermischung von Traum und Realität nur zu gut. Entweder kurz vor dem Einschlafen oder kurz nach dem Aufwachen kam es bei ihr oft zu solchen Irritationen, dann fand sie nur mühsam in den Zustand der Wachheit. Noch schwieriger war es, wenn sie sich viel später erinnern wollte, ob etwas tatsächlich passiert oder »nur« geträumt war. Es gab Ereignisse, bei denen sie es nie endgültig entscheiden konnte.

In der Valentin-Karlstadt-Szene nahm der Trommlerbub das Traumgeschehen ernst, entschuldigte sich und beteuerte, wenn ihm Benes Aussichten auf dieses Festmahl bewusst gewesen wären, hätte er natürlich gewartet und ihn erst nach dem Genuss des leckeren Wurms geweckt. Das führte zu der großen Frage: Wie kann man wissen, was jemand, den man wecken muss, gerade träumt, wenn dieser sich nicht verständlich macht?

Egal, es ist vorbei, dachte man als Zuschauer, aber weit gefehlt. Nun fing der eigentliche Dialog erst an. Bene begann ein Streitgespräch darüber, für wen es ein schöner Traum gewesen sei. Nur für die Ente selbst oder auch für denjenigen, der träumte, er sei eine Ente. Wo man doch wisse, dass der Träumer am liebsten Schweinsbraten isst, ergänzte der Trommlerbub. Bei seinen spitzfindigen Antworten verwickelte sich Bene mehr und mehr in Widersprüche, die der Bub unbarmherzig aufdeckte. Dabei wurde in tollkühnen Sprüngen von Traum zu Wachzustand und umgekehrt gewechselt, sodass es einem regelrecht schwindlig werden konnte. Hatte Lili anfangs noch an ihren Albtraum gedacht, so geriet er angesichts der Absurdität des Zwiegesprächs völlig in Vergessenheit.

Während Lili nicht müde wurde, von Liesl Karlstadts hinreißendem Spiel als Trommlerbub, ihren immer neuen Einfällen und ihrer scharfsinnigen Fragetechnik zu schwärmen, galt Friedas Bewunderung eher dem statischen Teil der Inszenierung: Karl Valentin. Da war sie sich mit Georg einig. Es waren sein Starrsinn und seine Wortspiele, welche die beiden faszinierten. Valentin war einfach nicht aus der Reserve zu locken, da konnte Liesl Karlstadt noch so sehr schimpfen und toben. Und er beherrschte die Gratwanderung zwischen Slapstick und Tiefsinn wie kein Zweiter.

»Ähnelt er da nicht Charlie Chaplin?«, fragte Georg, doch die Freundinnen blieben ihm die Antwort schuldig, denn sie hatten zwar von dem großen amerikanischen Komiker gehört, aber noch keinen seiner Filme gesehen.

»Das machen wir das nächste Mal«, kündigte Georg an. »Sobald einer seiner Filme im Kino zu sehen ist.«

Doch noch galt Lilis ganze Aufmerksamkeit Liesl Karlstadt. »Dass sie sich so etwas traut«, staunte sie, »ich meine, als Frau. Sich mit Perücke, aufgeklebtem Bart und ausgestopftem Bauch so hässlich auszustaffieren wie in der Rolle des alten Kapellmeisters. Ich finde das mutig und souverän. Wenn ich daran denke, dass bei jedem Vorsprechen im Vordergrund stand, wie groß mein Busen und wie lang meine Beine sind.«

»Damit kannst du sehr zufrieden sein, Lili«, hakte Frieda ein. »Du bist eine so schöne Frau. Dir fehlt es doch an nichts!«

Lili schüttelte den Kopf. »Darum geht es aber nicht. Ich frage mich einfach, wie sie es geschafft hat, mit diesen bizarren Rollen auf die Bühne zu kommen und so viel Beifall zu erhalten. Vielleicht ist das nur in Bayern möglich – in Hamburg könnte ich mir das nicht vorstellen.«

Da mischte sich Georg ein und erklärte, dass es in München nicht immer so gewesen sei und das Komikerpaar durchaus mit Skepsis, Unverständnis und Ablehnung zu kämpfen gehabt habe. Besonders Liesl Karlstadt. Gerade sie habe man lange mit Nichtbeachtung gestraft.

»Das wundert mich nicht«, sagte Lili. Schließlich wusste sie aus eigener Erfahrung, dass sich eine Frau auf der Bühne zuallererst auf den Mann im Publikum zu beziehen hatte. Es war eine der obersten Maximen, mit denen man in einem Vorstellungsgespräch konfrontiert wurde. Erst wenn die Frau ihren Körper verführerisch bis lasziv präsentierte, konnte sie mit Aufmerksamkeit, Anerkennung und männlichem Beifall rechnen. Oder wenn sie sich vervielfachte wie in den beliebten Girlstruppen, die Lili als diskriminierend und demütigend erlebt hatte. Die Frau, so wie sie sich der Mann wünschte, in dutzendfacher Ausführung – also die Tiller Girls. Frauen als Dutzendware, alle im gleichen Kostüm, zur selben Zeit nebeneinander, konnte man einfach nicht übersehen.

Georg erzählte, dass Karl Valentin und Liesl Karlstadt vor Kurzem zu Gastspielen nach Berlin, Zürich und Wien eingeladen worden waren. Die euphorischen Kritiken in den Berliner, Schweizer und österreichischen Zeitungen waren bis nach München vorgedrungen, was dazu geführt habe, dass sie auf einmal auch zu Hause geschätzt wurden. Frei nach dem Sprichwort, dass der Prophet im eigenen Lande nichts gelte. Erst der Ritterschlag von außen führte zu einer neuen Wahrnehmung und Einschätzung. Die Rückkehr der beiden Komödianten nach München wurde in beinahe allen

Zeitungen mit Schlagzeilen bedacht wie: »Valentin- Karlstadt endlich wieder in München«. Das Kolosseum warb mit halbseitigen Zeitungsannoncen, Plakaten und Handzetteln für das neue Programm, das unter anderem die Szenen »Der Ententraum«, »Orchesterprobe« und »Im Schallplattenladen« enthielt.

Gespräche dieser Art mit Georg wurden für Lili immer wichtiger und erinnerten sie manchmal an die mit Cord. Wie dieser war Georg sehr belesen, vielseitig gebildet und interessiert. Von seinem Beruf sprach er nie. Einmal, aber nur am Rande, erwähnte er sein Philosophiestudium und die Promotion über Nietzsche. Er stammte aus einer sehr wohlhabenden Familie, die ihm früh das Leben eines Privatiers ermöglichte. So erklärten sich Lili und Frieda seinen ebenso aufwendigen wie kultivierten Lebensstil. Er selbst sprach nicht darüber. Genauso wenig über sein Alter, aber Lili schätzte ihn auf um die fünfzig. Wenn sich das Gespräch auch nur annähernd auf diese Themen zubewegte, nahm er, der normalerweise überaus Freundlich-Zuvorkommende, plötzlich eine so abweisende Haltung ein, dass man nicht mehr weiter fragte. Lili fand das in Ordnung, Frieda war neugierig, akzeptierte aber Georgs Schweigen. Schließlich fragte er die beiden auch nicht aus.

Es gab so viele andere Dinge, über die man reden konnte, fand Lili. Georg wusste so viel und – das war seinem Alter geschuldet – kannte so viele Leute, zu ihrer Überraschung auch Franziska zu Reventlow, deren Buch *Der Geldkomplex* sie gerade las. Frieda hatte es ihr als Geschenk mitgebracht. Beinahe beiläufig erwähnte Georg, dass er die Gräfin vor fast zwanzig Jahren kennengelernt und eine kurze Affäre mit ihr gepflegt hatte, nachdem sich Franziskas Wohngemeinschaft im Eckhaus in der Kaulbachstraße aufgelöst hatte. Daraus war eine Freundschaft entstanden, die bis zu ihrem Tod angedauert hatte.

Georg bewunderte Franziska zu Reventlows Klugheit und Zivilcourage nach wie vor. Im Gegensatz zu vielen Künstlern und Intellektuellen hatte sie sich von der allgemeinen Kriegsbegeisterung, die vor dem Ersten Weltkrieg herrschte, abgestoßen gefühlt. Es war mehr als bloßer Patriotismus, befand sie. Das, was Lili in Hamburg erlebt hatte, dieser kollektive Rausch, war Franziska zu Reventlow offensichtlich in München widerfahren. Mit Entsetzen hatte sie festgestellt, dass er auch viele von ihren Bekannten aus der Boheme ergriffen hatte, die sich sogar freiwillig zum Feldeinsatz meldeten: Im Krieg sah man die Möglichkeit einer spirituellen und intellektuellen Erneuerung und die notwendige Selbstbehauptung einer bedrohten Kulturnation.

»Ja, das waren die Argumente, die auch ich zu hören bekam«, bestätigte Lili Georgs Ausführungen.

Er berichtete weiter, dass er einmal mit Franziska zu einem Abendessen bei einem Journalisten eingeladen war. Auf die Suggestivfrage: »Nicht wahr, gnädige Frau, Sie hassen doch auch Engländer?«, habe sie mit eisiger Kälte reagiert und geantwortet, sie denke gar nicht daran. Im Gegenteil, sie fände Engländer sehr sympathisch. Der damals übliche Grußdialog »Gott strafe England!« – »Er strafe es!« ekelte sie an. Niemals hätte sie es über sich gebracht, in den mittlerweile in Gasthäusern üblichen Ruf »Hoch lebe Deutschland!« einzustimmen.

Sie hatte den Krieg verabscheut und gefürchtet. Und sie hatte sich um ihren 16-jährigen Sohn gesorgt, der für die Kriegseuphorie nicht unempfänglich gewesen sei. Sie hatte unbedingt verhindern wollen, dass er eingezogen wurde. Doch das war nicht so einfach gewesen.

Damals lebte sie schon einige Jahre in Ascona und kam nur ab und zu auf Besuch nach München. Sie arbeitete viel – fast alle ihre Bücher schrieb sie im Tessin. Zeitweise habe Georg das Entstehen der Bücher aus der Ferne begleitet. Franziska pflegte mit einigen Freunden und Vertrauten eine intensive Korrespondenz. Er sei einer der Briefpartner gewesen, erklärte Georg. Besonders beeindruckt habe ihn die Erzählung »Wir Spione«, die sie gleich zu Beginn des Krieges in der Zeitschrift »Simplicissimus« publizierte. Es sei ihr darin vortrefflich gelungen, auf wenigen Seiten die allgemeine Atmosphäre des Misstrauens nach Kriegsbeginn deutlich spürbar werden zu lassen. Sie ließ einen »Bekanntenkreis«, zu dem Deutsche, Österreicher, Amerikaner und Polen gehörten, das erste Kriegsjahr in einem neutralen Kurort verbringen. Dabei hatte sich die Gruppe eine Aufgabe gestellt, die im Nachhinein nicht nur unmöglich, sondern absurd erschien: Sie beschlossen, es gänzlich zu vermeiden, über den Krieg und die Weltereignisse zu sprechen.

»Das Experiment misslang«, bilanzierte Georg, »Misstrauen und Argwohn begannen die Gruppe zu spalten und zu auffälligem Verhalten zu veranlassen, sodass sie der Spionage verdächtigt wurden.«

Das Ende sei versöhnlich gewesen, beruhigte er Lili und Frieda, aber er könne sich nicht daran erinnern, wie sich der Konflikt aufgelöst habe.

Lili wollte mehr darüber wissen. Nicht nur von Franziska, sondern auch von Georg. Er war eine geheimnisvolle Figur, der distinguierteste Mann, den Lili je kennengelernt hatte. Sein Angebot, die beiden Freundinnen finanziell zu unterstützen, schien von unschuldiger Noblesse zu sein. Obwohl sie wusste, wie Frieda ihn kennengelernt hatte, verbot sie sich jeglichen Hintergedanken. Frieda ging sofort auf seinen Vorschlag ein, doch Lili lehnte ab. Ihre Unabhängigkeit war für sie das höchste Gut, das sie für nichts auf der Welt zur Disposition stellen würde. Auch darin sei sie Franziska ähnlich, bemerkte Georg. Was im Moment viel wichtiger war als alles andere: Lili und Georg hatten ihre Seelenverwandtschaft entdeckt und pflegten sie. Lili staunte über sich selbst. Sie hatte diesen Mann erst vor Kurzem kennengelernt – noch dazu in einer Rolle, die nicht unbedingt Sympathie erzeugte. Ein älterer gutsituierter, alleinstehender Herr, der weibliche Zuwendung suchte – geistige wie körperliche – und bereit war, dafür zu zahlen. Nicht nur das, er empfand es sogar als selbstverständlich.

Sex und Geld waren auch die Themen von *Der Geldkomplex*. Das Buch erhielt durch Georgs Eröffnung, er habe die Autorin gut gekannt, eine unerwartete Brisanz. Konnte es also einen geeigneteren Gesprächspartner geben? Lili wollte wissen, wie viel Autobiografisches in dem Roman steckte.

»Da ist zuallererst einmal die Geldnot«, begann Georg. »Franziska hatte Geldsorgen, solange ich sie kannte. Daraus machte sie keinen Hehl, jeder wusste davon. Anders war es mit ihrer Gesundheit. Die war äußerst labil, was sie immer zu überspielen versuchte.« Er wurde plötzlich sehr nachdenklich. Dieses Thema schien einen wunden Punkt in ihm zu berühren.

»Ich verstehe«, warf Lili schnell ein, »daher kannte sie sich mit Therapien, Kliniken und Sanatorien so gut aus.«

»Das tat sie zweifellos«, bestätigte er, »aber sie ließ sich nicht helfen. Wahrscheinlich hatte es mit ihrer adligen Erziehung zu tun, die Contenance auch dort forderte, wo sie nicht angebracht war. Keine Schwäche zeigen, nie das Gesicht verlieren, immer Haltung bewahren.«

Lili schwieg, bis Georg leise fragte: »Da bist du ihr ein bisschen ähnlich, wenn ich es richtig sehe.«

»Ich hab keine adlige Erziehung genossen.«

Georg lächelte. »Du weißt genau, was ich meine.«

Lili erwiderte sein sanftes Lächeln. »Ich hab auch keine reichen Eltern. Also lassen wir mich aus dem Spiel.« Lieber wandte sie sich einem anderen Thema zu. »Sie muss viel gelesen haben. In Sachen Psychoanalyse kannte sie sich jedenfalls hervorragend aus. Der Roman spielt ja in einem Sanatorium, in dem neben klassischen Nervenärzten ein Vertreter der neuen, umstrittenen Psychoanalyse therapiert hat.«

»Zweifellos kannte sie sich gut aus, aber nicht nur theoretisch, sondern auch durch direkten Kontakt. Am Monte Verità, wo sie lebte, als sie den Roman schrieb, trafen sich damals Lebensreformer, Esoteriker, Heilkundige, Freudianer. Sie hat also solche Leute gekannt und ihre Argumentation verfolgt.«

»Wahrscheinlich hatten die meisten von ihnen auch Geldsorgen«, schätzte Lili.

Georg gab ihr recht. »Gewinne beim Glücksspiel im Casino von Locarno oder bei Bankspekulationen und erhoffte Erbschaften waren ein ständiges Thema unter den Aussteigern, von denen viele aus sogenannten besseren Kreisen kamen.«

»Was mir gut gefällt, ist ihr unbekümmerter Umgang mit der Freud'schen Komplextheorie. Da gibt es Fragwürdigkeiten und Unstimmigkeiten, wie ich sie auch bei der Lektüre der ›Traumdeutung‹ gefunden habe.«

»Was meinst du konkret?«

»Der Psychoanalytiker vertritt die These, dass fast jeder

Komplex auf verdrängter Erotik beruht, worauf die Protagonistin, Franziskas Alter Ego, ihm glaubhaft versichert, dass diese Theorie auf ihre Lebensgeschichte mit Sicherheit nicht zutrifft. Von verdrängter Sexualität konnte bei ihr ja nun wirklich keine Rede sein. Seine Erklärung, sie habe eine gestörte existenzielle Beziehung zum Geld, und daraus sei ein Geldkomplex entstanden, findet sie banal. Sie weiß nur zu gut, dass sie finanzielle Angelegenheiten, also das Geld, niemals ernst genug genommen, sondern ins Unterbewusstsein verdrängt hat. Ja, und das hat es sich nicht gefallen lassen, das Geld. Ganz einfach! Den Therapieaufwand, der im Sanatorium betrieben wird, kann sie nicht verstehen. Sie ist sich sicher, dass dieser Komplex wie fast alle Psychosen in erster Linie mit Geld zu heilen wäre, und nimmt sich selbst als bestes Beispiel dafür: Ihr Leben lang war sie allen seelischen Konflikten gewachsen, nur den wirtschaftlichen nicht. Die allein hätten es geschafft, sie psychisch zu zerrütten. Wie sie das beschreibt, ist überzeugend.«

Plötzlich meldete sich Frieda zu Wort: »Und warum hat Franziska München verlassen und ist nach Ascona gegangen?«

Lili und Georg blinzelten sie für einen Moment überrascht an, denn sie hatten nicht bemerkt, dass Frieda das Zimmer betreten hatte. »Störe ich?«, fragte sie provozierend, worauf beide zugleich riefen: »Nein, nein! Überhaupt nicht.«

»Auch dabei geht es um Geld«, sagte Georg schließlich und fügte, um kein Missverständnis aufkommen zu lassen, hinzu: »Ich meine, bei der Antwort auf deine Frage. Ich glaube, Franziska hatte genug von München und dem Leben, das sie führte. Da kam ihr das Angebot, in Ascona eine Scheinehe mit einem baltischen Baron einzugehen, gerade recht. Beide wollten davon profitieren. Der Baron, weil eine standesgemäße Ehe die

Bedingung dafür war, dass er sein Erbe antreten konnte. Ja, und sie, die aufgrund ihrer Herkunft die ideale Braut war, weil er ihr eine größere Summe versprochen hatte. Es kam anders, weil sie dieses Geld wenig später bei einem Bankencrash verlor. Doch sie blieb am Lago Maggiore und schrieb dort mehrere Bücher. Also ein unerwartetes Happy End.«

»Das hast du schön gesagt«, freute sich Lili, »so etwas wünsche ich mir auch: ein unerwartetes Happy End!«

# NICHTS IST, WAS ES SCHEINT

## ASCONA 1926

*doch mich vergaß sie lang*

Waren es Friedas Überredungskünste oder Georgs Erzählungen gewesen, die letztlich dazu geführt hatten, dass sich Lili und Frieda auf den Weg ins Tessin machten? Lili konnte nicht genau sagen, was für sie den Ausschlag gegeben hatte, nach Ascona zu reisen. Eine wesentliche Rolle spielte allerdings ihre Situation in München, die sie als festgefahren empfand, sowohl künstlerisch als auch finanziell. Sie trat nun schon eine ganze Weile im Simpl mit einem Programm auf, das sie selbst entwickelt hatte, nach wie vor mochte und das auch weiterhin gut ankam, aber es war nun mal immer das Gleiche. Von der mickrigen Gage ganz zu schweigen. Anfängliche Versprechungen, sie würde sich steigern, wurden nicht gehalten.

Auch Emma war davon betroffen und hatte sich entschieden, München zu verlassen und zumindest für eine Weile zurück nach Lübeck zu gehen, wo ihr ihre Mutter eine Stelle als Kindermädchen besorgt hatte. Lili bedauerte sie, machte ihr aber Mut und wünschte ihr viel Glück. Für sie selbst wäre eine Rückkehr nach Hamburg keine Alternative gewesen. Das Gefühl des Stillstands, innerlich wie äußerlich, das sie seit einiger Zeit in München lähmte, hätte sich in ihrer Heimatstadt nur noch gesteigert.

Glücklicherweise hatte sie in München Menschen, mit denen sie sich verbunden fühlte. Es waren vor allem die Gespräche mit Georg über Literatur und Kunst, die Anregung und Lebendigkeit für sie bedeuteten – ebenso wie Friedas Begeisterung für die Malerei. Lilis eigene musikalische Leidenschaft und Experimentierfreude waren versiegt, nachdem Joaquin München verlassen hatte. Ob er wohl mittlerweile Amerika erreicht hatte, den Kontinent, auf dem die Musik, die er so sehr liebte und als seine empfand, zu Hause war? Er hatte Lili versprochen, sich nach seiner Ankunft dort zu melden, doch sie glaubte nicht daran.

Im Münchner Kulturleben gingen Veränderungen vor sich, langsam, kaum merklich. Der Überschwang der Goldenen Zwanziger war einer biederen Saturiertheit gewichen. Nationalistisches Gedankengut, wie sie es aus Hamburg kannte, bevor der große Krieg begonnen hatte, tauchte an Orten auf, wo man es nicht vermutete. Die Zeit der Experimente – sowohl der künstlerischen als auch der sozialen – schien sich ihrem Ende zu nähern. Man ging lieber auf Nummer sicher. Auch das Frauenbild entwickelte sich allmählich in eine Richtung, die Lili Sorgen bereitete. Wenn sie dieses Thema ansprach, erntete sie meistens Unverständnis und Abwehr. Außer von Georg, der sie ernst nahm und zunehmend wachsamer wurde. Frieda dagegen widersprach ihr heftig.

»Ich weiß nicht, was du willst, Lili«, sagte sie hörbar ungeduldig, »wir haben so viel erreicht. Wir dürfen uns unseren Beruf selbst aussuchen, wir dürfen auf die Uni gehen, wir dürfen jetzt auch die Regierung wählen.«

Lili schwieg. So gesehen hatte Frieda recht, aber unter der Oberfläche der großstädtischen Freiheit schlummerte etwas Bedrohliches. Lili spürte das nur zu deutlich. Dieses Mal, das hatte sie sich geschworen, wollte sie ihr Unbehagen auf keinen Fall übergehen. Noch immer versuchte sie zu ergründen, wann und warum sich Cord damals so verändert hatte, dass er ihre gemeinsamen Ideale verriet. Es musste einen Schlüsselmoment gegeben haben, der ihn sein Leben in einem anderen Licht sehen ließ. Sie hatte es nicht bemerkt, daher hatte sie sein Plädoyer für den Krieg so unvermittelt und tief getroffen. So etwas sollte ihr nicht noch einmal passieren. Ein zweites Mal würde sie es sich nicht verzeihen können, haderte sie doch schon mit dem ersten.

Ein folgenschweres Ereignis hatte es bereits gegeben, kurz bevor sie nach München gekommen war: den Hitler-Putsch, der noch in aller Munde war: die Stürmung des Bürgerbräukellers, die Verkündung der Absetzung der Reichsregierung und der anschließende Marsch auf die Feldherrnhalle – Ungeheuerlichkeiten, die mit Niederschlagung und der Verhaftung Hitlers geendet hatten. In Künstlerkreisen machte man sich über den dilettantischen Umsturzversuch des österreichischen Gefreiten lustig, der nun fünf Jahre Haft in der Gefangenenanstalt Landsberg absaß. Sein Äußeres und seine Redeweise wurden von Komikern parodiert, aber Lili blieb das Lachen im Halse stecken, wenn sie daran dachte. Mit Frieda konnte sie über ihre Sorgen nicht reden. »Politikgespräche« lehnte die Freundin rigoros ab. Sie hatte entschieden, sich ausschließlich auf die Kunst zu konzentrieren, am besten fern der Großstadt, in der die Gefahr der Ablenkung zu groß war. Sie hatte erfahren, dass Marianne von Werefkin, eine Malerin, deren Werk sie erst vor Kurzem in München kennen und schätzen gelernt hatte, nach Ascona gegangen war, um dort zusammen mit anderen Künstlern eine Künstlergruppe zu gründen, die sich »Der Große Bär« nannte und deren Berner und Berliner Ausstellungen in Kunstkreisen von sich reden machten.

Frieda fühlte sich von Marianne von Werefkin und ihren Bildern außerordentlich stark angesprochen. Warum gerade von ihr und ihrer Malweise, konnte sie nicht begründen. Man könne es nicht in Worte fassen, nicht analysieren, man müsse es fühlen, erklärte sie Lili, und diese fragte nicht weiter nach. Frieda hatte endlich ihren Weg gefunden. Lili wünschte ihr so sehr, dass es diesmal keine Sackgasse sein würde.

Marianne von Werefkin war schon vor dem Krieg eine zentrale Figur der Schwabinger Kunstszene gewesen: die Baronin, in deren »rosafarbenem Salon« die Neue Künstlervereinigung, aus der später der Blaue Reiter hervorgegangen war, gegründet wurde. Zusammen mit ihrem Lebensgefährten Alexej von Jawlensky, mit Wassily Kandinsky, Gabriele Münter, Franz Marc und August Macke erneuerte, ja revolutionierte sie die Kunst. Nach dem Ausbruch des großen Kriegs hatten alle Russen Deutschland sofort verlassen müssen, sodass Marianne von Werefkin und Alexej von Jawlensky in die Schweiz gingen, zuerst an den Genfer See, dann nach Zürich und schließlich nach Ascona, wo sie in ärmlichen Verhältnissen gelebt hatten. Als Tochter eines Generals im Dienste des Zaren war die Baronin ein Leben im Wohlstand gewohnt, ohne Geldsorgen. Doch durch die veränderten politischen Verhältnisse war ihre Pension zunächst gekürzt und im Verlauf der Russischen Revolution ganz eingestellt worden.

Nach der Trennung von Jawlensky war sie allein in Ascona geblieben. Sie hatte dort eine Heimat gefunden, in der sie sich wohlfühlte. Ihr gutes Verhältnis zu den Einheimischen, die sie liebevoll »Nonna« nannten, war legendär. Man schätzte ihre Ehrlichkeit und Klarheit, bewunderte ihre Überzeugungskraft und ihr Selbstbewusstsein, was ihre Kunst betraf. Auch wenn sie in großer Not war, verkaufte sie ihre Bilder nicht um jeden Preis, sondern suchte sich die Käufer aus. »Unwürdige« sollten kein Bild von ihr in Besitz nehmen. Lieber reiste sie als Vertreterin medizinischer Produkte durch die Schweiz, um sich ihren Lebensunterhalt zu verdienen.

Nach einer langen Reise mit Bahn und Autobus kamen Lili und Frieda spätabends bei völliger Dunkelheit am Lago Maggiore an, wo sie ein Zimmer im Hotel Tamaro bezogen. Am nächsten Morgen wurde Lili von Friedas Entzückensschreien geweckt: »Lili, hier ist es so schön! So etwas habe ich noch nie gesehen! Und du auch nicht.« Die beiden norddeutschen Frauen kannten zwar die Umgebung Münchens mit den nahe gelegenen Seen und den Bergen, die bei Föhn manchmal bis an die Stadtgrenze zu schreiten schienen, aber das Panorama, das sich ihnen in Ascona eröffnete, übertraf alles, was sie bisher an malerischer, atemberaubender Landschaft gesehen hatten. Es war schlichtweg überwältigend.

»Schau mal, Lili, der hellgrüne See vor den riesigen, majestätischen Bergen, die von ewigem Schnee bedeckt sind.«

Lili schüttelte lachend den Kopf. »Wo hast du das denn her? Das klingt ja wie aus einem Kitschroman.« Doch als sie aus dem Fenster sah, konnte sie nicht anders, als ihrer Freundin beizupflichten. »Jetzt kann ich verstehen, warum sie früher alle hierhergekommen sind. Und geblieben sind.«

Gleich nach dem Frühstück brachen die beiden auf, um die Gegend zu erkunden. Sie gingen die Seepromenade entlang, wo es nur wenige Cafés und Restaurants gab. Die Hauptstraße, Via Borgo, befand sich mitten im Ortszentrum mit seinen verwinkelten Gassen und Innenhöfen. Dort gab es das Café Centrale, die Nelly-Bar, die Taverna Luca und das Café Verbano, das sie sofort als Treffpunkt der Künstler identifizierten. Die Wirtin, Floriana, schien eine Institution zu sein – ähnlich wie Kathi Kobus im Simpl, allerdings viel sanfter und charmanter, doch wahrscheinlich genauso durchsetzungsfähig. Als Auftrittsort für Lili kamen nur die Taverna Luca oder das am See gelegene Casino infrage, stellten sie fest. Beide Etablissements kündigten Konzerte und Varieté-Veranstaltungen an. Doch Lili wollte sich Zeit lassen, bevor sie sich um ein Engagement bemühte.

Nachdem sie im Café Centrale echten italienischen Kaffee genossen hatten, beschlossen Lili und Frieda, den Monte Verità zu besteigen – auch wenn es eher ein gemütlicher Spaziergang war, denn der Berg war nicht viel höher als 300 Meter. Sie bewunderten die abwechslungsreiche Landschaft: wilde, zerklüftete Felsformationen, Palmen, Kastanien, Obstbäume, Gemüse- und Blumengärten, die vermutlich von den Lebensreformern angelegt worden waren, die sich dort am Anfang des Jahrhunderts angesiedelt hatten, um neue Formen des Zusammenlebens zu erproben. In Ascona gab es viele Zugereiste, wie Lili und Frieda bald feststellten, und wenn man sie fragte, wie sie dorthin gekommen seien, erhielt man fast immer die gleiche Antwort, obwohl es sich um ganz unterschiedliche Menschen handelte: »Das erste Mal kam ich rein zufällig hierher. Weil es mir hier gefiel, kam ich wieder, und dann bin ich geblieben.«

Sicher spielte dabei der Nachruhm des Monte Verità eine Rolle, der seinen Namen »Berg der Wahrheit« von den zivilisationsmüden Aussteigern erhalten hatte, die ihn als Kraftort betrachtet hatten. Der Berg half Menschen, ihre eigene Wahrheit zu finden und ihr Leben darauf neu aufzubauen. Er duldete keine Lüge oder Verstellung. Lili, die Mythen dieser Art eigentlich skeptisch gegenüberstand, räumte ein, dass der Berg tatsächlich eine besondere Energie verströmte.

Doch der Mythos Ascona als Schauplatz sozialer Experimente war Vergangenheit. Im Laufe der Jahre hatte sich der Ort verändert: Dort, wo die Protagonisten der Lebensreform-Bewegung versucht hatten, ihren Alltag spirituell in respektvollem Umgang mit der Natur zu gestalten, wurde jetzt ein modernes Luxushotel gebaut. Ein deutscher Bankier und Kunstsammler, Baron von der Heydt, hatte den Berg gekauft, angeregt von Marianne von Werefkin. Nachdem sie sich diesen Plan in den Kopf gesetzt hatte, hatte sie von ihrem Vorhaben nicht mehr abgelassen, und über kurz oder lang – nach mehreren Gesprächen und Spaziergängen, während derer die Landschaft ihren ganzen Zauber entfaltete – war der Baron ihrer Überzeugungskraft erlegen. Mehr noch, sie hatte seine Fantasie beflügelt, sodass er begonnen hatte, Pläne für ein Luxushotel zu schmieden, die er einem renommierten Architekten unterbreitet hatte.

Geplant war eine Terrasse, die frei über dem See zu schweben schien. Im Hotel sollte es an nichts fehlen: Gesellschaftsräume, Bibliothek, Lesesaal, Wandelgänge und an den Wänden Gemälde aus der Sammlung von der Heydt.

»Schade, dass es noch nicht fertig ist«, meinte Frieda, aber Lili war froh, dass die unaufgeräumte Baustelle mit den Überresten der Siedlung noch ein wenig vom alten Flair der Boheme verströmte, das mit Sicherheit im Luxus untergehen würde, wenn das Hotel erst in Betrieb war.

»Lass uns mal schauen, ob wir den Turm finden, in dem die Reventlow gelebt hat«, forderte Lili Frieda auf, die sofort Feuer und Flamme war. Es dauerte eine Weile, bis sie ihn an der Ostseite des Monte Verità erblickten, den alten Vogelfängerturm, den »Roccolo«, zu dem ein kleiner Weinberg zu gehören schien. Große Lorbeerbüsche bildeten ein undurchdringliches Dickicht um ihn herum.

»Wie im Märchen«, staunte Lili, »ich würde mich nicht wundern, wenn Rapunzel, die auf ihren Prinzen wartet, ihr langes Haar aus dem Fenster herunterlassen würde.«

Frieda lächelte und schwieg. Sie war froh, dass der Zauber des Monte Verità auch auf die oft so rationale Lili wirkte. Zu gern hätten die beiden das Innere des Turmes angeschaut, aber Zaun und Lorbeerdickicht verhinderten den Zutritt. »Wahrscheinlich sind es drei Räume, die übereinanderliegen«, vermutete Frieda. Dann entdeckten sie, dass man vom Roccolo aus Locarno, die nächste größere Stadt am Lago Maggiore, und damit auch die Bahnstrecke, die in die Welt hinaus führte, sehen konnte. Idylle und Freiheit sollten für die beiden Freundinnen das Motto der nächsten Zeit werden.

Allerdings konnte Frieda ihren Plan, Marianne von Werefkins Schülerin zu werden, nicht in die Tat umsetzen, denn die Malerin wollte nicht unterrichten. Sie könne sie jederzeit besuchen, ermunterte sie Frieda, aber als Lehrerin sei sie ungeeignet. Sie habe sich in ihrem Leben zu viel um die Arbeit und die Werke anderer gekümmert, nun wolle sie sich ganz auf ihre eigenen konzentrieren. Sie wisse ja nicht, wie viel Zeit ihr überhaupt noch bleibe. Als Frieda fragte, an wen sie sich wegen einer Wohnung wenden könne, empfahl sie ihre Freundin Irina.

Irina war nur wenige Jahre älter als Lili und Frieda. Sie stammte aus dem russischen Zarenhaus und war eine Großfürstin. Eine unglückliche Ehe und die Ereignisse um die Russische Revolution herum hatten sie nach Aufenthalten in London und Paris schließlich an den Lago Maggiore geführt, wo sie in einem zweistöckigen Haus an der Seepromenade lebte, dessen obere Wohnung frei war. Sie empfing die beiden Frauen in ihrer Bibliothek, von der Lili sofort hingerissen war.

Während Frieda mit Irina über die Konditionen sprach, widmete sich Lili den Büchern: historische Werke, religiöse Schriften, Lehrbücher, Lexika, Wörterbücher, Kunstbände, Liedersammlungen, Noten, Biografien, vor allem über Frauen, und Reiseberichte, ebenfalls von Frauen. Einen Ehrenplatz im Regal nahmen russische Bücher ein: die Gesamtausgaben von Puschkin, Gogol, Lermontow, Turgenjew, Dostojewski, Tolstoi, wie ihr Irina erklärte. Außerdem gab es Bücher auf Englisch, Französisch und Deutsch, darunter die Klassiker Goethe, Schiller, Lessing, die Irina offensichtlich in der Originalsprache las.

Lili zog ein Buch aus der englischen Sektion aus dem Regal und begann darin zu blättern. Es handelte sich um eine reich bebilderte Ausgabe von Lewis Carrolls »Alice im Wunderland« – die gleiche, die sie besaß. Ihr Vater hatte sie ihr von einer seiner Reisen mitgebracht und gemeint, das sei das Richtige für seine Tochter, um Englisch zu lernen. Lili konnte sich noch gut daran erinnern, was die surrealen Abenteuer der kleinen Alice in ihr ausgelöst hatten. Alles Sichere und Stabile war ins Wanken geraten. Die Gesetze der Logik wurden nicht etwa außer Kraft gesetzt, sondern auf die Spitze getrieben. Nichts war, was es zu sein schien. Das hatte in ihr eine Angst ausgelöst, die durch die Illustrationen noch verstärkt wurde: unheimliche Bilder, die sie für lange Zeit nicht mehr losgeworden war und die vorzugsweise kurz vorm Einschlafen vor ihrem inneren Auge aufgetaucht waren. Eine Weile hatte sie versucht, sie zu vertreiben, aber einsehen müssen, dass sie es allein nicht schaffte. Weil sie wusste, dass ihre Mutter sehr böse werde würde – auf den Vater, nicht auf Lili –, vertraute sie sich Tante Marlene an. Die wusste Rat, wie immer: Gemeinsam betrachteten sie die Bilder, vor denen sich Lili besonders fürchtete, und erfanden neue Geschichten dazu.

»Siehst du, Lili«, hatte Tante Marlene gesagt, »es gibt nicht nur eine Geschichte, sondern viele, und du entscheidest, welche du erzählen oder hören möchtest.«

Als Lili eine Berührung am Arm spürte, schreckte sie auf.

»Sag mal, träumst du? Ich hab dich jetzt dreimal gefragt, ob du einverstanden bist mit Irinas Angebot«, sagte Frieda.

Irina wirkte irritiert.

Lili entschuldigte sich und verwies auf das Buch, von dem sie so abgelenkt worden war. Das gefiel Irina, doch als Lili fragte, ob sie es ausleihen dürfe, rief sie sofort: »Nein! Such dir ein anderes aus. Du kannst jedes andere mitnehmen, nur nicht dieses.«

Lili legte es rasch aus der Hand, doch Irina gab es ihr zurück.

»Anschauen darfst du es natürlich«, meinte sie versöhnlich.

Sie waren sich schnell einig geworden, und schon am nächsten Tag verließen die beiden Freundinnen das Hotel Tamaro und bezogen Irinas kleine Wohnung im ersten Stock, in der die wichtigsten Möbelstücke bereits vorhanden waren. Vorher riefen sie vom Hotel aus Georg an, um ihm von ihrer erfolgreichen Wohnungssuche zu berichten. Lili wollte das Gespräch wegen der hohen Kosten so kurz wie möglich halten, doch Frieda ließ ihrer Begeisterung freien Lauf und berichtete von ihrem Spaziergang zum Roccolo. Ihr Redeschwall wurde erst durch eine plötzliche Störung der Telefonleitung, wie sie häufiger vorkam, unterbrochen.

Am Tag ihres Einzugs waren sie bei Irina zum Tee eingeladen. Irina hatte den Samowar angeheizt und erwartete ihre Gäste in ihrem Salon. Er war klein und über und über mit Gemälden und Ikonen geschmückt. Obwohl sie kein rückwärtsgewandter, nostalgischer Mensch war, sondern sich beherzt und pragmatisch in der Gegenwart behauptete, liebte Irina es, über ihre Herkunft zu sprechen, vor allem wenn sich die Gelegenheit bot, mit interessierten Menschen wie den beiden Besucherinnen aus Deutschland in ihre Kindheitserinnerungen einzutauchen. Ihren ersten öffentlichen Auftritt hatte sie bereits als Neugeborenes absolviert. Da war sie in einer goldenen Kutsche zum Winterpalast gefahren worden, wo in der kaiserlichen Hofkirche die Taufe stattfinden sollte. Natürlich konnte sie sich nicht daran erinnern, aber es war ihr so oft und in allen Einzelheiten von ihrer Pflegemutter geschildert worden, dass sie die Szene deutlich vor sich sah: die sechs Schimmel, welche die Kutsche zogen, die berittenen Husaren in ihrer prächtigen roten Uniform. Und dann die prunkvolle Taufzeremonie nach orthodoxem Ritus und die Salutschüsse aus den Kanonen der Peter-und-Paul-Festung zum Ausklang. Die Kirchenglocken läuteten, und die ganze Stadt war hell erleuchtet und festlich geschmückt.

Vor Lili und Frieda tat sich eine fremde Welt auf, die sie nur aus Büchern kannten. Niemals hätten sie erwartet, damit näher in Berührung zu kommen. Und nun erzählte ihnen ihre Vermieterin beim Tee davon, als sei es die selbstverständlichste Sache der Welt.

Irina erklärte ihnen, dass die Geburt einer Großfürstin damals ein bedeutendes Ereignis in Russland war, dem große Aufmerksamkeit geschenkt wurde. Über den Gesundheitszustand von Mutter und Kind wurde einen Monat lang täglich im Regierungsbulletin berichtet. Als Zeichen der Zugehörigkeit zur Romanow-Dynastie war ihr von der Zarin, die ihre Taufpatin war, der Katharinenorden verliehen worden.

»Den konnte ich, zusammen mit anderen wertvollen Schmuckstücken, zum Glück aus Russland herausschmuggeln«, sagte Irina sichtlich erleichtert.

»Dürfen wir ihn sehen?«, fragte Frieda.

Irina verneinte. »Ich habe ihn in Zürich verkauft. Sonst hätte ich meinen Unterhalt nicht zahlen und mir keine Wohnung wie diese leisten können.«

Sie berichtete weiter über die Situation Russlands zum Zeitpunkt ihrer Geburt am Ende des 19. Jahrhunderts. Es rumorte schon eine ganze Weile im russischen Volk. Die Unzufriedenheit war groß und wuchs noch ständig. Die Rolle des Zaren wurde infrage gestellt, sein Reichtum, seine Macht, seine Privilegien wurden angeprangert. Doch weder er noch andere wichtige Entscheidungsträger erkannten, wie groß die Not des Volkes wirklich war und welch tiefe Kluft sich auftat.

»Wahrscheinlich wollten sie es nicht erkennen«, ergänzte Irina. »Das Motto meines Lebens sollte jedenfalls ›Große Inszenierung‹ lauten. Zu einer Existenz als Großfürstin, wie sie mir bestimmt war, gehörten Verpflichtungen und Reglementierungen, meine Lebensaufgabe sollte Repräsentation sein. Man würde mich mit ›Kaiserliche Hoheit‹ ansprechen, und ich würde über ein eigenes Wappen und eine hohe Apanage verfügen.«

Nach einer dramatischen Pause ergänzte sie: »Aber es kam anders!«

»Durch die Revolution?«, fragte Frieda.

»Die tat ein Übriges, ja, aber mein Unglück begann schon viel früher«, fuhr Irina fort. »Ich war noch keine zwei Jahre alt, als meine Mutter starb und ich zu Verwandten kam, an die ich mich so gut wie gar nicht mehr erinnere. Ich weiß nur, dass ich mich sehr allein gefühlt habe in den riesigen, prunkvoll ausgestatteten Räumen, mit denen ich bis heute Dunkelheit und Kälte verbinde. Ich fühlte mich völlig fehl am Platz. Besonders unangenehm waren mir die Ausflüge, Empfänge und Teegesellschaften mit irgendwelchen Cousins und Cousinen, die mir fremd waren und mit denen ich nichts gemein hatte. Die einzigen Lichtblicke waren die Besuche meines Vaters. Ich habe zeitweise nur auf den Augenblick hin gelebt, in dem er das Zimmer betrat. Er erschien immer in prächtiger Uniform – es war ein regelrechter Auftritt, der die Freudlosigkeit und Langeweile meiner Kindheit für kurze Zeit vertrieben hat. Vor allem weil er so gut vorlas. Zum Beispiel aus dem Buch, das du in der Hand hattest«, wandte sie sich an Lili.

»Aber das war die englische Ausgabe«, wunderte sich diese.

»Natürlich. Ich hatte eine englische Kinderfrau. Bis zu meinem sechsten Lebensjahr hab ich fast nur Englisch und kaum Russisch gesprochen. Auch mit meinem Vater sprach ich Englisch. Mit ihm konnte ich über alles reden, aber der Höhepunkt war doch das Vorlesen, das meine Fantasie jedes Mal aufs

Äußerste anregte und erregte. Wenn er aufhörte zu lesen, war das wie das Erwachen aus einem wundervollen Traum in ein freudloses Leben. Leider wurden die Abstände zwischen seinen Besuchen immer größer.«

Später erfuhr sie, dass er wieder geheiratet und eine neue Familie gegründet hatte. Oft habe sie am Fenster des Palastes gestanden, in dem sie von der Welt ferngehalten wurde, und voller Sehnsucht den Schiffen auf der Newa nachgeschaut. Obwohl sie deren Ziele nicht kannte, wäre sie sofort mitgefahren, wenn es möglich gewesen wäre.

Rückblickend ließ Irina kein gutes Haar an ihrer Erziehung und Ausbildung. Vor allem bemängelte sie die Wahl der Fächer und Lernschwerpunkte. Religiöse und moralische Unterweisungen dominierten, die Wissensvermittlung hingegen kam viel zu kurz. Patriotismus, Pflichtbewusstsein und Gehorsam zählten zu den Maximen, über die man nicht diskutieren durfte. Außerdem war die Mädchenerziehung ganz auf die zukünftige Ehe mit einem standesgemäßen Partner ausgerichtet. Eine Ehefrau sollte über das Maß an Allgemeinbildung und Kultiviertheit verfügen, welches sie ihre Rolle perfekt ausfüllen ließ. Es wurde gern gesehen, wenn ein Mädchen musizierte, zeichnete und handarbeitete, um ihren Mann und ihre Familie damit zu erfreuen. Aber nicht mehr.

Doch für Irina waren das Sticken, Zeichnen und Malen nicht nur Zeitvertreib, sondern der Ausweg aus einem eintönigen Leben, abgetrennt von der Welt, auf die sie so neugierig war. Sie entdeckte ihre Kreativität und beschloss, diese wie einen kostbaren Schatz zu hüten und weiterzuentwickeln.

»Ich wollte etwas aus mir machen. Das war mein Ziel. Es hat

lange gedauert. Jetzt bin ich auf dem Weg. Ich bin gespannt, ob es funktioniert.«

Irina sprach in Rätseln. Auf Friedas Nachfragen reagierte sie abweisend. »Ich hab euch genug erzählt. Nächstes Mal seit ihr dran, aber jetzt möchte ich allein sein.«

Der abrupte Abbruch des Gesprächs kam einem Rauswurf gleich. Lili und Frieda fanden sich im Treppenhaus wieder und stiegen die Stufen zu ihrer Wohnung hoch. Beide waren von Irina beeindruckt, aber jede von einer anderen Eigenschaft: Frieda von ihrer Erzählkunst und Lili von ihrem Drang zur Selbstverwirklichung.

»Ob sie uns von ihrer Ehe erzählen wird?«, fragte Frieda.

Lili schüttelte den Kopf. »Du solltest nicht immer so direkt fragen. Das mag sie nicht. Dann erfährst du gar nichts.«

Frieda war beinahe beleidigt. »Im Gegenteil: Wenn ich nicht gefragt hätte, hätten wir nichts erfahren. Da kannst du mir erzählen, was du willst.«

Lili lenkte ein. »Schon gut, Frieda, gedulden wir uns bis zum nächsten Mal. Mich interessiert am meisten, was sie gemeint hat, als sie sagte, sie sei auf ihrem Weg – du weißt schon, bevor sie uns rausgeworfen hat.«

Frieda wechselte das Thema: »Wir sollten nicht vergessen, uns um unsere Wege zu kümmern, finde ich. Wann willst du dich in der Taverna Luca vorstellen?«

Lili zögerte. Sie wusste nicht, ob es tatsächlich eine gute Idee war, in Ascona mit ihren Liedern und Gedichten aufzutreten. Hier herrschte eine ganz andere Atmosphäre als in München. Ein Lokal wie der Simpl war zu Füßen des Monte Verità undenkbar. Sie betrachtete ihr Programm in einer Weise von außen, wie sie es noch nie getan hatte, und kam zu dem Schluss, dass es hier fehl am Platz war. Doch das sagte sie Frieda nicht. Stattdessen gab sie zu bedenken, dass sie in Ascona keinen Pianisten kenne, der sie begleiten könnte.

Frieda ließ das nicht gelten. »Das ist doch das geringste Problem. Schau dir das Plakat an, auf dem sie ihre Veranstaltungen ankündigen. Da sind drei verschiedene Klavierspieler genannt. Lili, was ist los mit dir? Worauf wartest du eigentlich?«

Nach einer Weile rückte Lili mit ihren Bedenken heraus. Sie war überwältigt vom »Berg der Wahrheit« und Irinas Welt. Sie brauchte Zeit, die neuen Eindrücke zu verarbeiten, könne nicht einfach auf die Bühne gehen und »Ich war ein Kind von fünfzehn Jahren« singen.

»Die werden mich auslachen.« Bevor Frieda protestieren konnte, versicherte sie: »Keine Angst, ich hab nicht vergessen, dass wir Geld verdienen müssen. Aber vielleicht suche ich mir erst einmal eine Stelle als Kindermädchen oder Hauslehrerin.«

»Als Emma gesagt hat, dass ihr ihre Mutter in Lübeck eine Stelle als Kinderfrau besorgt hat, warst du ganz entsetzt und hast gesagt, das käme für dich nicht infrage«, erinnerte sie Frieda.

»Ich weiß, aber wir sind hier nicht in Lübeck und auch nicht in Hamburg oder München. Wir sind in einer ganz anderen Welt, und die muss ich erst kennenlernen und begreifen, bevor ich singe. Ich muss wissen, was ich damit zu tun habe. Nur dann kann ich mich ausdrücken. Das musst du doch verstehen, Frieda. Vielleicht sollte ich Gesangsunterricht erteilen. Oben auf dem Berg wohnen viele reiche Leute, die Kinder haben. Vielleicht versuche ich es dort.« Lili klang müde, und Frieda lenkte ein: »Morgen ist auch noch ein Tag.«

Am nächsten Tag klopfte Irina schon früh an der Wohnungstür. Sie war auf dem Weg zum Markt und fragte, ob sie den beiden etwas mitbringen sollte. Frieda verneinte und schlug stattdessen vor, sie zu begleiten. Lili war froh, endlich einmal ganz allein zu sein. Wahrscheinlich war es das, was ihr gefehlt hatte. Auf der Reise war sie Tag und Nacht ununterbrochen mit Frieda zusammen gewesen, und auch die ersten Schritte in ihrem neuen Domizil waren gemeinsame. Dann kam auch noch Irina dazu. Lili hatte in den letzten Tagen nicht einen einzigen Moment für sich allein gehabt. Vermutlich rührten ihre Irritation und Verzagtheit daher. Sie war froh, den Grund dafür so schnell erkannt zu haben. So einfach war das. Und auch die Therapie, ihre Selbsttherapie, war eine einfache: Sie würde einen langen Spaziergang machen, vielleicht zu Fuß nach Locarno gehen und mit dem Autobus zurückfahren. Auf jeden Fall würde sie in der nächsten Nacht allein schlafen – egal, was Frieda davon hielte.

# SICH SELBST ERFINDEN

## ASCONA 1926

*deinen zieren Gang*

Frieda hatte begriffen, dass sie Lili erst einmal in Ruhe lassen musste. Es fiel ihr schwer, aber nachdem auch Irina ihr dazu geraten hatte, übte sie sich in Geduld. Dass Lili allein schlafen wollte und ihr Nachtlager auf dem Sofa des kleinen Empfangszimmers aufgeschlagen hatte, empfand sie zwar als Affront, hielt sich jedoch zurück, nachdem Lili versprochen hatte, es sei nur vorübergehend.

Frieda verbrachte viel Zeit mit Irina. Deren unkonventionelle Ideen faszinierten sie. Auf die Frage nach einer Arbeitsmöglichkeit empfahl Irina, ohne zu zögern, das Casino von Locarno.

»Wir haben kein Geld, Irina, das weißt du doch. Wie sollen wir da mitspielen?«

»Nicht selbst mitspielen!« Irina schüttelte lachend den Kopf. »Sondern die anderen zum Spielen animieren.« Frieda verstand nicht, was sie meinte, bis Irina erklärte: »Ich habe das eine Zeit lang in Paris gemacht. Es war einer der originellsten Berufe, wenn man das so nennen will, die ich ausgeübt habe – und das sind eine ganze Menge. Ich schlüpfte in die Rolle einer reichen, distinguierten Dame, die sich die Zeit beim Roulette vertrieb. Nachdem ich meinen Platz am Spieltisch eingenommen hatte, setzte ich mit großer Selbstverständlichkeit hohe Summen, meistens auf Zahl, also *Plein*. Erst wenn ich den Eindruck hatte, dass die Besucher das Risiko scheuten, weil die Verluste zu hoch waren, wechselte ich auf Farbe, fast immer Rouge. Unübersichtliche Konstellationen wie Carré vermied ich nach Möglichkeit und tat das auch im Gespräch kund – so ganz nebenbei, versteht sich. Du kannst dir gar nicht vorstellen, wie viele es mir nachtaten.«

»Und was hast du dabei verdient? Wer hat dich bezahlt? Woher hattest du deinen Einsatz?« Frieda verstand das Arrangement nicht.

»Von der Casinoleitung. Ich bekam eine bestimmte Anzahl von Jetons zum Verspielen und eine fix ausgemachte Summe für meine Arbeit. Den Gewinn durfte ich behalten. Ursprünglich sollte ich die Hälfte abgeben, aber das habe ich nicht eingesehen und mich durchgesetzt, wie du dir vorstellen kannst.« Irina zwinkerte der staunenden Frieda zu.

»Aufregend!«, befand diese.

»Eigentlich nicht«, widersprach Irina. »Ich weiß nicht, wann ich mich jemals so entspannt gefühlt habe, so außerhalb von Zeit und Raum und weit weg von meinem Leben. Mir war auch völlig egal, ob ich gewinne oder verliere. Ich habe bei den meisten Leuten am Roulettetisch eine große Erregung gespürt, die sie mehr oder weniger geschickt verbargen. Eine Erregung, die für andere ansteckend war, außer für mich. Ich war gegen Spielsucht völlig immun. Deshalb war ich erfolgreich. Aber ich glaube, für dich ist das nichts, eher für Lili.«

»Wieso nicht für mich?« Frieda war beinahe beleidigt und fügte hinzu: »Über mich wurde schon so oft gesagt, ja meistens wurde mir sogar vorgeworfen, eine Spielerin zu sein.«

Irina lachte. »O ja, das habe ich auch gleich bemerkt, aber das Roulette gehört nicht zu deinen Spielen. Lies mal Dostojewskis Roman ›Der Spieler‹. Da sagt er, dass man während des ganzen Spiels in jeder Phase beherrscht und geduldig sein muss und niemals hitzig und erregt sein darf.«

Frieda war skeptisch. »Und, hat er viel gewonnen?«

»Nein«, gab Irina zu, »aber das ist eine andere Sache.«

Wie immer, wenn sie fürchtete, dass das Gespräch einen Verlauf nehmen könnte, der ihr nicht gefiel, wechselte Irina das Thema und kam wieder auf ihr eigenes Leben zu sprechen. Frieda hatte dieses Verhalten schon einige Male registriert. Die Geschichte ihrer Ehe sparte sie aus, genau wie die dramatischen Geschehnisse und Gräuel der Russischen Revolution, die viele ihrer Verwandten das Leben gekostet hatten. Nur so viel: Sie selbst hatte das Glück gehabt, nicht zur falschen Zeit am falschen Ort, sondern zur richtigen Zeit am richtigen Ort gewesen zu sein: nämlich weder in St. Petersburg noch in Moskau, sondern in Paris. So lautete ihr lakonisches Fazit.

Im Gegensatz zu vielen anderen Emigranten aus Russland hatte Irina schnell erkannt, dass eine Rückkehr in das Land ihrer Kindheit, die Heimat, die sie ohnehin schon lange nicht mehr als solche ansah, in nächster Zeit nicht möglich sein würde. Vielleicht sogar nie wieder. Es galt, sich woanders eine Existenz aufzubauen. Sie hatte sich für Paris entschieden.

Zuerst hatte sie peu à peu ihren Schmuck verkauft, sogar den Katharinenorden, bis ihr klar geworden sei, dass es so nicht weitergehen konnte, sondern dass sie sich eine Arbeit suchen musste.

»Weißt du, wir Frauen haben es da leichter«, war sich Irina sicher, »wir haben gelernt, unsere Hände zu gebrauchen – auf ganz verschiedene Weise: als Krankenschwester im Lazarett oder als Modeschöpferin im Atelier. Ich habe beides gemacht, während die Männer aus meinen Kreisen nur herumhingen und alten Zeiten und verlorenen Privilegien nachtrauerten. Sie hatten außer Soldatsein nichts gelernt.«

Schade, dass Lili das nicht gehört hat, dachte Frieda. Irina war eine kluge Frau, von der sie viel lernen konnten. »Du hast letztes Mal gesagt, dass du etwas aus dir machen wolltest und jetzt auf dem richtigen Weg bist. Was hast du damit gemeint?«

»Im Herbst gehe ich zurück nach Paris und gründe eine eigene Modefirma.«

Frieda hatte nicht erwartet, sofort eine konkrete Antwort zu erhalten, und schwieg überrascht.

»Weißt du, ich habe die besten Voraussetzungen«, fuhr Irina fort. »Ich habe mit der größten Modeschöpferin von ganz Paris zusammengearbeitet, ihre Kollektionen mitentworfen und mitbetreut. Sogar meine eigenen Entwürfe wurden genäht und erfolgreich verkauft.« Irina geriet ins Schwärmen.

Sie sprach von Coco Chanel, die sie vor einigen Jahren kennengelernt hatte, als diese schon berühmt war – international, weit über Paris hinaus. Coco Chanel hatte die Damenmode revolutioniert, mit allen Traditionen gebrochen, das Korsett abgeschafft, die Matrosenhose, das Tweedkostüm, das kleine Schwarze erfunden und die Frauen aufgefordert, sich von unbequemer, einengender Kleidung zu befreien. Sie fand es absurd, dass man die Frauen zwang, ihr Verhalten an ihre Garderobe anzupassen, es sollte vielmehr umgekehrt sein. Coco Chanel wollte all ihre Energie darauf konzentrieren, das Leben der Frauen zu erleichtern. Die Mode sollte sie dabei unterstützen. Genau wie das Parfum, das sie gerade auf den Markt gebracht hatte: Chanel N° 5.

»Es sollte so haltbar wie nur möglich sein«, erklärte Irina.

»Das musst du Lili erzählen«, hakte Frieda ein. »Lili liebt Parfums, seit sie in Paris war.«

Irina war überrascht. »Lili war in Paris?«

Frieda nickte. »Nicht nur Lili, ich auch. Vor allem: ich zuerst. Ich hatte dort eine Stelle als Au-pair-Mädchen. Es ist lange her, da war ich siebzehn. Ich wollte Französisch lernen und die Welt kennenlernen.«

Irina zeigte sich beeindruckt. »Das war bestimmt nicht einfach damals.«

Frieda zuckte die Schultern. »Darüber hab ich gar nicht nachgedacht. Meine Mutter hat mich immer unterstützt, wenn ich etwas Neues ausprobieren wollte, finanziell und überhaupt. Bei Lili war das anders, vor allem weil ihre Eltern nicht viel Geld hatten. Sie hat sich das Geld für die Parisreise selbst verdienen müssen. Ich wollte unbedingt, dass sie mich besucht, und hab sie mit einem Parfum verführt: L'Heure Bleue von Guerlain.«

»Apropos verführt«, unterbrach sie Irina, »darf ich dich mal was fragen? Seid ihr eigentlich ein Paar? Schlaft ihr miteinander?«

»Nebeneinander«, antwortete Frieda schnell und signalisierte, dass diesmal sie es war, die ein Thema nicht vertiefen wollte. Dann erzählte sie weiter, als sei nichts gewesen: »Jacques, so hieß mein Freund in Paris, verdiente sich sein Geld als Kurier für Guerlain. Daher kannte ich das betörende Parfum. Ich war so verliebt in ihn, dass es mich beinahe störte, als Lili und Cord schließlich meiner Einladung nach Paris folgten. Eigentlich wollte ich am liebsten die ganze Zeit nur mit Jacques verbringen. Aber Lili und Cord ging es ähnlich. Sie hatten nur Augen füreinander, ließen uns in Ruhe, nutzten die Reise, um ungestört zusammen zu sein und Tag und Nacht miteinander zu verbringen, ohne Lügen erzählen zu müssen. Es war eine wunderbare Zeit.« Frieda war ganz erfüllt von ihren Erinnerungen.

»Was ist aus den beiden geworden?«, wollte Irina wissen.

»Wen meinst du?«, fragte Frieda überrascht.

»Jacques und Cord. Eure beiden Liebhaber.«

»Mit Jacques war ich nicht sehr lange zusammen, ich habe meinen Parisaufenthalt damals sogar vorzeitig abgebrochen. Ich wusste auf einmal nicht mehr, was ich dort sollte. Ich hatte Heimweh, vor allem nach meiner Mutter, aber das habe ich niemandem gesagt. Vermutlich hätte es mir auch niemand geglaubt. Sie haben mich alle ganz anders eingeschätzt. Du bist die Einzige, der ich das erzähle«, gestand Frieda.

»Und Cord?«

»Cord ist der einzige Mensch, den Lili geliebt hat und immer noch liebt, obwohl sie ihn seit mehr als zehn Jahren nicht mehr gesehen hat. Deshalb sprichst du sie besser nicht darauf an«, sagte Frieda ernst.

Es klopfte an der Tür. Wie aufs Stichwort stand Lili vor der Tür.

»Du kommst gerade richtig«, empfing Frieda sie, »wir sprechen über dein Lieblingsthema.«

»Träume?«

»Nein, Parfum. Irina hat mir von Paris erzählt. Sie war bei der Schöpfung eines neuen Parfums dabei.«

»Shalimar?« Lilis Augen leuchteten.

»Nein, kein Parfum von Guerlain. Chanel N° 5.«

Lili wandte sich Irina zu: »Das interessiert mich sehr. Ich hab einmal daran geschnuppert. Als ich im Simpl in München aufgetreten bin, habe ich durch einen Stammgast die Parfümerie Brückner im Rathaus kennengelernt, die sich auf exquisite Duftwasser spezialisiert hat. So teuer, dass ich sie mir niemals hätte leisten können. Aber mein Verehrer brachte mir Proben von den neuen französischen Parfumkreationen mit, er hatte winzige Phiolen damit befüllt und sorgfältig beschriftet. Chanel N° 5 und Shalimar waren auch dabei. Shalimar war mir am liebsten. Es hat so viel Energie – wie der exotische Blumengarten, nach dem es benannt ist.« Lili geriet ins Schwärmen. »Ich habe die Entstehungsgeschichte im Programmheft des Deutschen Theaters gelesen. Aber Chanel N° 5 gefällt mir nicht so, es ist mir zu künstlich.«

Irina war sichtlich erstaunt, in Lili eine Parfumkennerin vor sich zu haben. »Genau das war ja Coco Chanels Konzept«, verteidigte sie ihre ehemalige Mentorin. »Sie hat künstlich hergestellte Stoffe verwendet, um den Duft haltbarer zu machen. Es war so ähnlich wie mit der Kleidung, die im Dienst der Frauen stehen sollte, nicht umgekehrt. Die Frauen sollten sich auf den Duft verlassen können und nicht ständig damit beschäftigt sein, ihr Parfum aufzufrischen.«

»Hast du sie auf die Idee mit dem Parfum gebracht?« Lili klang aufgeregt. »Mir fällt gerade ein, dass in dem Artikel stand, Coco Chanel sei von Freunden eines ehemaligen russischen Hofparfumeurs, der während der Revolution nach Frankreich geflohen war, dazu angeregt worden.«

Irina schüttelte den Kopf. »Nein, das war ich nicht. Coco hatte damals eine Affäre mit einem russischen Großfürsten, und der hat sie mit dem Parfumeur zusammengebracht, den er vom Zarenhof kannte. Dort nahm die Kunst der Parfumherstellung nämlich eine Sonderstellung ein und wurde hochgeschätzt. Nachdem Coco Chanel ihm ihr Konzept erklärt hatte, stellte er ihr verschiedene Entwürfe vor – und sie entschied sich für die Duftprobe Nummer 5, weil das ihre Glückszahl war. Ihr Vertrauen auf die Magie der Zahlen ging so weit, dass sie das Parfum am 5.5.1921 auf den Markt brachte. Der Rest ist bekannt.«

Mit den Worten »das war ein schöner Ausflug in die Parfumgeschichte« verabschiedete sich Lili anschließend, ohne zu sagen, wo sie hingehen wollte. Ihr kleiner Wanderrucksack deutete darauf hin, dass sie einen längeren Ausflug plante. Frieda hatte sie fragen wollen, war jedoch von Irina mit einem Schweigen gebietenden Blick zurückgehalten worden. Nun setzte Irina ihre Erzählung an dem Punkt fort, an dem sie aufgehört hatte, als Lili dazugekommen war.

Kennengelernt hatten sich Coco Chanel und Irina bei einer Abendgesellschaft im Quartier Latin. Damals habe das Interesse der Modeschöpferin allem gegolten, was auch nur im Entferntesten mit Russland zu tun hatte. Schnell zählte auch Irina dazu. Coco Chanel war beeindruckt von der Fantasie, dem handwerklichen Geschick und dem Fleiß der jungen Russin und entschied sich, sie zu fördern. Völlig überraschend unterbreitete sie ihr den Vorschlag, Entwürfe für ihre neue Kollektion anzufertigen und sich dabei von den traditionellen russischen Kleidungsstücken und Mustern inspirieren zu lassen. Irina machte sich sofort an die Arbeit und präsentierte ihrer Mentorin innerhalb kurzer Zeit eine Reihe von Zeichnungen, die erkennen ließen, dass sie nicht nur über Vorstellungsvermögen und Geschmack, sondern auch über eine profunde kunsthandwerkliche Ausbildung verfügte. Irina kam die hochherrschaftliche Mädchenerziehung zugute, die sie in St. Petersburg erfahren hatte: Stricken, Sticken, Häkeln, Schneidern, darüber hinaus Zeichnen und Malen. Als Heranwachsende hatte sie Kurse an der Kunstgewerbeschule belegt. Ihr Lieblingsfach war ornamentales Zeichnen gewesen. Und nun schuf sie Muster, die die russische Tradition mit der Moderne verbanden. Als sie Coco Chanel die erste Bluse präsentierte, die sie selbst angefertigt hatte, war diese vor Begeisterung nicht mehr zu halten, erteilte Irina Nachfolgeaufträge und startete ihre neue Kollektion sogar mit den russischen Modellen.

Es gefiel Irina, eng und intensiv mit Coco Chanel zusammenzuarbeiten. Von ihr konnte sie viel lernen, das hatte sie auf Anhieb erkannt. Nicht nur in beruflicher Hinsicht. Coco Chanel verfügte über große Lebenserfahrung und hatte daraus eine pragmatische Lebensweisheit entwickelt, die sie gerne weitergab. »Sie drängte mich geradezu, meinem Äußeren mehr Beachtung zu schenken, gab mir Schminktipps, verpasste mir eine neue Frisur und zeigte mir, wie ich mich zu kleiden hatte, wenn ich erfolgreich sein wollte – nicht luxuriös, aber seriös und gediegen.«

»Eigentlich eine Selbstverständlichkeit«, merkte Frieda an.

»Nicht für mich«, widersprach Irina. »Damals jedenfalls nicht. Schließlich war ich in extremer Weise sozial abgestiegen, ich hatte alles verloren und erwartet, dass man mir helfen würde, sobald bekannt wurde, dass ich eine geflüchtete Großfürstin war, die ihr Vermögen und alle Besitztümer hatte zurücklassen müssen. Aber Coco Chanel ließ das nicht gelten. Sie sagte, es sei ein großer Fehler, wie ein Flüchtling herumzulaufen und auf Mitleid zu hoffen. Damit würde ich eher das Gegenteil bewirken. Die Leute würden mir aus dem Weg gehen. Sie hatte das selbst erlebt, denn sie war im Waisenhaus groß geworden. Ihr Erfolgsrezept bestand darin, sich selbstbewusst und wohlhabend zu präsentieren. Und das hat hervorragend funktioniert.«

Coco Chanel und Irina arbeiteten beide leidenschaftlich gern. Während der Produktion der Frühjahrskollektion 1922 waren sie beinahe Tag und Nacht zusammen. Alle verfügbaren Kräfte wurden gebraucht. Jede machte alles, die übliche Arbeitsteilung wurde außer Kraft gesetzt. Für Coco Chanel war es selbstverständlich, wie alle anderen zu Nadel und Faden zu greifen. So etwas hatte Irina bis dahin nicht gekannt: künstlerische Arbeit – nicht als Zeitvertreib, sondern als sinnvolle, erwerbsmäßige Tätigkeit. Für eine kurze Zeit wähnte sie sich am Ziel. Doch in dem überwältigenden Erfolg der gemeinsamen Kollektion steckte bereits der Grund für das Scheitern ihrer Zusammenarbeit und ihre Trennung. Weil gerade ihre Modelle so großen Anklang gefunden hatten, beschloss Irina spontan, neben ihrer Arbeit für das Haus Chanel eine eigene Modemarke zu gründen. Aber da hatte sie die Rechnung ohne ihre Mentorin gemacht. Coco Chanel duldete keine Konkurrenz.

»Ich hätte mit Leuten aus der Branche reden sollen. Ach was, am besten mit ihr. Ich hätte mit Coco reden sollen, anstatt heimlich eine Firma zu gründen«, stellte Irina voller Bedauern fest. »Es konnte nicht gut gehen, denn ich kannte mich in geschäftlichen Dingen überhaupt nicht aus. Kostenplanungen, Kalkulationen, Bilanzen waren Fremdwörter für mich. Ich hätte mir diese Mechanismen erklären lassen müssen.«

Schuld an allem sei die unerwartete öffentliche Reaktion auf ihre Modelle gewesen. Sie waren zum Höhepunkt der Frühjahrskollektion avanciert, über den am meisten gesprochen und geschrieben wurde. Coco Chanel hatte ihrem jungen Schützling den enormen Applaus gegönnt und keine Spur von Neid gezeigt. Doch als Irina ihr verkündet hatte, sie wolle sich selbstständig machen und nicht mehr exklusiv für Chanel arbeiten, hatte sie mit unerbittlicher Härte reagiert, umgehend die Zusammenarbeit aufgekündigt und ihr sogar Atelierverbot erteilt.

»Und was machst du jetzt?«, wollte Frieda wissen.

»So schnell gebe ich nicht auf«, versicherte Irina. »Ich habe vor, mit meiner eigenen Firma, die ich bald gründen werde, im Herbst an der Internationalen Ausstellung für Dekorative Kunst in Paris teilzunehmen. Die Plakate und die Annoncen für die ›Vogue‹ und ›Jardin des Modes‹ habe ich schon entworfen.«

Mit den Worten »warte, ich zeige sie dir« holte sie eine Zeichenmappe aus dem Nebenzimmer und nahm ein Blatt heraus. Es zeigte im Hintergrund dunkelblaue weibliche Silhouetten und im Vordergrund zwei Frauen im Profil, die Kleider mit floralen Ornamenten in leuchtenden Farben trugen. Die Muster waren geometrisch stilisiert und von strenger Eleganz. Darunter prangte in mittelgroßer verschnörkelter Schrift der Name: »Son Altesse Impériale la grande Duchesse Irina de Russie«.

Frieda war tief beeindruckt. Es dauerte eine Weile, bis sie sich zu fragen traute, ob sie Irina dabei behilflich sein dürfe.

»Nichts lieber als das«, war die Antwort. »Komm mit nach Paris – zusammen schaffen wir es bestimmt!« Dann sprang sie auf, nahm Frieda in die Arme, drückte sie fest an sich und murmelte etwas auf Russisch vor sich hin, was Frieda nicht verstand.

Am liebsten hätte sie Lili sofort von ihrem Plan erzählt, aber die Freundin war nicht da. Zu gern hätte Frieda gewusst, wohin sie mit ihrem kleinen Wanderrucksack gegangen war. Und warum hatte sie nichts gesagt? Frieda fand Lilis Verhalten, seit sie in Ascona angekommen waren, mehr als rätselhaft.

Sie schien in eine eigenartige Lethargie verfallen zu sein und machte überhaupt keine Anstalten, sich um eine Auftrittsmöglichkeit zu kümmern. Lange würde das Geld, das ihnen Georg großzügig für ihren Neustart zur Verfügung gestellt hatte, nicht mehr reichen. Er hatte zwar gesagt, er würde ihnen telegrafisch noch mehr schicken, wenn es notwendig sein sollte, aber Frieda scheute davor zurück. Schließlich befanden sie sich nicht in einer Notlage. Sie wunderte sich, dass gerade Lili, die in diesen Dingen viel strenger war als sie selbst und nur ungern Geld annahm, nicht darüber sprach. Aber worüber sprach sie überhaupt?

Lili war auf dem Weg nach Locarno. Wenn sie allerdings weiterhin so viele Pausen einlegen würde, um am Lago Maggiore zu verweilen und das betörende Panorama in sich einzusaugen, würde sie wahrscheinlich nicht vor Eintritt der Dunkelheit an ihrem Ziel ankommen. Sie war von sich selbst überrascht, denn eigentlich war sie nicht das, was man naturverbunden nannte. So etwas wie ein inniges Verhältnis zur Natur fehlte ihr. Spazieren ging sie am liebsten in der Stadt. Cord hatte es geliebt, von Blankenese bis Wittenbergen am Elbufer entlangzuschlendern, wo der Fluss einen halben Kilometer breit war, sodass sie sich, besonders bei Flut, wie am Meer fühlten. Von München aus hatte sie mit Frieda und Kollegen aus dem Simpl abwechselnd die Seen der Umgebung besucht und das Bergpanorama bestaunt, das manchmal in weiter Ferne lag und ein anderes Mal in den See zu fallen schien. Aber es war stets ein kaltes Staunen gewesen, sie hatte keinerlei Verbindung zur Natur gefühlt und ihre Kollegen beneidet, die sich in der Bergwelt verwurzelt fühlten und so oft wie möglich die Stadt verließen.

Heute erging es ihr nun ganz anders. In Ascona war Lili an der Seepromenade gestartet und hatte sich schon nach wenigen Schritten auf einer Bank niedergelassen, wo sie den Panoramablick abspeicherte, bevor sie das Seeufer verlassen musste, um den Fluss zu überqueren, der dort in den See mündete. Nachdem sie die Brücke passiert und das andere Ufer des Flusses erreicht hatte, dauerte es nicht lange, bis sie wieder zur Seepromenade gelangte, diesmal zu der von Locarno. Sie schlenderte durch den Botanischen Garten und gelangte schließlich zum Hafen. Ziel ihrer Wanderung war Franziska zu Reventlows Grabstätte auf dem Friedhof bei der Kirche Santa Maria in Selva. Georg hatte sie gebeten, der Gräfin in seinem Namen eine Rose zu verehren.

Weil sie nicht wusste, wie sie den Friedhof am besten erreichen konnte, sprach sie einen älteren Herrn an, der sie an Georg erinnerte. Es sei gar nicht weit, keine halbe Stunde zu Fuß, erklärte er, und wenn sie nichts dagegen habe, würde er sie gern begleiten und ihr den Weg zeigen. Lili war einverstanden. Einträchtig gingen sie nebeneinander her. Lili wunderte sich, dass er sich gar nicht erkundigte, wen sie dort auf dem Friedhof besuchen wollte oder woher sie kam und was sie am Lago Maggiore tat. Stattdessen wies er sie auf Gebäude und Straßen hin, an denen sie vorbeikamen, und erzählte Geschichten dazu.

»Und was tun Sie hier?«, fragte sie ziemlich unvermittelt und plump, wie ihr selbst bewusst wurde.

Doch der Mann blieb stehen, deutete eine Verbeugung an und sagte: »Darf ich mich vorstellen: Berthold Moser. Erfinder.«

»Was haben Sie denn erfunden?« Lili war auf einmal sehr neugierig.

»Eine Krankheit«, erwiderte er ohne jede Ironie.

»Was heißt das?«

Er kündigte an, weit ausholen zu müssen, und nun mischte sich doch eine gewisse Ironie in seine Rede. Er sei Heiler, ein erfahrener und erfolgreicher, wie er betonte, denn seine Patienten fühlten sich so wohl, dass sie ihn immer wieder aufsuchten. Doch es war jedes Mal das Gleiche: Nach einigen Sitzungen ging ihm und den Patienten die Begründung für die Weiterführung der Behandlung aus. Deshalb entschloss er sich, eine Krankheit zu erfinden, für deren Therapie er sich zum Spezialisten erklärte. Er nannte sie Dormitis, diagnostizierte und definierte die Symptome, den Krankheitsgrad, die unterschiedlichen Verläufe. Weil er so viel darüber wusste, fühlten sich die Patienten bei ihm sicher.

»Das ist Betrug.« Lili hätte am liebsten einen anderen Weg eingeschlagen, aber da sie nicht wusste, wo der Friedhof lag, blieb sie an Berthold Mosers Seite.

»Seien Sie doch nicht so streng.« Nun versuchte er es mit Charme. »Ich tue nichts anderes als die Kirche, es ist alles eine Frage des Glaubens, nicht des Wissens. Vor zwanzig Jahren war der Bedarf an Leuten wie mir hier noch viel größer als heute. Da hatten sich auf dem Monte Verità abenteuerliche Existenzen angesiedelt: Vermeintlich oder tatsächlich Erleuchtete, die ihre Botschaften mit Wort und Tat verbreiteten. Ascona war Schauplatz sozialer, psychologischer und therapeutischer Experimente. Das lief nicht immer harmlos ab. Einige sind in diesem Versuchslabor für neue Lebensformen, in denen die Natur und das Spirituelle wichtiger waren als der leidende Mensch, der echten psychologischen Beistand brauchte, auf der Strecke geblieben.«

Berthold Mosers Stimmung hatte sich um hundertachtzig Grad gedreht. Der Tonfall am Schluss seines Monologs war bitter. Den Rest des Wegs gingen sie schweigend nebeneinander her. So erleichtert Lili war, als er sich an der Friedhofspforte höflich verabschiedete und verschwand, musste sie sich doch einen Moment lang versichern, dass die Begegnung tatsächlich stattgefunden hatte, so unwirklich kam sie ihr im Nachhinein vor. In einigen Jahren würde sie vermutlich nicht mehr wissen, ob es sich nicht eher um einen Traum gehandelt hatte.

Lili betrat den Friedhof und schaute sich um. Die Wand mit den Reliefplatten, hinter denen sich die Urnen befanden, musste in der Nähe der Kirche sein. Es dauerte nicht lange, bis sie fand, was sie gesucht hatte: *Contessa Francesca Reventlow 1871–1918* war in die Steinplatte eingraviert, die Buchstaben und Ziffern leuchteten in hellem Rot. Fast dieselbe Farbe wie die Rose, die ich in Georgs Auftrag mitgebracht habe, dachte Lili, holte die wohlverpackte Blume, die in einer ihrer mit Wasser gefüllten kleinen Parfumphiolen steckte, aus ihrem Rucksack und stellte sie in der Nische auf. Sie fühlte sich wie ein Postillon d'Amour und genoss diese Rolle.

Am Abend wieder zu Hause angekommen, erzählte sie Irina und Frieda von ihrer sonderbaren Begegnung mit Berthold Moser. Irina kannte ihn. Frieda hätte ihn gern kennengelernt und schimpfte mit Lili, weil sie sich keine Visitenkarte hatte geben lassen.

»Ich will ihn nicht wieder treffen. Warum sollte ich ihn nach seiner Adresse fragen?«

Damit gab sich Frieda nicht zufrieden, bis Irina versicherte, dass es ein Leichtes sei, ihn zu finden. Lili verstand nicht, was Frieda beabsichtigte, verabschiedete sich irritiert von den beiden und ging nach oben in ihre und Friedas Wohnung.

Es dauerte nicht lange, bis Frieda Berthold Moser, den in Ascona jeder zu kennen schien, ausfindig gemacht hatte. Er praktizierte immer noch und nahm sie als Patientin an. Lili war fassungslos. »Lass mich damit in Ruhe! Ich will nichts davon hören!«, herrschte sie Frieda an, die gar nicht wusste, warum Lili sich so aufregte. Sie hatte Berthold Moser bisher nicht gesagt, dass sie durch Lili auf ihn aufmerksam geworden war, und beschloss, es dabei zu belassen. Bereits nach der ersten Begegnung mit ihm war sie sich sicher, dass er über hypnotische Fähigkeiten verfügte. Da sie mit Lili nicht darüber reden konnte, wollte sie Irina ins Vertrauen ziehen, aber auch diese reagierte verhalten.

»Ich weiß gar nicht, was mit euch los ist«, wunderte sich Frieda. »Berthold Moser ist ein kluger Mann, der ein tiefes Verständnis für die menschliche Natur hat. Wir sprechen über Dinge, über die ich noch nie mit jemandem gesprochen habe – außer früher mit meiner Mutter. Und was das Wunderbare ist: Ich kann mit ihm über meine Mutter sprechen.«

»Das kannst du auch mit mir. Und bestimmt auch mit Lili. Sie wäre bestimmt froh darüber«, sagte Irina.

»Das weiß ich, aber ihr seid nicht diejenigen, mit denen ich über sie reden möchte«, gab Frieda zu.

»Dann kann ich dir auch nicht helfen.« Irina verlor wie immer schnell die Geduld.

Zweimal wöchentlich fand sich Frieda nun bei Berthold Moser zur Therapiestunde ein. Lili war froh, nichts darüber hören zu müssen, während Irina allmählich neugierig wurde. Frieda verhielt sich wie immer und versuchte, ihre Malkünste weiterzuentwickeln, doch ohne nennenswerten Erfolg, wie sie selbst feststellte. Einerseits konnte sie es kaum erwarten, endlich nach Paris zu gehen, um den Auftritt von Irinas Kollektion bei der Internationalen Ausstellung für Dekorative Kunst vorzubereiten, andererseits fürchtete sie die Trennung von Berthold Moser.

Seine »Heilmethode« bestand darin, Frieda ihr Leben erzählen zu lassen, dabei ihre Hand zu halten und ihr das Gefühl zu vermitteln, er höre ihr zu, sei von ihrem Leiden tief berührt und bestrebt, einen Ausweg zu finden. Oftmals steuerte er ein ähnliches Erlebnis aus seinem eigenen Leben bei und demonstrierte damit eindrucksvoll seine Kompetenz. Wie wahrscheinlich auch die anderen Patientinnen – es waren in erster Linie Frauen, die ihn konsultierten – fühlte Frieda sich durch sein vermeintliches Interesse an ihr, ihren Ängsten und Obsessionen geschmeichelt. Als sie ihn in ihren Plan, im Herbst nach Paris zu gehen, einweihte, war er vollkommen überrascht. Und als sie ihn fragte, auf welche Weise sie die Kommunikation mit ihm aufrecht erhalten könnte, zeigte er erstmals eine starke emotionale Regung. Ob sie sich das Ganze gut überlegt habe und ob sie sich damit nicht zu sehr in Abhängigkeit von Irina bringen würde, gab er ihr zu bedenken. Frieda blieb von seinen Einwänden unbeeindruckt und wechselte das Thema.

Als sie zwei Tage später das Behandlungszimmer betrat, empfing er sie mit finsterer Miene. Ihr Gesundheitszustand sei es, der ihm Sorgen bereite. Friedas Beteuerungen, sie fühle sich völlig gesund, räumte er mit dem Argument aus dem Weg, bestimmte Erkrankungen nehme der Patient erst viel später wahr als ein erfahrener Heiler. Er suggerierte ihr, sie sei ernstlich krank, werde das Pariser Klima nicht vertragen und müsse daher unbedingt am Lago Maggiore bleiben – natürlich unter seiner Aufsicht. Doch Frieda war nicht umzustimmen.

Beim nächsten Mal zeigte er sich bekümmert, weil sich ihr Zustand verschlimmert habe. Um ihr seine Besorgnis zu demonstrieren, packte er sie bei den Schultern und schüttelte sie heftig. Bisher waren ihre Begegnungen ohne Berührungen vonstattengegangen, ein fester Händedruck war das Äußerste an Nähe gewesen. Jetzt schien Berthold Moser das Versäumte nachholen zu wollen. Wie weit er tatsächlich gehen würde, erfuhr Frieda nicht, denn sie befreite sich rasch aus seinem Griff und rannte hinaus.

Zu Hause angekommen, hatte Frieda das Gefühl, einer großen Gefahr entronnen zu sein. Während Irina versuchte, sie zu trösten, bestand Lili darauf, sie von Anfang an gewarnt zu haben.

»Aber dir ist ja nicht zu helfen. Wenn du dir etwas in den Kopf gesetzt hast …«

Frieda fühlte sich durch die Strenge ihrer Freundin tief verletzt. Auf keinen Fall würde sie ihr von ihren Parisplänen berichten. Sie fürchtete, Lili könnte ihr die Vorfreude verderben, und bat auch Irina, nicht mit Lili darüber zu sprechen.

Diese zuckte nur die Schultern und murmelte: »Ich rede ohnehin kaum mit Lili. Sie lässt sich ja selten sehen, außer wenn sie Bücher aus meiner Bibliothek entleiht.«

Lili war meistens zu Haus, las, schrieb, versuchte, Verse für kommende Auftritte zu verfassen, ohne zu wissen, wann und wo das sein würde. Mit den Ergebnissen war sie selten zufrieden. Sie wollte mit ihren Liedern weg von der bloßen Unterhaltung, sie wollte ihr Publikum aufrütteln, ohne es zu belehren. Abwechselnd korrespondierte sie mit Malte und mit Georg, schickte ihnen Texte und wartete auf ihre Kommentare. Meistens antworteten sie sofort, lobten und ermutigten. Maltes Ton hatte sich gewandelt, das Schwärmerische war verschwunden, wie Lili gehofft hatte. Georg verglich sie einmal mehr mit Franziska zu Reventlow, was ihr schmeichelte, aber Lili wollte nicht wie jemand anderes sein, nein, sie wollte herausfinden, wer *sie* war.

# POLITIK AM ROSENMONTAG

## MÜNCHEN 1932

*schon rief der Posten*

Es war erst kurz nach sieben Uhr, als Lili am Hotel Union in der Barer Straße eintraf, wo um acht Uhr eine große Frauenfriedensversammlung stattfinden sollte. Sie hatte ihren abendlichen Auftritt im Simpl abgesagt, ohne den wahren Grund dafür zu nennen. Lieber gab sie vor, einer erkrankten Freundin zu helfen, was ohne Nachfrage akzeptiert worden war. Man konnte ja nie wissen. Wenn es um Politik ging, musste man vorsichtig sein, so Lilis Erfahrung. Menschen, die sie für intelligent und vernünftig gehalten hatte, äußerten plötzlich abwegige Meinungen, die Lili entsetzten und die sie ihnen niemals zugetraut hätte. Rufe nach Ordnung und konsequenter Herrschaft, sogar nach einem starken Mann wurden in Kreisen laut, die sich noch vor Kurzem für Gleichberechtigung und die Freiheit des Individuums eingesetzt hatten, zumindest theoretisch. War es schon wieder so weit? Der letzte Krieg lag noch keine zwanzig Jahre zurück – hatten die Menschen so schnell vergessen?

Nach wie vor waren die Texte und Lieder im Simpl frech und kritisch, aber die Anzahl der Künstler, die sich politisch engagierten, wurde immer kleiner. Für die meisten war es bequemer und unverfänglicher, mit unterhaltenden Themen oder Varieté-Kunststücken vor ihr Publikum zu treten. Lili tat sich mit einer solchen Haltung schwer. Sie wollte etwas anderes. Als sie Ascona verließ, hatte sie zunächst überhaupt nicht gewusst, wohin. Dass sie in Zukunft häufiger bei ihrer Mutter in Hamburg sein würde, war selbstverständlich, denn deren Gesundheit hatte in den letzten Jahren gelitten. Es waren vor allem Herzprobleme, die ihr zu schaffen machten. Lili war da, wenn sie gebraucht wurde, doch solange es nicht notwendig war, würde sie lieber nicht ständig in Hamburg leben und arbeiten. Das Fremdheitsgefühl zu ihrer Heimatstadt, das sie nach dem Abschied von Cord verspürt hatte, war nicht gewichen, sondern hatte sich im Lauf der Jahre noch verstärkt. Da fühlte sie sich in München viel heimischer, auch wenn sich im Simpl einiges verändert hatte.

Die »Große Öffentliche Frauenversammlung« im Hotel Union stand unter dem Motto »Weltabrüstung oder Weltuntergang« und wurde von drei Münchner Organisationen veranstaltet: der Internationalen Frauenliga für Frieden und Freiheit, dem Frauenweltbund für Internationale Eintracht und dem Weltfriedensbund der Mütter und Erzieherinnen. Eingeladen waren Frauen aus den unterschiedlichsten Bereichen, Parteien, Klassen und Konfessionen. Der Text auf dem Flugblatt endete mit dem dringenden Appell: »Auf jede Einzelne kommt es an! Erscheint in Massen!« Die Initiatorinnen hatten den Termin Mitte Januar bewusst gewählt, weil Anfang Februar die Weltabrüstungskonferenz in Genf beginnen sollte. Dafür waren von den Frauen weltweit neun Millionen Unterschriften gegen einen kommenden Krieg gesammelt worden.

Lili war ein Neuling in politischen Frauenorganisationen. Weder in Hamburg noch in München hatte sie bisher Versuche unternommen, sich darin zu engagieren, obwohl sie entschieden feministische Positionen vertrat. Jetzt fand sie, dass es Zeit dafür wurde. Sie war gespannt auf die Atmosphäre der Kundgebung und auf die beiden Rednerinnen: Marcelle Capy, eine ihr unbekannte französische Schriftstellerin, deren Vortrag den Titel »Die Welt am Abgrund« trug. Die zweite Rednerin war Erika Mann, die Tochter des berühmten Dichters Thomas Mann, der vor einigen Jahren den Nobelpreis für Literatur erhalten hatte. Cord hatte ihr damals aus dessen Novelle »Tonio Kröger« vorgelesen. Er war tief von Thomas Manns Schilderung der Konflikte eines Künstlers mit seiner Umgebung beeindruckt gewesen. Lili war nicht ganz so begeistert gewesen, hatte jedoch erkannt, dass Cord sich stark mit der Hauptfigur identifizierte, und sich deshalb mit Kritik zurückgehalten. Über Thomas Manns Tochter Erika wusste Lili nichts. Angekündigt war sie als Schauspielerin, die ihren Text »Letzter Ruf« aus der Zeitschrift »Deutsche Zukunft« vortragen würde.

Weil es wieder zu schneien begann und ihr kalt war, betrat Lili schon eine halbe Stunde vor Veranstaltungsbeginn den Saal und wählte einen Platz in einer der vorderen Reihen. Allmählich füllte sich der große Raum mit Frauen. Viele hatten sich als Knopflochabzeichen eine Friedenstaube angesteckt. Lili gefiel das Symbol. Sie würde sich auch so eine Anstecknadel besorgen.

Marcelle Capy trug ihre Rede souverän vor – auf Französisch. Die parallel verlesene Übersetzung schien Lili nicht sehr gelungen zu sein, aber ihre Französischkenntnisse reichten nicht aus, um das beurteilen zu können. Während des Vortrags waren laute Schläge gegen die Eingangstür zu hören, woraufhin im hinteren

Teil des Saales Unruhe entstand. Lili blickte sich immer wieder um. Was passierte da? Stimmen wurden laut, von denen Lili nicht wusste, ob sie von draußen kamen oder schon Einlass gefunden hatten. Später erfuhr sie, dass eine Bande von Nazis mit Gewalt versucht hatte, sich Zutritt zum Saal zu verschaffen. Sie waren bewaffnet mit Gummiknüppeln, Schlagringen und Schusswaffen. Dank der Voraussicht der Veranstalter stand ihnen jedoch ein starkes Polizeiaufgebot gegenüber und hinderte sie erfolgreich am brutalen Eindringen in die Kundgebung oder gar deren Sprengen.

Als Erika Mann die Bühne betrat, fiel Lili sofort ihr bleiches Gesicht auf. War es Nervosität, Angst, oder hatte sie sich auf diese Weise geschminkt, um einen gewissen Effekt zu erzielen? Lili vermochte es nicht zu entscheiden. Erika Manns Kleidung war elegant, sie trug ein Herrenjackett, was ihr zusammen mit ihrer modischen Garçon-Kurzhaarfrisur ein androgynes Aussehen verlieh. Eindringlich beschwor Erika Mann die Horrorvision eines kommenden, alles zerstörenden Gaskriegs, den es mit aller Macht zu verhindern gelte. Im Publikum machte sich mehr oder weniger laut Unwille breit. Es gab Zwischenrufe. Lili wusste nicht, ob Reaktionen dieser Art üblich waren. Einerseits war sie erleichtert, sich in einer Menge von Menschen zu befinden, die aktiv werden und nicht alles schweigend über sich ergehen lassen wollten. Andererseits bereiteten ihr die Störversuche und Buhrufe, die offensichtlich aus der rechten Ecke kamen, Unbehagen. Sie waren jedoch nicht laut genug, um die Veranstaltung nachhaltig zu stören. Doch an einem bestimmten Punkt hielt es Lili nicht mehr aus. Sie fühlte sich in der Menschenmenge eingeengt, und die Stimme der Rednerin ging ihr auf die Nerven, obwohl ihr der poetische Text in Versform, den sie vortrug, gut gefiel. »Ich muss hier raus, und zwar sofort«, sagte sie zu sich selbst, stand auf und bahnte sich ihren Weg zum Ausgang. Als sie die Tür öffnete, stieß sie auf eine grölende Menschenansammlung, von der sie in den Saal zurückgedrückt wurde. Doch beim zweiten Versuch gelang es ihr, sich seitlich an der Meute vorbeizustehlen. Es waren überwiegend jüngere Männer, einige mit hassverzerrten Gesichtern. Lili hörte aus ihrem Geschrei einzelne Wörter heraus: Erika Mann wurde lauthals als kulturbolschewistische Hetzerin und jüdische Verräterin beschimpft.

Drei Tage später berichtete der »Völkische Beobachter« über »pazifistische Frechheiten der Internationalen Frauenliga« und bezeichnete die Kundgebung als »Schmach«, »die einen Rückfall in die landesverräterischen Umtriebe von 1918 bedeutet«. Lili war das Kampfblatt im Simpl in die Hände gefallen. Seit einiger Zeit lag es jeden Tag neben der »Neuen Zürcher Zeitung« auf dem Tisch am Eingang. Lili fragte nach, wer es dort hinlegte, doch keiner bekannte sich dazu oder schien etwas darüber zu wissen. Obwohl Lili beunruhigt war, ließ sie es vorerst dabei bewenden und forschte nicht weiter nach.

In der Ausgabe, in der über die Frauenfriedensversammlung berichtet wurde, hieß es, Erika Manns Auftreten sei ein »besonders widerliches Kapitel« gewesen. Sie habe sich als Schauspielerin bezeichnet, die ihre »Kunst dem Heil des Friedens« widme. »In Haltung und Gebärde ein blasierter Lebejüngling, brachte sie ihren blühenden Unsinn über die deutsche Zukunft vor.« Der Artikel endete mit der Drohung: »Das Kapitel Familie Mann erweitert sich nachgerade zu einem Münchner Skandal, der auch zu gegebener Zeit seine Liquidierung finden muss.«

Lili war abgestoßen von der bedrohlichen Rhetorik. Wenn sie mit ihren Kollegen darüber sprechen wollte, winkten diese ab und bagatellisierten die Geschehnisse. Doch Straßenschlachten, Einschüchterungen, Ausschreitungen, Anschläge, Brandstiftungen, die an der Tagesordnung waren, konnte man einfach nicht übersehen. Einzig Georg teilte ihre Befürchtungen. Nach der Reichstagswahl Ende Juli dieses Jahres, bei der die Nationalsozialisten mehr als ein Drittel der Stimmen bekamen, war er so verzweifelt, dass er seine übliche Contenance verlor und schrie: »Du wirst nicht siegen, du bösartiger Spießer, da kannst du noch so brüllen!«

Doch es ließ sich nicht leugnen, dass Hitler der Macht einen großen Schritt näher gekommen war.

Nachdem Lili eine Weile nichts von Georg gehört hatte – normalerweise trafen sie sich zweimal die Woche –, machte sie sich große Sorgen. Sie hatte ständig seinen Wutausbruch vor Augen und fürchtete, er könnte eine Dummheit begangen haben, wobei sie jedoch nicht wusste, was das hätte sein können. Während sie auf der Bühne ihr geliebtes »Ilse«-Chanson sang, das beim Publikum nach wie vor gut ankam, überlegte sie, wann sie Georg am besten aufsuchen sollte. Wieder einmal staunte sie, zu welchen Parallelhandlungen das menschliche Gehirn fähig war: Ein Teil war mit dem Gesang und vor allem der Rekapitulation der Texte beschäftigt, ein anderer sorgte sich um den Freund, und ein dritter reflektierte über die eigene Gehirntätigkeit. In diesem Moment erschien Georg. Da der Tisch vorn an der Bühne, den er bevorzugte, belegt war, nahm er weiter hinten Platz. Also noch eine vierte Aufgabe für Lilis Gehirn, aber damit war es dann auch genug, sonst würde sie in Textschwierigkeiten geraten und womöglich die Strophen vertauschen. Sie war mehr als erleichtert, Georg zu sehen. Noch dazu offensichtlich in ausgeglichener, geradezu heiterer Stimmung.

Nach ihrem Auftritt empfing er sie mit den Worten: »Ich weiß etwas viel Besseres für dich!«

Lili wusste allerdings nicht, was er meinte, und sah ihn fragend an.

»Du sagst doch immer, du willst etwas Sinnvolles tun. Du träumst von einem Theater, das aufrüttelt, aufklärt, etwas bewegt und verändert«, fuhr Georg fort.

»Allerdings. Und heute mehr denn je«, stimmte Lili zu.

»Ja, und ich weiß von einem Projekt, das genau diese Intention hat.« Dann berichtete er ihr, er habe seinen Freund Magnus Henning nach längerer Zeit wieder einmal getroffen. Magnus Henning war ein hervorragender Pianist und ebensolcher Komponist und hatte bei ihren sporadischen Begegnungen immer wieder über den Niedergang der Münchner Kulturszene geklagt. Es tat ihm weh, zu erleben, wie das traditionsreiche Kabarett »Bonbonniere«, in der hervorragende Größen wie Frank Wedekind aufgetreten waren, immer mehr an Niveau verlor und drittklassigen Künstlern Platz machte. Er schien weniger wütend als ratlos, fast resigniert, was Georg große Sorgen bereitete. Doch beim letzten Treffen war es plötzlich ganz anders gewesen: Magnus Henning war in Aufbruchstimmung. Er begriff die Situation der Münchner Theater als Chance, selbst etwas auf die Beine zu stellen, und hatte sofort zwei Verbündete gefunden, die Feuer und Flamme waren: Erika Mann und Therese Giehse. Gemeinsam fassten sie den Plan, ein literarisches Kabarett zu gründen, in dem sie ihre Meinung frei und ohne Zensur kundtun konnten. Ohne einen Intendanten oder irgendjemanden um Erlaubnis bitten zu müssen, denn sie würden das Theater selbst leiten. Das, was dafür nötig war, konnten sie mühelos leisten: konzipieren, schreiben, vortragen, inszenieren, ein Ensemble aufbauen und zusammenhalten, PR-Arbeit leisten.

»Als ich erfuhr, dass Therese Giehse, die große Giehse, deren Auftritte an den Kammerspielen ich niemals versäumt habe, mit von der Partie war, wusste ich, dass es ein Erfolg werden würde«, schwärmte Georg. »Sie macht keine halben Sachen. Sie gibt sich ganz.«

Es sei – neben der Liebe zu Erika Mann – die Idee des politischen Kabaretts gewesen, die Therese Giehse gereizt hatte, bei dem von Magnus Henning und Erika Mann entwickelten Projekt einzusteigen. Auf diese Weise konnten sie Stücke und Szenen auf die Bühne bringen, die den Menschen den Spiegel vorhielten und Missstände mit den Mitteln der Kunst anprangerten.

»Ja, und Anfang nächsten Jahres wird es dann so weit sein. Dann werden sie ihr erstes Programm auf die Bühne bringen.«

»Das ist wunderbar, aber was habe ich damit zu tun?«, fragte Lili.

»Ich denke, das ist genau das Richtige für dich. Wie oft hast du den Sinn deiner Arbeit infrage gestellt! Wie oft hast du von fehlender innerer Notwendigkeit gesprochen. Dort hättest du alles, was du brauchst.« Georgs Euphorie schien grenzenlos zu sein.

»Du weißt ja gar nicht, ob sie mich wollen. Ich habe Erika Mann Anfang des Jahres bei der großen Frauenversammlung im Hotel Union erlebt. Da hat sie einen Vortrag gehalten, den ich inhaltlich sehr gut und mutig fand, aber an ihrer Art zu sprechen hat mich irgendetwas gestört. Außerdem haben sie ihr Ensemble doch bestimmt längst zusammen. Mit ihren berühmten Namen und ihren Kontakten.«

»Das haben sie sicher«, pflichtete ihr Georg bei, »ich hab auch nicht gemeint, dass du dich sofort darum bemühen solltest. Ich wollte dich nur darauf aufmerksam machen und zur Premiere einladen. Nicht nur zu einer. Hast du Therese Giehse schon mal auf der Bühne gesehen?«

Als Lili verneinte, fuhr Georg fort: »Umso besser, dann lade ich dich in die Kammerspiele ein, wo sie in ›Die Ratten‹ von Gerhart Hauptmann die Frau John spielt. Ein gigantisches Stück und eine gigantische Rolle! Also mach dich für zwei grandiose Theatererlebnisse bereit!«

»Wir mahlen Pfeffer in die Bonbonniere«, verkündete die Einladungskarte zur Premiere der »Pfeffermühle«, die ihr Georg kurze Zeit später per Post zuschickte. Beim nächsten Treffen verriet er ihr, dass Thomas Mann bei der Namensgebung eine wichtige Rolle gespielt habe. Pfeffer war für den Dichter mit Esprit verbunden, und damit hatte seine Tochter die regelmäßigen Familientreffen gewürzt. Lili gefiel die kulinarische Kombination Pfeffermühle–Bonbonniere. Das Kabaretttheater »Bonbonniere« befand sich in der Neuturmstraße und grenzte an das Hofbräuhaus an, in dem die meisten Veranstaltungen der Nationalsozialisten stattgefunden hatten und weiterhin stattfinden würden.

»Das ist doch skurril«, kommentierte Lili die räumliche Konfrontation.

Bei ihrem letzten Treffen vor der Premiere empfing Lili Georg mit der Nachricht: »Ich habe die Giehse gesehen!«

Georg war irritiert: »Wieso, wir gehen doch erst nächste Woche in die Vorstellung.«

»Nicht im Theater, auf der Straße«, stellte Lili richtig. Sie hatte nach ihrem Auftritt keine Lust, länger im Simpl zu bleiben, und lieber einen Abendspaziergang machen wollen. Weil die Luft so klar war und die Stadt von einem riesigen Vollmond beschienen wurde, ließ sie sich durch die Straßen treiben, von der Türkenstraße über die Leopoldstraße, den Odeonsplatz, die Residenzstraße zur Maximilianstraße. Als sie fast auf Höhe der Kammerspiele war, sah sie eine Frau aus dem Theater kommen. Zuerst hatte Lili geglaubt, es handle sich um eine Besucherin, der das Stück nicht gefallen habe, aber die Zielstrebigkeit, mit der die Frau ihren Weg eingeschlagen hatte, sprach dagegen. Neugierig folgte sie ihr bis zur nächsten Straßenecke. Anscheinend war das Hofbräuhaus ihr Ziel. Oder – und nun fiel es ihr wie Schuppen von den Augen – die »Bonbonniere«. Dann zählte sie eins und eins zusammen: Es musste sich um Therese Giehse handeln, die an diesem Abend in zwei verschiedenen Aufführungen an zwei verschiedenen Theatern mitspielte.

»Nicht nur an diesem Abend«, wusste Georg. »Das macht sie Abend für Abend. Zuerst betritt sie als Frau John die Bühne der Kammerspiele. In der Pause wechselt sie das Kostüm und rennt so schnell wie möglich zur ›Bonbonniere‹, um rechtzeitig zum Beginn der Vorstellung dort auf der Brettlbühne zu stehen.«

»Unglaublich!«, staunte Lili. »Wie schafft sie das bloß? Der Weg ist zwar nicht weit, aber sie muss das Kostüm wechseln und in kürzester Zeit von einem Thema zum anderen umschalten.«

»Du sagst es«, pflichtete ihr Georg bei. »Es ist eine Riesenleistung. Nachdem sie ihren Auftritt in der ›Pfeffermühle‹ absolviert hat, muss sie sich beeilen, um rechtzeitig nach der Pause wieder als Frau John in der Gerhart-Hauptmann-Kulisse der Kammerspiele zu stehen.«

»Ja, und wenn das Stück zu Ende ist, läuft sie wahrscheinlich zurück zur ›Bonbonniere‹«, vermutete Lili.

»Genau. Selbstverständlich nimmt sie den Applaus mit. Ich brauche dir ja nicht zu erklären, was er für eine Schauspielerin bedeutet. Sie genießt es natürlich, an den Kammerspielen gefeiert zu werden. Aber wenn der letzte Vorhang gefallen ist, heißt die nächste Station ›Finale der Pfeffermühle‹. Um Mitternacht ist auch dort Vorstellungsschluss, aber dann geht es natürlich noch lange nicht nach Hause. Du weißt ja, wie das ist.«

Nun konnte es Lili kaum erwarten, die beiden unterschiedlichen Aufführungen zu sehen. Zuerst schauten sie sich »Die Ratten« an. Sie war tief beeindruckt und sprachlos, nachdem sie stundenlang vom Schicksal der Frau John, das von Anfang an auf eine Katastrophe zusteuerte, gefangen genommen war. Als ihr anschließend im Gespräch mit Georg einfiel, wie die Giehse die Pause verbracht hatte, konnte sie kaum glauben, dass so etwas möglich war. »Und jetzt steht sie also auf der Brettlbühne …?«

»… und kämpft mit ihren Mitteln gegen die Faschisten nebenan«, beendete Georg ihren Satz. »Ich bin schon sehr gespannt auf unseren Pfeffermühlen-Abend.«

Mit den Worten »Und ich kann ihn kaum erwarten« fiel Lili Georg um den Hals und gab ihm einen Kuss mitten auf den Mund. »Das hab ich alles dir zu verdanken. Ich kann dir gar nicht sagen, wie dankbar ich dir bin und wie sehr ich mich freue.«

Lilis Gefühlsausbruch kam für Georg gänzlich überraschend, er blinzelte sie an. So etwas kannte er von Lili bisher nicht – genauso wenig wie sie selbst. Sie lachte verlegen.

Wenn man Lili nach der Vorstellung der »Pfeffermühle« gefragt hätte, welche Nummer sie am meisten beeindruckt habe, wäre die Antwort »der Pierrot« gewesen. Als Erika Mann die Bühne in diesem Kostüm betrat, hatte Lili sofort ihren Auftritt bei der Frauenversammlung im Hotel Union vor Augen. Schon damals war ihr Gesicht von einer Blässe, die an die Figur der Commedia dell'Arte erinnerte. Und nun agierte sie als Pierrot poetisch, scharfzüngig, charmant und melancholisch zugleich: Lili war hingerissen. Mit den Worten »Unschuld, Hoffnung, Neid und Trauer, Scham und Schande hab' ich an« wandte sich der schöne androgyne Pierrot an das Publikum und bat um Geduld und Aufmerksamkeit: »Wartet, wartet, bis genauer ich es euch erklären kann.«

»Bis in alle Ewigkeit würde ich warten«, sagte Lili zu sich selbst und genoss das Gefühl eines aufziehenden Tagtraums, aus dem sie jedoch abrupt herausgerissen wurde, weil sie die Sätze des Pierrot plötzlich von einer anderen Stimme gesprochen hörte: Es war Cord, der sie um Geduld bat und eine Erklärung ankündigte. In diesem Moment wurde Lili bewusst, dass sie ihm nie die Chance dazu gegeben hatte. Ihr Herz klopfte, sie begann zu schwitzen, das Atmen fiel ihr schwer. Unruhig rutschte sie auf ihrem Stuhl herum, sodass Georg leise fragte, ob alles in Ordnung sei.

»Nichts ist in Ordnung«, antwortete Lili und überlegte kurz, ob sie das Theater besser verlassen sollte. Georg nahm schweigend ihre Hand, ohne sie anzuschauen, richtete seine Aufmerksamkeit wieder auf das Bühnengeschehen, und allmählich schloss sich Lili seinem Blick an.

Mit den Sätzen »Und die Welt hält bleiern stille, schreit denn keiner: halt, genug!?« verabschiedete sich der Pierrot. Danach herrschte tatsächlich Stille, allerdings keine bleierne, sondern eher ein betretenes Schweigen, das nach einiger Zeit in donnernden Applaus mündete.

So lasse man sich die Frauenemanzipation gern gefallen, wenn sie mit »so viel lächelnder Eleganz« daherkommt, las Lili später in der »Neuen Zürcher Zeitung«, die dem Ensemble der »Pfeffermühle« attestierte, mit ihrem Programm der Kunstform Kabarett eine neue Qualität verliehen zu haben.

Nach der Vorstellung lud Georg Lili zu einem Glas Wein in die Bar Blue um die Ecke ein. Er vermied es, sich nach ihrem Befinden zu erkundigen, da es ihr offensichtlich wieder gut ging. Stattdessen erzählte er ihr von Gesprächen mit seinem Freund Magnus. Am Anfang, hatte dieser berichtet, seien Erika und Therese mit einigen Nummern nicht zufrieden gewesen. Es habe viel Fantasie, Mut und Fingerspitzengefühl erfordert, ihre Ziele zu verwirklichen. Das übliche Gespött, das die meisten Kabaretts mittlerweile präsentierten, schien ihnen fehl am Platz, davon wollten sie sich abheben. Sie tasteten sich langsam heran. Die Intention der »Pfeffermühle« musste nicht aufwendig erklärt werden: »Kampf gegen Hitler« lautete die Devise. Eigentlich eine todernste Angelegenheit, doch der Auftrag, den sie sich selbst gestellt hatten, bestand gerade darin, ihren Humor und ihr Gespür fürs Absurde einzusetzen.

*Der Bombenwurf befreit die Sklaven,*
*Das weiß ein jedes Kind bereits,*
*Wer wirft noch mal? Die meisten treffen*
*Zwar aus Versehn das rote Kreuz.*

In den nächsten Tagen dachte Lili viel über das nach, was Georg vor einiger Zeit über die »Pfeffermühle« gesagt hatte, nämlich dass dieses Kabarett für sie eine künstlerische Heimat bedeuten könnte, weil die Initiatoren ähnliche Ziele verfolgten wie sie. Er hatte von innerer Notwendigkeit gesprochen. Die vermisste sie schon lange bei ihren Auftritten im Simpl.

Auch Friedas Vorwürfe fielen ihr ein. In Ascona hatte die Freundin sie gedrängt, sich in der Taverna Luca vorzustellen, die ein reiches Kulturprogramm anbot. Doch Lili hatte sich nicht dazu entschließen können und sich ihren Lebensunterhalt lieber mit Musikunterricht und Nachhilfe verdient. Wie belastend die Situation für Frieda war, hatte sie damals nicht bemerkt. Sie war nur froh gewesen, dass Frieda sich immer enger mit Irina zusammengeschlossen hatte, und keine Spur von Eifersucht verspürt. Im Gegenteil: Dadurch hatte sich ihr selbst ein Freiraum eröffnet, den sie dringend benötigte. Doch dann war Frieda plötzlich verschwunden, hatte die Wohnung Hals über Kopf verlassen – so empfand es zumindest Lili. Irina erklärte ihr, Frieda habe den Entschluss, nach Paris zu gehen, um Vorbereitungen für die Beteiligung an der Internationalen Ausstellung für Dekorative Kunst zu treffen, schon vor einer ganzen Weile gefasst. Es war ausgemacht, dass Irina ihr folgen würde. Diese zeigte sich überrascht, dass die beiden Freundinnen nicht darüber geredet hatten.

»Was ist denn bloß los mit euch?«, fragte sie Lili. »Ich habe euch als ein eng befreundetes Paar kennengelernt und anfangs sogar für ein Liebespaar gehalten. Ich bin übrigens heute noch davon überzeugt, dass ich mit dieser Vermutung recht hatte. Natürlich habe ich mitbekommen, dass du dir ein provisorisches Schlaflager im Empfangszimmer eingerichtet hast, aber ich wollte nicht indiskret sein.«

Lili vermisste Frieda. Seit deren Abreise aus Ascona vor sechs Jahren hatte sie nichts mehr von ihr gehört. Von ihrer Mutter wusste sie, dass die Freundin mittlerweile wieder in Hamburg lebte, nachdem Irinas Traum von einer eigenen Modefirma endgültig geplatzt war. Zwar hatte ihre Kollektion bei der großen Pariser Kunstausstellung viel Aufsehen erregt und sogar einen Ehrenpreis erhalten, aber danach war es wieder ziemlich schnell bergab gegangen. Einmal mehr hatte sie die schmerzliche Erfahrung machen müssen, von versierten Händlern übervorteilt zu werden, denn diese hatten schnell begriffen, dass es sich bei der Großfürstin um eine in ökonomischer Hinsicht unerfahrene Frau handelte, die auf Hilfe und Unterstützung hoffte. Doch sosehr man ihren Titel in der Werbung benutzt hatte, um ihren Sonderstatus zu dokumentieren, so wenig zählte er, wenn es um Profit ging. Und auch die Auszeichnung war nicht mehr als der sprichwörtliche Tropfen auf den heißen Stein: eine Ermutigung, nicht mehr. Eine Woche lang war sie in allen wichtigen Journalen zu sehen gewesen, dann war es vorbei, von heute auf morgen.

Das Letzte, was Lili gehört hatte, war, dass Irina der Einladung einer Kosmetikfirma nach Amerika gefolgt war.

Die Trennung von Frieda bereitete Lili nach wie vor Kummer. Wieder einmal hatte sie nicht bemerkt, dass sich jemand auf den Weg gemacht hatte. Jemand, den sie gut kannte, hatte sich von ihr entfernt, und sie hatte es nicht wahrgenommen.

»So etwas geschieht doch nicht von heute auf morgen. Du hattest einfach keine Augen mehr für sie«, hatte ihr Irina vorgeworfen. »Ich weiß nicht, was dich so gefangen genommen hat. Du warst immer nur zu Haus oder bist am See spazieren gegangen. Wie oft hat dich Frieda gebeten, dich in der Taverna vorzustellen.

Sie hatte das Gefühl, dass du gar keine gemeinsame Zukunft für euch beide geplant hast.«

Bevor Irina weiter ausholen konnte, hatte Lili das Gespräch beendet. Sie fürchtete Irinas Direktheit und Schonungslosigkeit, die ihr nicht weiterhelfen würden. Stattdessen versuchte sie, sich zu erinnern, wann Frieda begonnen hatte, sich von ihr abzuwenden. Frieda war sprunghaft, spontan, spielerisch. Das konnte mitreißend, verbindend, aber auch trennend sein. Viele extreme Verhaltensweisen der Freundin hatten mit dem schrecklichen Tod ihrer Mutter zu tun, an dem sich Frieda die Schuld gab. Davon konnte sie niemand erlösen.

Lili erkannte, dass sie sich selbst in einer Entschuldigungsspirale befand. Ihre Erklärungsversuche hatten die eigene Entlastung zum Ziel. Doch so leicht machte sie es sich nicht. Wie immer ging sie streng mit sich ins Gericht. Sosehr sie auch versucht hatte, davon abzulenken: Die Parallele zu Cord war unübersehbar. Das gleiche Versäumnis. *Ihr* Versäumnis. Wollte sie nur die angenehmen Dinge sehen? Alles andere unter den Teppich kehren? Konfliktreiches vermeiden? Unangenehmes verdrängen? Obwohl sie sich sehr früh theoretisch mit dem Phänomen Verdrängung auseinandergesetzt hatte, schienen die Auswirkungen dieser Studien für ihr praktisches Verhalten minimal zu sein. War das die Quelle ihrer Albträume? Auf einmal stieg Panik in ihr hoch. Sie dachte an Georg. Er war ihr geblieben. Ihn durfte sie nicht auch noch verlieren.

»Was hältst du davon, wenn wir zusammen zum Rosenmontagsball der Kammerspiele gehen?« Lili war froh, einen Anlass für eine Einladung gefunden zu haben.

»Eine sehr gute Idee«, sagte er erfreut. »Wir könnten den Abend in der ›Bonbonniere‹ beginnen.«

»Bist du dir sicher, dass es dort eine Vorstellung gibt?«, fragte Lili.

»Ganz sicher, Magnus hat es mir gesagt. Anschließend wollen sie alle ins Regina-Palast-Hotel zum Ball der Kammerspiele gehen.«

Sich mit der Vorstellung der »Pfeffermühle« auf ein rauschendes Fest, eine ausgelassene Ballnacht einzustellen, war eine gute Idee. Erika Mann und Therese Giehse hatten ihr Programm etwas umgestellt. Die heiteren Nummern kamen zum Schluss, beißende Satire ging über in Lebensfreude und Übermut. Ja, es kündigten sich schlimme Zeiten an, aber um auf sie vorbereitet zu sein und ihnen besser trotzen zu können, war es notwendig, sich selbst zu stabilisieren. Ausgelassenes Feiern, sich vergnügen, Spaß haben gehörten dazu.

Zur Vorstellung erschienen fast alle Zuschauer verkleidet: Indianer, Zigeunerinnen, Rokoko-Damen und -Herren zählten zu den beliebtesten Kostümen. In der Menge der Maskierten schien Erika in ihrem Pierrot-Kostüm die einzige natürliche Figur zu sein, befand Lili, die als Nixe verkleidet war, aber Georg, der es abgelehnt hatte, in eine Rolle zu schlüpfen, verstand nicht, was sie damit meinte. Er schwelgte in Erinnerungen: Einmal hatte er sich mit Franziska zu Reventlow ins Faschingstreiben gestürzt. Sie waren gemeinsam aufgebrochen, hatten das erste Fest zusammen besucht, sich schließlich getrennt, jeder hatte sich in einem anderen Lokal oder Salon amüsiert. Irgendwann trafen sie sich wieder – es war eine unvergessliche Nacht mit flüchtigen erotischen Begegnungen, unverbindlich, liebevoll und leichtlebig. Dazwischen feste Umarmungen und Liebesschwüre.

So unbekümmert, wie es auf den ersten Blick wirkte, war die Atmosphäre im Palast-Hotel allerdings nicht, die oberflächliche

Ausgelassenheit wurde durch Misstrauen getrübt. Von einer Minute auf die andere empfand Lili die allgemeine Kostümierung nicht mehr als fantasievolles Rollenspiel, sondern als kalkulierte Verkleidung. Man konnte nicht wissen, ob sich nicht vielleicht hinter der komischen Maske ein Nazispitzel verbarg. Lili versuchte, ihr Unbehagen beiseitezuschieben und sich der allgemeinen Fröhlichkeit anzuschließen, doch es gelang ihr nur für kurze Zeit. Die Lustigkeit hatte etwas Gezwungenes – so als sei dieser Rosenmontagsball die letzte Gelegenheit zu feiern, die man um jeden Preis auskosten musste: wild, hektisch, übermütig, überdreht.

Lili wusste nicht, ob sie bleiben oder gehen sollte.

Ein hoch aufgeschossener junger Pierrot nahm ihr die Entscheidung ab, indem er sie um einen Tanz bat. Es war ein Tango, da konnte sie einfach nicht widerstehen. Sie liebte diesen Tanz, den sie bisher so selten getanzt hatte. Es gab wenige gute Tänzer. Malte hatte dazugehört, und Cord war eifersüchtig gewesen, als Lili mehrfach mit seinem Freund getanzt hatte. Cord hätte nie aus freien Stücken eine andere Frau aufgefordert, Tanzen hatte ihm nur mit Liliane als seiner Partnerin gefallen. Sie wiederum hatte nicht eingesehen, auf ihr Vergnügen zu verzichten, nur weil Cord kein Interesse daran hatte, und seine Vorwürfe absurd gefunden. »Es ist doch nur ein Tanz«, hatte sie sich verteidigt, »und Malte ein glänzender Tänzer.«

Der Pierrot war das auch. Lili staunte über die Intensität ihrer Erinnerung. Wie war es nur möglich, in dem kurzen Augenblick zwischen der Aufforderung des Pierrots und ihrer Zustimmung, die Szene mit Cord und Malte so deutlich vor sich zu sehen? Doch während des Tanzes hörte sie auf, diesen Erinnerungen nachzuspüren, sondern konzentrierte sich ganz auf den Genuss, den das Tanzen mit dem Pierrot ihr bereitete. Er schien es genauso zu empfinden. Gemeinsam gaben sie sich dem Rhythmus hin und verständigten sich mit Blicken auf die Figuren: Doppelte Wende, Offene Promenade, Chassé – es klappte hervorragend – und jetzt ihr Solo! Wenn er doch nicht aufhören würde, dieser Tanz.

Doch auf einmal war er vorbei und der Tänzer in der Menge verschwunden.

Im Saal hatte sich Unruhe breitgemacht, wie Lili erst jetzt wahrnahm. Sie suchte nach Georg – vergeblich. Aus dem Gemurmel um sie herum gelang es ihr nach einiger Zeit, den Satz »Der Reichstag brennt!« herauszufiltern. Wie die Nachricht entstanden und ob ihre Bedeutung bei den Feiernden angekommen war, konnte sie nicht beurteilen. Auf einmal trat aus der Menge der Pierrot heraus, mit dem sie gerade noch getanzt hatte, und teilte der Ballgesellschaft mit, dass in Berlin der Reichstag in Brand stehe und dass es die Kommunisten gewesen seien, die ihn angesteckt hätten. Man habe die Täter bereits festgenommen. Lili wandte sich direkt an ihren Tänzer und fragte: »Die Kommunisten?«, worauf er verächtlich lachend antwortete: »Ja, natürlich. Wer denn wohl sonst?«

Ohne sie eines weiteren Blickes zu würdigen, verschwand er wie beim ersten Mal in der Menge. Gleichzeitig spürte sie einen Arm um ihre Schulter. Georg hatte sie gefunden.

Sie schmiegte sich an ihn und sagte: »Ich glaube, so sehr wie jetzt habe ich mich noch nie gefreut, dich zu sehen.«

Die Nacht des Rosenmontags wurde entscheidend für die bayerische Politik, Gesellschaft und damit für den Alltag der Menschen. Der den Kommunisten angelastete Reichstagsbrand führte umgehend zur sogenannten »Reichstagsbrandverordnung«. Bürgerrechte wurden mit der Begründung, auf diese Weise staatsgefährdende kommunistische Gewaltakte verhindern zu müssen, aufgehoben. Dazu gehörten die freie Meinungsäußerung, die Pressefreiheit, das Vereins- und Versammlungsrecht, das Brief-, Post-, Telegrafen- und Fernsprechgeheimnis. Hausdurchsuchungen waren an der Tagesordnung, genauso wie das Beschlagnahmen von Eigentum und die Verhaftung missliebiger Personen.

»Es ist ein ebenso geschickter wie perfider Schachzug, den Erlass mitten im Fasching zu verkünden«, urteilte Georg. »Man ist davon ausgegangen, dass an diesen Tagen exzessiv gefeiert und die Politik zur Nebensache degradiert wurde.«

Einige Wochen später erkundigte sich Lili, was das für die Zukunft der »Pfeffermühle« bedeutete.

»Ursprünglich war geplant, den März über zu pausieren und dann ab April an einer anderen Münchner Spielstätte aufzutreten«, gab Georg Magnus' Bericht wieder. Die »Bonbonniere« sei wegen des großen Publikumsinteresses und der ständig steigenden Zuschauerzahl nämlich zu klein geworden. Erika hatte einen geeigneten Spielort gefunden: Das Schwabinger Lokal »Serenissimus« erfüllte ihre Ansprüche. Mit seinem Besitzer hatte sie bereits vor einiger Zeit einen Vertrag geschlossen, obwohl ihr klar war, dass ihre eigene Zukunft als Künstlerin in Deutschland alles andere als sicher war.

Dies bestätigte sich nach der Reichstagswahl Anfang März, bei der Hitler auf Reichsebene für seine Regierungskoalition die absolute Mehrheit erhielt, was nicht ohne Folgen für die bayerische Regierung blieb. Erika erkannte sofort, dass das Ende der »Pfeffermühle« in Deutschland unwiderruflich gekommen war. Der Besitzer des »Serenissimus« erwies sich als langjähriges NSDAP-Parteimitglied und war nicht gewillt, den Vertrag aufzulösen, sondern drohte bei Nichteinhaltung mit Klage, woraufhin Erika umgehend alle »Pfeffermühlen«-Mitglieder darüber informierte, dass sie ihre Arbeit in München einstellen und an einem anderen Ort außerhalb Deutschlands fortsetzen müssten. Sie selbst und ihr Bruder Klaus verließen Deutschland schon Mitte März: Erika mit dem Auto Richtung Arosa, Klaus mit dem Nachtzug Richtung Paris. Zur selben Zeit wurde Therese Giehse, die noch an den Kammerspielen engagiert war, denunziert, doch glücklicherweise im selben Moment gewarnt. Sie floh mitten aus einer Probe heraus, unterstützt von Magnus Henning, ohne sich von ihren Kollegen zu verabschieden. Der Weg führte sie über Lermoos in Tirol nach Arosa, wo sie von Erika erwartet wurde. Sie hatte nur Handgepäck bei sich.

»Vielleicht hat dich dein Zögern gerettet«, sagte Georg.

»Wovor?«

»Ich hatte dir doch empfohlen, bei der ›Pfeffermühle‹ mitzuwirken. Gut, dass du dir immer alles so genau überlegst.«

»Ich weiß nicht, ob das so gut ist, vielleicht bin ich einfach nur feige.«

»Du bist die mutigste Frau, die ich kenne«, widersprach Georg. »Du weißt es nur nicht.«

# WAHRE LIEBE

## HAMBURG 1936

*da sagten wir Auf Wiederseh'n*

Endlich läutete die Türglocke. Lili und ihre Mutter sahen sich an: die Mutter mit mädchenhafter Aufregung, die Tochter mit verhaltenem Lächeln.

»Oh, Liliane, er ist wirklich gekommen. Wie sehe ich aus? Bitte gib mir den Puder.«

»Du siehst wunderbar aus. Papa wird wie immer von dir bezaubert sein«, antwortete Lili, reichte der Mutter die prächtige goldene Guerlain-Puderdose, die sie ihr vor vielen Jahren aus Paris mitgebracht hatte, und ging langsam durch den langen, engen Flur zur Tür. Sie fühlte sich hin und her gerissen zwischen Anspannung, Vorfreude und schlechtem Gewissen. Die Aussicht, ihren Liebsten wiederzusehen, hatte die Mutter innerhalb weniger Stunden so sehr verändert, wie Lili es nicht für möglich gehalten hatte: Die Schwerkranke, deren Ende abzusehen war, die kaum noch am alltäglichen Geschehen teilnahm und deren Aufmerksamkeit nur durch die Erwähnung ihres zur See fahrenden

Ehemanns geweckt werden konnte, schien angesichts seiner nahenden Heimkehr in kürzester Zeit um viele Jahre verjüngt zu sein. Sie war nicht länger die kranke, hilfsbedürftige Mutter, sondern die junge, unternehmungslustige Geliebte. Sogar die betäubenden Arzneien schienen ihre Wirkung verloren zu haben. Von Müdigkeit und geistiger Abwesenheit keine Spur mehr, nur noch freudige Erwartung.

Lili, die ihre Mutter seit deren Erkrankung unterstützte, wo sie nur konnte, dafür sogar nach Hamburg zurückgekehrt war, empfand sich als Betrügerin: Das Schiff des Vaters würde nämlich frühestens in zwei oder drei Wochen zurück in Hamburg sein, wie sie bei der Hapag-Lloyd-Reederei erfahren hatte – den ärztlichen Prognosen nach zu spät für ein Wiedersehen. Als Lili vor einigen Tagen einmal besonders verzweifelt gewesen war, weil sie ihrer Mutter den letzten Wunsch nicht erfüllen konnte, war ihr plötzlich eine Idee gekommen – ausgelöst durch ein Plakat am Thalia-Theater. Sie hatte zweimal hinschauen müssen, um festzustellen, dass es nicht das Bild ihres Vaters war, das dort im Schaukasten hing, so groß war die Ähnlichkeit. Was, wenn sie ihn engagieren würde, für eine Stunde die Rolle des Vaters zu übernehmen? Als sie den Schauspieler darauf ansprach, reagierte er entgegen ihrer Erwartung nicht überrascht, sondern erklärte sich sofort dazu bereit. Was Lili nicht vorhergesehen hatte, war die Veränderung, die die Nachricht von der Ankunft des Vaters bei der Mutter auslösen würde. So wach und lebendig, wie sie seither war, würde sie auf die gut gemeinte Täuschung bestimmt nicht hereinfallen.

Es klingelte ein zweites Mal.

»Was ist los? Liliane, warum machst du nicht auf?«, rief die

Mutter ungeduldig. Lili öffnete die Tür und zuckte zusammen. Nicht der Schauspieler stand vor ihr, sondern Frieda. Lili glaubte für einen Moment, den Boden unter den Füßen zu verlieren. Die Ziehschwester, Freundin, Geliebte, Verräterin hatte sie am allerwenigsten erwartet.

Eine Weile standen sie sich schweigend gegenüber, bis Frieda endlich den Anfang machte: »Ich hab erst vor Kurzem erfahren, dass Mami so krank ist und dass du nach Hamburg zurückgekommen bist.«

Gemeinsam gingen sie den Flur entlang zum Zimmer der Mutter. Diese war nur für einen kurzen Moment enttäuscht, dass nicht ihr Ehemann, sondern ihre Pflegetochter an ihr Bett getreten war, dann begrüßte sie Frieda liebevoll und erzählte ihr sofort von der bevorstehenden Ankunft ihres Mannes. Wie zwei Backfische tuschelten und kicherten die beiden miteinander, ohne auf Lili zu achten. Ganz selbstverständlich war Lili zur Nebenfigur degradiert worden – wie so oft. Jedenfalls fühlte sie sich oft so: in die Ecke gestellt und verlassen. Besonders von Frieda. Ihr eigener Aufbruch, zunächst allein von Hamburg nach München und später nach Ascona, zusammen mit Frieda, war ihr plötzlich ganz nah. Damals hatten sie sich beide von ihrer gewohnten Umgebung, die sie als lähmend empfanden, fortgesehnt. Die strengen Verhaltensregeln und eingeschränkten Lebensperspektiven, gegen die sie sich als Frauen zu behaupten hatte, ließen sie nicht gelten. Darin waren sie sich einig. Sie waren bereit, Neues auszuprobieren – spielerisch-erotisch –, und dabei ein Liebespaar geworden, bis Frieda eines Tages ohne Vorankündigung verschwand und Lili allein zurückließ.

Als die Freundin weg war, erkannte Lili, dass sie nur ihretwegen auf dem Monte Verità geblieben war. Ohne sie fühlte sie sich allein, einsam, schmählich verlassen. Zum zweiten Mal in ihrem Leben. Das erste Mal hatte sie bis jetzt nicht verwunden. Sie wollte nicht daran denken. Es hätte sie überfordert. Die Krankheit der Mutter und Friedas plötzliches Auftauchen waren schon Belastung genug. Lili schloss die Augen. In ihrem Kopf gingen die aufkommenden Erinnerungen diffuse Verbindungen ein, die sie nicht zu kontrollieren vermochte. Jetzt ein wenig vom »Zauberkräutlein Haschisch«, wie es die Freunde am Lago Maggiore damals praktiziert hatten: Heiterkeit, Klarheit und Entspannung. Wie lange war das her?

Es klingelte wieder, das Geräusch riss Lili aus ihren Gedanken. Sie öffnete dem Schauspieler, der dank der Kleidung des Vaters, die ihm Lili zuvor gebracht hatte, diesem so ähnlich sah, dass Frieda regelrecht erschrak. Er entschuldigte sich für seine Verspätung und wurde von Lili ins Zimmer der Mutter geführt. Dann verließ sie den Raum und schloss die Tür hinter sich. Der Moment des Wiedersehens – auch wenn es ein inszeniertes war – sollte der Mutter allein gehören. Sie zog sich mit Frieda in ihr Jungmädchenzimmer zurück, das die Mutter für sie, die mittlerweile fast vierzigjährige Tochter, in nahezu unverändertem Zustand belassen hatte.

»Wenn ihr mich damals nicht aufgenommen hättet, wäre ich verloren gewesen, Liliane«, begann Frieda das Gespräch.

Liliane – so war sie lange nicht mehr genannt worden, und wenn, dann nur von ihrer Mutter. Lili fühlte sich wie in eine andere Zeit versetzt. Die furchtbare Katastrophe, die Explosion der Munitionsfabrik, die Hamburg heimgesucht und so viele Menschen das Leben gekostet hatte, war ihr plötzlich wieder ganz nah.

Mit den Worten »Ich hab Mami und dir so viel zu verdanken« versuchte Frieda sie zu umarmen.

Doch Lili wehrte die Berührung ab und fragte, ohne Frieda anzuschauen: »Warum hast du mich verlassen?«

»Ich hatte Angst davor, von dir verlassen zu werden. Dem wollte ich zuvorkommen«, antwortete Frieda, ohne zu zögern.

»Warum hätte ich dich verlassen sollen? Wir waren doch sehr glücklich in Ascona.«

»Und was wäre geschehen, wenn er gekommen wäre?«

Obwohl Lili wusste, wen Frieda meinte, fragte sie: »Wer?«

Darauf antwortete Frieda nicht, sondern fuhr fort: »Du wärst mit ihm gegangen, du hättest nicht gezögert. Du hättest dich nicht einmal nach mir umgesehen.«

Lili schwieg.

»Du hast nie aufgehört, nach ihm zu suchen.«

Es klopfte an der Zimmertür. Mit den Worten: »Sie schläft. Ich gehe jetzt«, verabschiedete sich der Schauspieler. Weder Lili noch Frieda, die die Situation erfasst hatte, ohne dass sie ihr von Lili erklärt worden war, trauten sich, ihn zu fragen, wie sein Besuch verlaufen war. Bevor er die Tür hinter sich schloss, drehte er sich noch einmal um und sagte: »Es war gut.«

Zwei Szenen erschienen vor Lilis innerem Auge: In der ersten saßen sich ihre Mutter und ihr Vater in der Küche gegenüber, hielten sich an den Händen und ließen nur los, um das Weinglas zu heben und sich zuzuprosten. In der zweiten Szene sah sie sich selbst mit ihrem Liebsten unter einer Laterne stehen, so eng umschlungen, dass er sie darauf aufmerksam machte, dass ihre Schatten zusammengefallen waren und wie der einer einzelnen Person aussahen.

Plötzlich begann Frieda zu weinen. Lili war wie versteinert, fühlte sich außerstande, sie zu trösten. Stattdessen sagte sie, mehr zu sich selbst als zu Frieda: »Wahrscheinlich ist er schon lange verheiratet, hat Kinder …«

»Nein, ist er nicht«, unterbrach Frieda, die ihre Fassung schnell wiedergefunden hatte. »Ob er Kinder hat, weiß ich nicht, aber verheiratet ist er nicht.«

»Woher willst du das wissen?«

»Ich weiß es eben.«

»Woher?« Für Lili war Friedas Verstocktheit kaum auszuhalten. Warum tat sie ihr das an? Niemand wusste so gut wie Frieda, wie es in ihr aussah.

Endlich antwortete sie: »Weil ich mit ihm gesprochen habe.« Frieda sah Lili nicht an, sondern senkte ihren Blick.

»Wann? Wo? Du musst es mir sagen, Frieda!« Zum ersten Mal sprach sie ihren Namen aus. »Du musst mir alles sagen. Das bist du mir schuldig – nach allem …«

Frieda hatte sich längst wieder gefasst und konterte: »Siehst du, das habe ich gemeint.«

»Was?«

»Das war der Grund, aus dem ich damals abgereist bin. Er war immer dabei. Das konnte ich nicht länger ertragen. Und auch jetzt ist er der Wichtigste. Wichtiger als ich.«

Lili schwieg. Frieda hatte recht. Er war immer anwesend, Cord, ihre große Liebe. Seit sie sich getrennt hatten, war kein Tag vergangen, an dem sie nicht an ihn gedacht hatte. Zwanzig Jahre lang.

»Ach, Frieda, seit er mich verlassen hat …«

Frieda unterbrach sie: »Er sagte, du hättest ihn verlassen.«

»*Er* war es, der sich freiwillig zum Kriegsdienst gemeldet hat«, beharrte Lili.

»Und du hast es abgelehnt, auf ihn zu warten«, ergänzte Frieda. »Dabei hast du die ganze Zeit über nichts anderes getan. Und wie ich sehe, wartest du immer noch.«

Auch nach so vielen Jahren konnte es Frieda nicht lassen, ihre Spitzen gegen Lili auszuteilen. Sie fragte sich, ob es richtig gewesen war, Frieda damals wie selbstverständlich bei sich aufzunehmen. Frieda, die immer bekommen hatte, was sie wollte, was vermutlich heute noch so war. Damals, nach der verheerenden Brandkatastrophe, hatte sie Lili und ihrer Mutter gar keine Wahl gelassen.

Lili konnte sich noch gut daran erinnern, wie sie selbst zwischen Mitleid, Pflichtbewusstsein und Eifersucht hin und her geschwankt war. Ihre Mutter und Frieda hatten eine Art, miteinander umzugehen, die ihr einzigartig erschien. Nicht weil sie so innig war, sondern eher, weil ihrer Beziehung einerseits die mütterliche und andererseits die kindliche Zuwendung fehlte. Die beiden Frauen begegneten sich gleichberechtigt wie ... Lili fand keinen passenden Vergleich. Nicht wie zwei Freundinnen – das war zu unverbindlich –, auch nicht wie zwei Schwestern – das war zu intim. Das Verhältnis war einfach außerordentlich, und Lili blieb außen vor. Nicht ständig, aber immer wieder. Zunächst hatte sie es als Freiraum empfunden, denn beide Frauen waren ihr zu besitzergreifend und bevormundend, sodass Lili ständig damit beschäftigt gewesen war, sich abzugrenzen: gegen die Vernunftappelle ihrer Mutter genauso wie gegen die Verhaltensempfehlungen der Freundin. Vor allem wenn es um Cord ging. Cord ging die beiden nichts an. Punkt!

Nach ihrem Einzug hatte Frieda keinerlei Rücksicht auf Lilis Befinden genommen. Schließlich war sie doch die vom Schicksal schwer Geschlagene, Traumatisierte, Bedauernswerte. Sie hatte ihre Mutter verloren und gab sich selbst die Schuld an deren Tod. Wenn sie damals selbst in die Fabrik gefahren wäre, um sich die Salbe zu holen. Unfassbar: Wegen einer Tube Salbe hatte ihre Mutter sterben müssen.

Gegen ihre damit verbundenen Selbstanklagen und Schuldgefühle war Lilis lange zurückliegende Trennung von Cord, mit dem sie ja nicht einmal eine richtige Beziehung gehabt hatte, eine Banalität – so befand Frieda und ließ das ihre Freundin deutlich spüren. In Lilis Mutter hatte sie eine Komplizin gefunden, die ihr uneingeschränkt, wenn auch heimlich, beipflichtete. Weil Lili sich überhaupt nicht auf Gespräche über Cord einließ, tuschelten ihre Mutter und Frieda miteinander – allerdings so, dass Lili es mitbekam. Warum sie so handelten, war Lili gänzlich unverständlich. Sie fühlte sich dadurch verletzt. Nur gehörte die Rolle der zu bemitleidenden Verlassenen, die sich in eine Amour fou hineinsteigerte, nicht zu ihrem Repertoire. Lilis Mutter war klug genug gewesen, das zu verstehen oder zumindest zu akzeptieren.

Frieda hingegen war zu sehr in ihr eigenes Ego verstrickt gewesen, um sich in Lili einzufühlen. All das ging Lili bei dem unerwarteten Wiedersehen mit Frieda am Krankenbett der Mutter durch den Kopf.

Es dauerte nur zwei Tage und Nächte, bis Lilis Mutter für immer einschlief. Lili saß die meiste Zeit an ihrem Bett und hielt ihre Hand, während sich die Mutter in einem Zustand zwischen Wachsein und Schlaf zu befinden schien. Oder in einem Traum. Wenn dem so war, war es hoffentlich ein schöner. Die Mutter strahlte dieselbe glückliche Zufriedenheit aus, die Lili beobachtet hatte, wenn der Vater zu Hause gewesen war – das war er selten – oder wenn sie über ihn sprach – das tat sie oft.

Lili verspürte ein Gefühl des Friedens, wenn sie an das Ende ihrer Mutter dachte. Sie war froh über die letzten gemeinsamen Tage, in denen sie sich in Ruhe voneinander verabschiedet hatten.

Einen Tag nach dem Tod der Mutter erschien ein Bote der Hapag-Lloyd-Reederei bei Lili und kündigte an, ihr eine traurige Nachricht überbringen zu müssen.

»Sie müssen gar nichts sagen, er ist auch gestorben, nicht wahr?«, unterbrach Lili den verunsicherten Mann, der sichtlich erleichtert war, den Trauerfall nur noch bestätigen zu müssen. Als Lili wissen wollte, wann und woran, überreichte er ihr das Telegramm, das in der Reederei angekommen war. Daraus ging hervor, dass der Vater am selben Tag gestorben war wie seine Frau – an einem Malariaanfall. Gleichzeitig wurde angekündigt, dass das Schiff in einer Woche in Hamburg eintreffen würde.

Lili beschloss, ihre Eltern gemeinsam zu beerdigen. Sie war erleichtert, ihre Tante Marlene an ihrer Seite zu wissen, die sich sofort bereit erklärte, das Organisatorische zu erledigen. Während sie über den Papieren saßen, um die notwendigen Formalitäten zu erledigen, tauschten sie immer wieder Erinnerungen an das oft getrennte und doch letztlich unzertrennliche Liebespaar aus. Lili gestand ihrer Tante, dass sie zu einer List gegriffen hatte, um der Mutter eine letzte Begegnung mit ihrem Mann zu schenken. Sie hatte ein schlechtes Gewissen, das durch das anfängliche Schweigen der Tante noch verstärkt wurde. Nicht auszudenken, was hätte passieren können, wenn der Schwindel aufgeflogen wäre.

Doch entgegen ihrer Befürchtung erhielt sie sogar ein Lob: »Das hast du gut gemacht, Liliane.«

Als diese vorsichtig nachfragte und zu bedenken gab, ob sie sich nicht eines Betrugs schuldig gemacht habe – schließlich habe sie der Mutter etwas vorgespielt, also gelogen –, antwortete Tante Marlene: »Wahrheit – Lüge – wer weiß das schon so genau? Meine Schwester und mein Schwager waren das perfekte Liebespaar, beinahe ein Leben lang, mehr als 40 Jahre, und das hatte vor allem einen Grund.«

Lili hörte aufmerksam zu: »Welchen?«

»Sie haben nie länger als zwei Monate am Stück zusammengelebt«, erklärte Tante Marlene, »40 Jahre lang. Immer wenn dein Vater von einer großen Reise zurückkam, haben sie sich jedes Mal neu verliebt und diese neue Liebe gefeiert.«

»Und in der restlichen Zeit?«

»Hat jeder für sich sein Leben gelebt. Für keinen von beiden war es wichtig, was der andere tat. Mit ihrer Liebe hatte das nichts zu tun. Ich weiß, das klingt nicht glaubhaft, sondern wie ein Klischee. Ich habe lange gebraucht, um das zu erkennen und zu verstehen.«

»Aber Mama war nicht immer glücklich.«

»Das kann schon sein, aber hat sie ihn jemals gebeten zu bleiben?«

»Nein, sie hat ihm sogar davon abgeraten, als ihm von der Reederei eine Stelle hier in Hamburg angeboten wurde, bei der er nicht mehr hätte reisen müssen. Ich war damals sehr erstaunt über ihr Verhalten, denn ich dachte, mit diesem Angebot ginge einer ihrer größten Wünsche in Erfüllung. Er war dazu bereit, aber sie redete es ihm aus«, erinnerte sich Lili.

»Meine Schwester war eine kluge Frau«, sagte Tante Marlene

bewundernd. »Die meisten Menschen haben sie unterschätzt, denn sie ging mit ihrem Wissen nicht hausieren. Sie sprach überhaupt nicht sehr viel, sondern tat einfach das, was sie für richtig hielt, zum Beispiel eine Liebe ohne Alltag leben.«

»Geht das?«

»Ja. Die beiden haben es uns vorgelebt.«

# WENN WIR BEI DER LATERNE STEHEN

## MÜNCHEN 1937

Als Lili am Neujahrstag 1937 am Münchner Hauptbahnhof eintraf, wurde sie schon erwartet: Georg trug ihr zuliebe seinen violetten Schal. In der Hand hielt er eine langstielige weiße Rose, die seinem Erscheinungsbild etwas Opernheldenhaftes verlieh. Lili war tief beeindruckt und gerührt. Sie hatten sich lange nicht gesehen und lagen sich nun endlich wieder in den Armen.

»Ich habe dir ein Zimmer im Hotel Sedlmeir reserviert«, berichtete Georg. »Von der Schraudolphstraße ist es nicht weit zum Simpl. Ja, und wenn du doch länger bleiben willst, finden wir eine kleine Wohnung für dich. Ich freu mich so sehr, dass du hier bist.«

»Ich auch«, antwortete Lili. »Ich weiß auch nicht, warum es mich immer wieder nach München zieht. Ich hatte kurz überlegt, nach Berlin zu gehen und mein Glück im ›Kabarett der Komiker‹ zu versuchen, hab mich sogar schon dort vorgestellt. Sie hätten mich genommen und viel mehr gezahlt als im Simpl, aber dann hab ich mich doch wieder für München entschieden. Obwohl es keinen triftigen Grund dafür gab.«

»Doch«, widersprach ihr Georg und fuhr fort, bevor Lili etwas sagen konnte: »Mich.«

»Natürlich, Georg, bitte sei mir nicht böse.« Lili schämte sich. Wie hatte sie nur so unsensibel sein können. »Verzeih mir«, stotterte sie, aber Georgs verschmitztes Lächeln zeigte ihr, dass er keinesfalls böse war und verletzt schon gar nicht. Er quälte sich nicht mit Dingen herum, die ihn nicht betrafen, wenn er es einmal so entschieden hatte. Lili wusste, dass er einer der wenigen Menschen war, die ihre Distanziertheit schätzten, die verstanden, dass sie sich weder an ihn noch an einen anderen Menschen so gebunden fühlte, dass sie ihr eigenes Leben auf ihn abstimmen würde. Sie setzte andere Prioritäten. Welche, war ihm vermutlich nicht klar, nur dass sie es sich nicht leicht machte. Doch mit ihm hatte es nichts zu tun. Passend dazu lautete ihre Devise: Mach die Probleme anderer nicht zu deinen. Dadurch hatte er einen großen Handlungsspielraum zur Verfügung. Das war es, was Lili so an ihm bewunderte und um das sie ihn beneidete. Georg war der großherzigste Mensch, den sie kannte. Sein Resümee »Nun haben wir also geklärt, warum du gekommen bist, und können uns anderen Dingen zuwenden« verstand sie als Versuch, ihr vollends die Schuldgefühle zu nehmen. Dafür war sie ihm dankbar.

Beim Abendessen im »Schelling-Salon« ließ sich Lili von Georg die Neuigkeiten des Münchner Kulturlebens erzählen. Das, was sie schon vor mehr als zehn Jahren als im Untergrund schwelend verspürt hatte, war mehr und mehr an die Oberfläche gelangt. Das politische Klima war rauer geworden – mit Folgen für den Kulturbereich. Der Spielraum jedes Einzelnen wurde zunehmend enger. Als Herkunftsland der Künstler, die im Deutschen Theater in München auftreten durften, wurde nun ausschließlich Deutschland genannt. Zu der Zeit, als Lili dort vorsprechen wollte, hatte man noch mit exotischen Namen und Attributen wie »international bekannt« oder »über die Grenzen Deutschlands hinausweisend« geworben. Das war längst verpönt. Das Deutsche, die eigene nationale Besonderheit und Einmaligkeit mussten um jeden Preis erhalten und gepflegt werden. Was von außen kam, war per se bedrohlich und zersetzend.

Gefördert wurden hingegen »Kraft durch Freude«-Veranstaltungen und Kameradschaftsabende, organisiert von der Deutschen Arbeitsfront und dem Gau München-Oberbayern. Sie fanden in den bekannten Kabarett- und Varietétheatern wie dem Kolosseum oder dem Hotel Wagner statt und wurden als Festspiele mit Gesang, Tanz und Schuhplattler angekündigt. Als Ehrengäste traten Karl Valentin und Liesl Karlstadt mit Szenen wie dem »Alpenveilchen-Terzett« auf.

Lili war perplex. Es war für sie unvorstellbar, dass sich die beiden von ihr hochgeschätzten Künstler in diesem Kontext entfalten, geschweige denn wohlfühlen konnten.

»Können sie auch nicht«, bestätigte Georg, »vor allem Liesl Karlstadt nicht.« Dann erzählte er ihr von Liesl Karlstadts Selbstmordversuch und den daran anschließenden Aufenthalten in der Psychiatrischen Klinik in der Nussbaumstraße. Gemeinsame Auftritte des Paars waren folglich rar, allerdings waren in den letzten Jahren einige Kurzfilme mit ihren Sketchen entstanden. In einem Film verkörperte Liesl Karlstadt einen Nervenarzt und Karl Valentin den Patienten. Es hieß, sie sei vom Krankenhaus aus jeden Tag zu den Dreharbeiten gefahren.

»Das ist grotesk. Da ist die Wirklichkeit an Absurdität wieder einmal nicht zu überbieten.« Lili war fassungslos.

»Ja, und Karl Valentin hat die Zeit ohne Bühnenpartnerin genutzt, um etwas ganz Neues zu kreieren. Wenn du willst, lade ich dich in sein Gruselkabinett ein«, bot Georg an. Lili war noch schockiert von Liesl Karlstadts Schicksal, aber doch neugierig genug, um Georgs Einladung anzunehmen.

Er verkündete: »Also dann, auf in die Sonnenstraße zum Gruselkeller mit Höllenkaffeebetrieb!«

Dort angekommen, erwartete sie im Keller des Hotels Wagner ein Labyrinth aus feuchten, modrig riechenden Gängen, die so niedrig waren, dass Georg die ganze Zeit über den Kopf einziehen musste. Ab und zu gab es einen Teich, der auf einer schwankenden Brücke überquert werden musste, während der Wind heulte und gespenstische Gestalten wie eine »weiße Frau« neben Darstellungen von Folterszenen auftauchten und wieder verschwanden. Schließlich gelangten sie zu einem großen offenen Kasten, mit dem eine Mutprobe verbunden war. Man wurde aufgefordert, in den Kasten einzutreten, um dann wie mit einem Lift mehr als 30 Meter hinuntergelassen zu werden. Dort befand sich ein weiterer unterirdischer Gang.

»Karl Valentin hat ihn beim Umbau entdeckt«, wusste Georg zu berichten. »Aber sein wackeliger Aufzug wäre beinahe geschlossen worden. Mit viel Überredungskunst konnte er nachweisen, dass die Stricke stark genug waren, um die Last zu halten. Es ist erstaunlich, dass er für ein solches Unternehmen überhaupt die polizeiliche Genehmigung erhalten hat. Du sagst ja gar nichts, Lili«, fiel Georg plötzlich auf.

»Lass uns wieder hochfahren, mir ist nicht gut«, bat sie.

Sogleich rief Georg nach der Aufsichtsperson. Zunächst vergeblich, sodass er offenkundig fürchtete, Lili könnte in Panik geraten und ohnmächtig werden, aber sie hatte sich schon wieder gefangen und war in der Lage, über das Absurde der Situation zu lachen.

»So etwas ist tatsächlich genehmigt worden?«, fragte sie, den

Faden ihres Gesprächs wieder aufnehmend. »Was passiert, wenn einer der Stricke reißt? Oder wenn man uns hier vergisst? Der junge Mann, der uns eingelassen hat, schien mir nicht sehr zuverlässig.«

Nun wurde auch Georg spürbar unruhig und malte sich aus: »Was, wenn er längst nach Hause gegangen ist?«

»Dann bleiben wir hier bis morgen«, erklärte Lili mit einem Anflug von Galgenhumor. »Sei froh, dass dieser Gang nicht so niedrig ist wie der ein Stockwerk über uns. Hier kannst du wenigstens gerade stehen.«

In diesem Moment ertönte von oben eine Stimme: »Seid ihr noch da?«

»Ja«, riefen beide wie aus einem Mund, und Georg fügte hinzu: »Wir wollen schnellstens raus. Ziehen Sie uns bitte hoch.«

»Immer mit der Ruhe«, schallte die Antwort aus der Höhe. »Jetzt steigt langsam in den Kasten und verhaltet euch still. Ich muss mich auf die Seile konzentrieren. Das Hochziehen ist viel anstrengender als das Runterlassen. Man braucht viel Kraft. Verteilt euch gleichmäßig und bleibt ruhig.«

Oben angekommen, wollte Lili nichts anderes, als das Panoptikum sofort zu verlassen. Doch es war nicht so einfach, aus dem Labyrinth zur Kellertreppe, die ins Freie führte, zu gelangen. Zweimal verirrten sie sich und kamen ungewollt in den Genuss, eine Folterkammer mit Eisenketten, Schandmasken, Hellebarden, Riemenpeitschen, Streckbank, Totenköpfen, Morgensternen, eisernen Armfesseln und Feuerzangen zu durchqueren. Ein paar Schritte weiter waren eine Figur ohne Kopf und eine Guillotine ausgestellt. Erst zum Schluss gelangten sie in einen Raum, in dem originelle Bilder und Reliefs hingen, die Wortspiele bebilderten: der Vesuv, der nicht rauchte, weil Rauchen polizeilich verboten, oder die berühmte Schneeplastik, die leider wegen der Wärme des Raumes zerronnen war.

»Das ist das Einzige, was mit seiner eigentlichen Kunst zu tun hat«, urteilte Lili, und Georg pflichtete ihr bei.

»Ob du es glaubst oder nicht, aber für Karl Valentin war der Gruselkeller nicht etwa eine Ergänzung seiner Bühnenarbeit, sondern er sollte irgendwann der Ersatz dafür sein. Er hat viel Geld in das Unternehmen investiert, nicht nur sein eigenes, auch Liesl Karlstadt hat ihn finanziell unterstützt, obwohl sie von dem Projekt nicht überzeugt war. Mehr noch, sie fühlte sich davon abgestoßen.«

»Das kann ich mir vorstellen.« Lilis Gesicht hatte allmählich wieder Farbe bekommen. »Um sich so etwas auszudenken, zu bauen und zu betreiben – dazu gehört eine ganz spezielle Persönlichkeitsstruktur. Sigmund Freud hätte seine Freude daran.«

Am nächsten Tag wurde Lili im Simpl ein herzlicher Empfang bereitet. Sie wusste, dass sich vieles verändert hatte. Kathi Kobus war vor einigen Jahren gestorben. Der neue Pächter, Theo Prosel, war für Lili kein Unbekannter. Er stammte aus Wien und war mit seinem launig-humoristischen Programm in den 1920er-Jahren im Simpl aufgetreten, als sie dort engagiert gewesen war.

»Noch ein Mädel von der Waterkant«, frohlockte er. »Du weißt doch hoffentlich noch, dass ich ein Faible für die kühlen blonden Norddeutschen habe. Zurzeit ist schon eine hier. Die stell ich dir später vor. Jetzt ist sie noch nicht im Haus. Ihr werdet euch gut verstehen.«

»Woher kommt sie?«, fragte Lili.

»Ich weiß es nicht, von ganz weit nördlich.«

Wie für die meisten Bayern und Österreicher, die Lili kannte, war der Norden Deutschlands, der schon hinter der Mainlinie begann, unbekanntes exotisches Gebiet. »Sie ist aber viel rumgekommen, nicht nur in Deutschland. Zuletzt ist sie in der Schweiz gewesen, dort aber ausgewiesen worden.«

»Warum?«, wollte Lili wissen.

»Das musst du sie selbst fragen.«

Dazu hatte Lili schon bald Gelegenheit. Die andere Norddeutsche hieß Lola Hansen und stammte ursprünglich aus Bremerhaven. Erst knapp über dreißig, hatte sie ein bewegtes Leben hinter sich. Fernweh und Reiselust hatte sie schon als Kind kennengelernt. Wie Lilis Vater war auch der von Lolas zur See gefahren, dementsprechend selten und immer nur für kurze Zeit am Stück zu Hause. Es waren jedes Mal Festtage, die ausgiebig gefeiert wurden. Bei seiner Ankunft verteilte er als Erstes die Geschenke, die er aus der weiten Welt mitgebracht hatte: Kimonos, japanische Fächer, eine Elefantenherde aus Elfenbein, einen Papagei aus Porzellan.

»Wir kamen aus dem Staunen nicht heraus«, erinnerte sich Lola, und Lili ergänzte: »Eine Korallenkette, Muscheln, eine Schatulle aus Bernstein, Tücher und Schals mit exotischen Mustern. Oh, wie hab ich mich jedes Mal gefreut, wenn mein Vater Landurlaub hatte.«

Doch das war auch schon die einzige Gemeinsamkeit der beiden Frauen, was das Familiäre betraf. Lola hatte bereits mit achtzehn geheiratet und innerhalb von wenigen Jahren vier Kinder bekommen. Das hatte sie aber nicht daran gehindert, Schauspiel- und Gesangsunterricht zu nehmen und ihren Traum von einer Bühnenkarriere weiterhin ehrgeizig zu verfolgen. Ihr Ziel war Berlin. Sie verließ ihre Kinder, da war das jüngste erst ein Jahr alt. Die Ehe wurde geschieden, die Kinder wuchsen bei Verwandten auf.

Lili hörte staunend zu und konnte kaum glauben, was ihr die Kollegin berichtete. Immer wieder stellte sie den Vergleich mit ihrem eigenen Leben an. Zwar hatte sie schon früh den gleichen Traum gehabt, aber doch nicht um jeden Preis. Ihr fehlte es einfach an Ehrgeiz, lautete ihre Eigendiagnose, während sie bewundernd Lolas Erzählungen lauschte. Diese erklärte, sie habe ihre Kinder so oft wie möglich besucht – als Tante Lola. Die Kinder hätten sie lange Zeit für ihre Tante gehalten.

Dann schwärmte sie von Berlin, ihrem ersten Engagement am Deutschen Künstlertheater, auf das weitere an anderen Berliner Bühnen folgten. An der Art und Weise, wie sie den Namen der Stadt aussprach, erkannte Lili sofort, dass damit mehr als die Arbeit am Theater verbunden war. Doch sie hütete sich, genauer nachzufragen. Es würde sich schon noch eine Gelegenheit bieten, darüber zu sprechen.

Aber nun war erst einmal Lili an der Reihe mit der »Lebensbeichte«, wie Lola es nannte.

»Warum bist du hier in München und nicht in Hamburg? Doch bestimmt nicht wegen Theos Gulaschsuppe?«

Lili gefiel Lolas trockener Humor. Gemeinsam machten sie sich über das Entlohnungsmodell des Simpl lustig, das Theo Prosel von Kathi Kobus übernommen hatte: wenig Gage, aber immer eine Gulaschsuppe direkt nach dem Auftritt.

Der Simpl setzte auf seinen guten Ruf, und es funktionierte. Viele Künstler empfanden es als Ehre, an diesem legendären Ort auftreten zu dürfen. »Leider betrachtet es mein Vermieter nicht als Ehre, dass ich zum Ensemble des Simpl gehöre. Ich habe alles versucht, aber er lässt sich nicht davon überzeugen, auf die Miete zu verzichten«, sagte Lola mit gespieltem Unverständnis. »Also, warum bist du nach München gekommen?«

»Weil es die Stadt in Deutschland ist, die am weitesten von Hamburg entfernt ist«, erklärte Lili trocken.

»Das verstehe ich nicht. Wozu soll das gut sein?«, wunderte sich Lola.

»Ich habe Hamburg verlassen, weil ich jemanden, der dort gelebt hat und wahrscheinlich noch immer dort lebt, vergessen will«, begann Lili ein zweites Mal. Zu ihrem eigenen Erstaunen holte sie weit aus, begann mit Paris, wo sie mit ihrem Liebsten am glücklichsten gewesen war, und den gemeinsamen Zukunftsplänen, die sie in Hamburg geschmiedet hatten. Die Szene unter der Laterne, mit der alles geendet hatte, war ihr in diesem Moment so schmerzlich nah und nach wie vor mit vielen Fragen verbunden: Wann und warum hatte Cord den Entschluss gefasst, sich freiwillig zum Kriegsdienst zu melden? Warum hatte sie nichts davon gemerkt? Nichts von seinen Zweifeln, nichts von seinen Gewissensnöten, nichts von der Veränderung seiner Einstellung zum Krieg?

Lola konnte das nur schwer verstehen. »Du musst doch etwas geahnt haben!«

Lili kam sich dumm vor angesichts dieser zehn Jahre jüngeren Frau, die über so viel mehr Lebensklugheit zu verfügen schien. Sie bereute schon, die Kollegin, die sie gerade erst kennengelernt hatte, so schnell ins Vertrauen gezogen zu haben, und wollte das Gespräch beenden, als diese plötzlich sagte: *»Unsre beiden Schatten sahen wie einer aus / Dass wir so lieb uns hatten / Das sah man gleich daraus / Und alle Leute sollen es sehn / Wenn wir bei der Laterne stehn.«*

»Was hast du gesagt?« Lili war wie vor den Kopf gestoßen.

»Ach, das ist so ein Gedicht, das ein Komponist vertont hat, der von meiner Stimme schwärmt. Zu drei Liedern aus einem

Gedichtband von Hans Leip hat er die Musik geschrieben und mich gebeten, sie in mein Repertoire aufzunehmen. Er möchte gern wissen, wie die Lieder aus der ›Kleinen Hafenorgel‹, so heißt der Band, im Simpl aufgenommen werden. Ich habe mich bereit erklärt, es auszuprobieren. Es sind schöne Texte, besonders das ›Lied eines jungen Wachpostens‹, aber die Musik scheint mir etwas zu …« Lola zögerte einen Moment. »Lyrisch. Ich weiß nicht, ob das Publikum im Simpl so etwas hören will.«

Dann forderte sie Lili auf, weiter von sich zu erzählen, und Lili folgte der Aufforderung: Sie nahm ihre Erzählung dort auf, wo sie zuvor aufgehört hatte, bei den Kriegsjahren in Hamburg und der Explosion der Pulverfabrik, bei dem die Mutter ihrer besten Freundin Frieda ums Leben gekommen war. Anschließend schilderte sie ihre verschiedenen Aufenthalte in München, bei denen der Simpl und Georg zu ihren Haltepunkten geworden waren. Und letztlich auch Frieda, mit der sie eine Zeit lang in Ascona gelebt hatte, bis die Erkrankung ihrer Mutter die Rückkehr nach Hamburg notwendig werden ließ. Sie erwähnte Irina, die ihr Einblicke in eine fremde Welt vermittelt hatte, und die Münchner Künstlerinnen, die sie verehrte: Erika Mann, Therese Giehse, Liesl Karlstadt.

Lola teilte ihre Bewunderung für die drei. In Zürich hatte sie die »Pfeffermühle« erlebt, die mit ihrem Exilprogramm große Erfolge verzeichnete. Parallel dazu war Therese Giehse am Zürcher Schauspielhaus aufgetreten, dem einzigen deutschsprachigen Theater, das für Emigranten offen war.

»Schade, dass sich Erika und Therese getrennt haben«, befand Lola und erklärte Lili, die davon nichts wusste: »Erika und die anderen Mitglieder sind in Amerika und versuchen dort mit der ›Peppermill‹ ihr Glück. Therese ist nach kurzer Zeit zurückgekommen, weil sie die deutsche Sprache braucht, um zu arbeiten und zu leben.«

»Der Krieg ist ein Beziehungszerstörer.« Lili war auf einmal sehr ernst.

Lola griff das Stichwort auf: »Was ist mit deinen Beziehungen? Du hast außer Cord nur Frauen genannt. Gab es keine Männer? Liebhaber?«

»Doch, sogar einige, aber außer Georg – und der war nicht mein Liebhaber – keinen, über den es etwas zu sagen gibt.« Irgendetwas hielt sie zurück, in diesem Zusammenhang Joaquin zu erwähnen. Stattdessen erzählte Lili von ihrem Besuch in Karl Valentins Gruselkeller, worauf sich Lola angewidert schüttelte und meinte, die Welt sei doch schon gruselig genug. »Wozu braucht es da noch einen Keller voller Schreckensvisionen?«

Doch dann kam Lola auf ihr eigentliches Thema zurück und fragte: »Darf ich dich auf etwas aufmerksam machen?«

»Natürlich.«

»Du hast Cord gar nicht mehr erwähnt, als du von deinem Leben erzählt hast. Wann hast du ihn wiedergesehen. Wo ist er jetzt?«

»Ich weiß nicht, wo er ist. Wiedergesehen hab ich ihn nicht mehr seit damals. Aber er hat mich nie verlassen. Ich werd ihn einfach nicht los. Egal, wohin ich gehe und was ich tue. Als ich am allerwenigsten an ihn dachte, in Ascona, war er mir plötzlich am nächsten. Ich habe ihn immer mitgedacht. Und so ist es auch jetzt. Frieda hat das nicht verstanden. Niemand hat es verstanden.«

»Ich verstehe dich«, sagte Lola. »Ich werde André auch nicht vergessen und will es auch nicht, obwohl wir keine gemeinsame Zukunft haben werden.«

»Tut das nicht weh?«

»Doch. Und wie.«

»Erzähl mir von deinem Mann. Erzähl mir von André.«

»André ist nicht mein Mann. Mein Mann heißt Peter.«

Lili erfuhr, dass Peter nicht der verlassene Ehemann einer karrieresüchtigen Frau war, die ihn mit den gemeinsamen Kindern im Stich gelassen hatte, sondern selbst kein Talent zum Familienvater hatte. Er war ein zeitweise erfolgreicher Maler, der es selten zu Hause aushielt. Lola beschrieb ihn als attraktiven Bonvivant, der die Frauen liebte. Eigentlich habe er sie und die Kinder verlassen, bevor sie gegangen sei. »Ja, manchmal ist alles ganz anders, als es auf den ersten Blick scheint«, kommentierte sie nachdenklich. Der Ton, in dem sie über ihn sprach, war bewundernd und zu keinem Zeitpunkt vorwurfsvoll. Sie betonte, er sei für sie da gewesen, wann immer sie ihn gebraucht hatte, aber er habe keinen Familienalltag leben können. Da sei er ihr ähnlich. Deshalb sei es auch möglich gewesen, Freunde zu bleiben.

»Und André?«

»Den liebe ich und werde nie aufhören, ihn zu lieben.«

Lolas Beschreibung ihres Geliebten glich der ihres geschiedenen Ehemanns: Auch André war gut aussehend, charmant und, obwohl kinderlieb, als Familienvater nicht geeignet – jedenfalls konnte sie ihn sich in dieser Rolle nicht vorstellen. Seine erste Liebe war die Musik.

Er war Komponist, hatte das Konservatorium besucht und nach dem Studium zunächst mit Chansons und Kabarettsongs begonnen. Wegen der angespannten politischen Situation in Deutschland entschied er sich dafür, in der Schweiz zu leben, und Lola besuchte ihn in Zürich, wann immer sie konnte. Er hatte einige satirische Gedichte für sie vertont. Dabei sollte es nicht bleiben, sie hatten viel miteinander vor. Doch kurze Zeit später wurden die Zukunftspläne des Liebespaars, das sich in ständiger Geldnot befand, gewaltsam unterbrochen. Nach Auftritten in Deutschland wurde Lola an der Grenze zur Schweiz festgehalten. Die eidgenössische Polizei hatte eine Einreisesperre gegen sie verhängt mit der Begründung, es handle sich bei ihr um eine zügellose Person, die – so der Polizeibericht – in sittlicher Hinsicht kein einwandfreies Leben führe. Darüber hinaus waren die hohen Schulden bei ihrem Vermieter und verschiedenen Bekleidungsgeschäften aktenkundig geworden.

»Immer wieder das Geld, das liebe Geld«, unterbrach Lili, »immer wieder schiebt es sich in den Vordergrund. Da können wir noch so sehr behaupten, es sei eigentlich nicht wichtig. Hast du mal den ›Geldkomplex‹ von der Reventlow gelesen?«

Lola schüttelte den Kopf.

»Da sagt die Hauptperson, eigentlich sei sie ihr Leben lang allen menschlichen Konflikten gewachsen gewesen – allen, außer den wirtschaftlichen. Es seien nicht die verschmähten oder abgelegten Liebhaber gewesen, die sie zur Verzweiflung gebracht hätten, sondern Gläubiger, Vermieter und Lieferanten.«

»Das könnte ich auch von mir sagen«, bestätigte Lola und erinnerte sie noch einmal daran, am Abend in den Simpl zu kommen, um sich die neuen Lieder aus dem Norden anzuhören. »Ich weiß, du hast heute frei, aber komm bitte, dein Urteil ist mir sehr wichtig.«

Lolas Auftritt wurde zum Höhepunkt des Bühnenprogramms. Das Publikum, das überwiegend aus Studentinnen und Studenten bestand, war von ihrer tiefen Stimme und dem Sprechgesang begeistert. Auch ihre drei Lieder aus dem Norden kamen gut an, besonders »Lili Marleen oder das Lied eines jungen Wachtpostens«. In der Ansage erwähnte sie den Dichter Hans Leip und den Komponisten Rudolf Zink.

Hans Leip … Lili überlegte, wo sie den Namen schon einmal gehört hatte. Es musste etwas mit Cord zu tun haben. Von »Lili Marleen« fühlte sie sich eigenartig berührt. Hätte es nicht ein Mann singen müssen? »*Schon rief der Posten: Sie bliesen Zapfenstreich / Es kann drei Tage kosten / Kam'rad, ich komm ja gleich.*« Für eine Frau machte das doch gar keinen Sinn. Wie war der Komponist nur darauf gekommen, dass Lola die passende Interpretin war? Sie hätte ihn gern gefragt, aber eigentlich beschäftigte sie etwas anderes: die Szene mit der Laterne, vor der sich ein Liebespaar voneinander verabschiedet. Nachdem sie Lola beglückwünscht hatte, ging sie verstört ins Hotel.

Als sie später Georg davon erzählte und den Eindruck äußerte, sie habe irgendetwas mit diesem Lied zu tun, vermutete er: »Weil du auch Lili genannt wirst.«

Doch sie widersprach: »Das ist es nicht. Jedenfalls nicht nur. Georg, ich glaube wirklich, ich bin gemeint.«

Er überlegte eine Weile und sagte dann mehr zu sich selbst: »Alle Frauen sind damit gemeint.«

Lili fühlte sich missverstanden.

Als sie Lola darauf ansprach, dass »Lili Marleen« eigentlich von einem Mann gesungen werden müsste, zuckte diese nur mit den Schultern. So genau habe sie sich mit Leips Gedicht nicht auseinandergesetzt. Außerdem habe der Komponist ihr gestanden, dass er dabei, genau wie bei den beiden anderen Texten aus der

»Kleinen Hafenorgel«, an sie gedacht habe, und der Erfolg gab ihm schließlich recht.

Lili beschloss, das Lied in Ruhe zu lassen und sich auf ihr eigenes Programm zu konzentrieren. Als Erstes erkundigte sie sich im Simpl, ob es einen Pianisten gebe, der Jazz spielen könne und wolle. Es meldete sich ein junger Mann, der eigentlich Klaus hieß und sich Claude nannte. Sie überreichte ihm die Noten des Sophie-Tucker-Songs »Some of These Days«, und er machte sich sofort an die Arbeit. Noch am selben Abend verkündete er, sie könnten es zusammen probieren.

*»I feel so lonely / Just for you only / For you know, honey / You've had your way«* – wie lange war es her, seit sie diese Verse das erste Mal gehört hatte, damals im Hamburger Jazzclub »Maryland«. Lili wusste noch genau, wie die Sängerin ausgesehen hatte – eine wunderschöne Frau. Als Lili auf dem Heimweg das Lied parodierte, indem sie die einzelnen Silben noch länger zog, als es die Sängerin getan hatte, wurde sie von Cord nicht etwa getadelt, sondern erhielt ein unerwartetes Lob: »Es ist dein Lied.«

Lili war überrascht. »Findest du wirklich, dass ich gut singe?«

»Nein«, war Cords spontane Antwort, »nicht gut, aber echt.«

Genau das wollte sie jetzt im Simpl beweisen.

Am Wochenende war es so weit. Sie kündigte Theo Prosel an, dass sie ihr Repertoire erweitert habe, und zwar um zwei Lieder von Kurt Tucholsky, einige selbst verfasste Texte und einen Jazzstandard. Als sie Lola zur Premiere einladen wollte, fand sie deren Garderobe leer vor und erfuhr, dass sie München verlassen hatte, eine Woche früher als geplant, weil sich plötzlich eine Gelegenheit ergeben hatte, ihre Kinder zu treffen.

Vor ihrer Premiere war Lili nervös wie noch nie, ohne zu wissen, warum. Sie war froh, dass Georg gekommen war. So hatte sie wenigstens einen Bezugspunkt im Publikum, der ihr Sicherheit verlieh. Ihre Gedichte fanden großen Anklang, genau wie Tucholskys »Der Priem«, bei dem im Publikum tatsächlich Tränen flossen:

*Es heulen die Sirenen.*
*Die Braut in Tränen schwimmt.*
*Es schwimmt die Braut in Tränen,*
*wenn der Seemann Abschied nimmt.*

Beim zweiten Lied Tucholskys, »Wenn die Igel in der Abendstunde«, gab es zunächst schallendes Gelächter, das jedoch erstarb, als sie die Strophe sang:

*Und du gabst dich mir im Unterholze*
*einmal hin und einmal her*
*und du fragtest mich mit deutschem Stolze,*
*ob ich auch im Krieg gewesen wär.*
*Ach, ich habe dich ja so belogen!*
*Hab gesagt, mir wär ein Kreuz von Eisen wert,*
*als Gefreiter wär ich ausgezogen,*
*und als Hauptmann wär ich heimgekehrt.*

Danach höflicher Applaus. Georg klatschte heftig und nickte ihr aufmunternd zu. »Weitermachen! Mach einfach weiter!«, las sie in seiner Mimik, tat so, als bemerke sie die gedrückte Stimmung nicht, und rezitierte erneut einige satirische Gedichte, die sie selbst verfasst hatte. Es funktionierte: Wieder wurde viel gelacht. Dann kündigte sie an, dass sie ein Lied singen werde, das sie schon seit Jahrzehnten kennen und lieben würde. Mit Claude hätte sie endlich einen Begleiter gefunden, dem sie sich und das Lied anvertrauen könne, woraufhin der Pianist fast vor Stolz platzte.

»You'll miss your honey.« Lili trug den traurigen Text wie die Prophezeiung einer weisen Frau vor, die sich in ihr Schicksal fügt, ohne daran zu verzweifeln. Sie weiß, nicht nur sie wird unter dem Abschied leiden, sondern ebenso der Geliebte, der sie verlassen hat. Er wird seinem Schicksal nicht entkommen: *»Some of these days / You'll feel so lonely!«*

Ein leiser Triumph schwang in Lilis Interpretation mit, ein Gefühl der Überlegenheit: Sie wusste, was ihr bevorstand. Er nicht. Das Publikum folgte ihr. Noch nie hatte sich Lili so eins mit ihm gefühlt. Als der letzte Ton verklungen war, herrschte für einen Moment vollkommene Stille. Plötzlich war ein »Bravo« zu vernehmen. Dann begannen alle auf einmal, zu klatschen und mit den Füßen zu trampeln. Der Applaus wollte nicht enden. Auf »Zugabe«-Rufe reagierte Lili mit Schulterzucken. »Some of these days« war der einzige Jazzstandard, den sie im Repertoire habe, gestand sie den Zuschauern, versprach aber, dass er nicht der einzige bleiben würde.

Als sie die Bühne verließ und auf Georgs Platz zuging, glaubte sie ihren Augen nicht zu trauen: Frieda saß neben ihm. Sie hatte die Freundin nicht eintreten sehen. Überhaupt hatte sie diesmal, während sie sang, nicht die üblichen Parallelhandlungen und Beobachtungen ausgeführt. Ihre Wahrnehmung war ganz auf das Lied und damit auf sie selbst konzentriert gewesen. Eine andere, für sie neue Qualität der Darbietung.

Wie bei ihrem ersten Besuch in München wurde sie von Frieda mit den Worten begrüßt: »Du bist hier der Star, Lili! Diesmal habe ich es nicht anders erwartet. Du warst wunderbar. ›Some of these days‹ – das ist dein Weg.«

Es dauerte eine Weile, bis sich Lili gefasst hatte. Es war einfach zu viel, was auf sie einstürmte: das ihr bisher unbekannte Lampenfieber vor ihrem Auftritt, die ablehnende Reaktion auf das Tucholsky-Lied und kurze Zeit später der überwältigende Applaus nach ihrem Debüt als Jazzsängerin. Leider hatte Lola das nicht miterlebt. Sie bedauerte, die Kollegin, zu der sie in kürzester Zeit Vertrauen gefasst hatte, vor ihrer Abreise nicht mehr getroffen zu haben. Wahrscheinlich würden sie sich nicht wiedersehen.

Und nun das überraschende Wiedersehen mit Frieda. Wie gut, dass sie gekommen war. Plötzlich spielte alles, was trennend zwischen ihnen stand, keine Rolle mehr. Ihre beste Freundin war da! Das war das Einzige, was für Lili zählte.

In ihrer üblichen Direktheit kam Frieda gleich zur Sache: »Lili, du gehörst nicht hierher, jedenfalls nicht mehr. Deutlicher als mit deinem Auftritt konntest du es uns nicht zeigen, nicht wahr, Georg?«

Georg nickte.

»Lass uns abhauen, solange es noch möglich ist«, fuhr Frieda fort, und Georg ergänzte: »Wer weiß, wie lange Auftritte wie deiner überhaupt noch möglich sein werden. Du hast es ja heute Abend selbst erfahren, als du das Tucholsky-Lied gesungen hast. Das war nicht ganz ungefährlich. Tucholsky ist einer der Dichter, dessen Werke verbrannt wurden.«

Lili wunderte sich, dass sie nicht selbst daran gedacht hatte. Ihre Unvorsichtigkeit hatte mit Lola zu tun, die ihr von ihrem erfolgreichen Chansonprogramm mit Liedern von Brecht,

Kästner und Tucholsky vorgeschwärmt hatte. In Zürich! In der Schweiz! Aber natürlich ließ sich das nicht auf Deutschland übertragen. Wie hatte sie nur so unbedacht sein können. Bevor sie wieder einmal hart mit sich ins Gericht gehen wollte, wurde sie von Georg entlastet: »Du wolltest es eben nicht wahrhaben, das ist ganz natürlich. So ist es vielen ergangen.«

Lili war ihm dankbar – wie so oft.

Frieda fuhr mit ihrer eindringlichen Rede fort und wiederholte noch einmal: »Lass uns abhauen, solange es noch möglich ist. Was hält dich hier? So viele sind schon gegangen. Auf nach Amerika.«

Lili fühlte sich so überrumpelt, dass sie nicht einmal antworten konnte. Stattdessen blickte sie Georg Hilfe suchend an.

»Ich werde auch gehen«, sagte er, »nicht gleich und nicht nach Amerika, sondern in die Schweiz.«

Lili wusste immer noch nicht, was sie sagen sollte.

»Ich bin nach München gekommen, um unsere gemeinsame Ausreise vorzubereiten«, erklärte Frieda.

»Ich hab doch gar kein Geld dafür«, brachte Lili endlich heraus.

»Aber ich. Ich habe Geld für uns beide. Das Haus meiner Mutter in Blankenese habe ich endlich verkauft. Damit kommen wir eine ganze Weile über die Runden.« Frieda schaute sie erwartungsvoll an, während Georg zustimmend nickte.

»Macht euch auf den Weg, ihr zwei. Und zwar bald. Noch könnt ihr eure Reise planen und vorbereiten. Nicht wenige haben zu lange gewartet und mussten ohne Gepäck die Flucht ergreifen. Wer weiß, welche Schwierigkeiten es in Zukunft geben wird, wenn man das Land verlassen will. Wartet nicht zu lange. Macht euch auf den Weg.«

# BRIEFE AUS NEUEN WELTEN

*New York, 21.2.1942*

*Lieber Cord,*
*ich glaube zwar nicht, dass Du diesen Brief jemals lesen wirst, aber ich schreibe Dir trotzdem, weil ich hoffe, dass er die Selbstgespräche vertreibt, die ich ständig führe. Eigentlich sind es Gespräche mit Dir. Ich dachte, sie würden aufhören, wenn ich endlich weit weg von Hamburg bin, aber sie sind nur noch intensiver geworden. Das ist auch ein Grund, Dir aus New York zu schreiben.*

*Ich weiß nicht, wo Du bist. Ich kenne nur die alte Hamburger Adresse Deiner Mutter. Also versuche ich es darüber. Wieder ist Krieg. Lieber Cord, hast Du Dich wieder freiwillig gemeldet? Verzeih, ich sollte das Thema nicht ansprechen, jedenfalls nicht so, aber alles ist mir wieder so nah, seit ich letztes Jahr in Hamburg das Lied gehört habe. Jeden Abend kurz vor zehn im Soldatensender Belgrad. Ich konnte es kaum ertragen und hab doch jeden Abend wieder eingeschaltet und sofort an Dich gedacht. Vor allem dachte ich jedes Mal, Du hörst es auch – in diesem einen Moment tust Du das Gleiche wie ich.*

*Ich kenne das Lied ja schon viel länger. Als ich nach dem Tod meiner Eltern nach München gegangen bin, um wieder im Simpl aufzutreten, war dort für kurze Zeit eine Sängerin engagiert, die auch aus Norddeutschland stammte. Sie hieß Lola Hansen und hatte drei neue Lieder in ihrem Repertoire. Es waren Gedichte, die ein Komponist für sie vertont hatte. Sie wollte dem Komponisten einen Gefallen tun und ausprobieren, wie die Lieder in München ankämen. Der Dichter hieß Hans Leip. Kennst du ihn? Ich bin mir sicher, ich habe den Namen mal von dir gehört. Eins der Lieder fand großen Anklang im Simpl: »Lili Marleen«. Mir kam es sonderbar vor. Ich dachte, es müsste eigentlich von einem Mann gesungen werden.*

*Nach kurzer Zeit war Lola weg und mit ihr das Lied. Ich hatte es fast vergessen, bis ich es dann letztes Jahr im Radio gehört habe, wieder von Lola gesungen, aber dieses Mal mit einer anderen Melodie.*

*Ich dachte, wenigstens in Amerika bin ich endlich davon verschont, aber mittlerweile ist es auch hier angekommen. Gesungen von der berühmten Marlene Dietrich. Mitten im Krieg.*

*Ich habe in Amerika ein neues Leben begonnen, lebe in einem Zimmer im 16. Stock des Broadway-Hotels an der Amsterdam Avenue. Das Zimmer ist winzig klein, aber genauso möbliert, wie ich es brauche. Kein Stück zu viel. Es gibt eine Kochplatte, das Badezimmer auf dem Gang teile ich mir mit den anderen Bewohnern dieser Etage. Und das Beste: Es kostet nur 90 Dollar. Warum ich Dir das so genau erzähle? Ich kann Dir gar nicht sagen, wie viel es mir bedeutet, dass ich dieses Zimmer ganz allein gefunden habe. Ich bin noch nicht lange hier. Bisher habe ich bei Bekannten und Bekannten von Bekannten gewohnt, bin fünfmal umgezogen. Jetzt fehlt nur noch ein Job, wie man hier sagt. Du weißt, ich möchte singen. Da hat sich nicht viel geändert, seit wir getrennt sind. Nur dass ich irgendwann angefangen habe, selbst Texte zu schreiben.*

*Die habe ich bisher kaum jemandem gezeigt. Nur Frieda, ganz am Anfang. Du erinnerst Dich doch an Frieda? Wir haben sie in Paris besucht. Später war ich mit ihr zusammen in München und in Ascona. Wahrscheinlich hast Du sie sogar ab und zu in Hamburg getroffen. Es gab eine Zeit, in der ich keinen Kontakt zu ihr hatte. Sie lebt schon seit Längerem in New York. Sie war es auch, die dafür gesorgt hat, dass ich nach Amerika ausgewandert bin. Sie wollte mich damals unbedingt mitnehmen, aber ich konnte mich nicht so schnell trennen von allem, was mir lieb und teuer war. Sie meinte es gut, vielleicht zu gut, doch ich fühlte mich überrumpelt, wollte den Zeitpunkt meiner Ausreise selbst bestimmen, und das hab ich auch getan. Zuerst habe ich bei ihr gewohnt, sie hat mich sehr unterstützt, aber ich wollte unbedingt so schnell wie möglich auf eigenen Beinen stehen und unabhängig sein. Wie früher. Darin habe ich mich nicht verändert.*

*Also, am Anfang im Simpl hab ich Wedekind-Songs gesungen. Kennst Du »Ilse«? Ich hab es geliebt und versucht, so ähnlich zu schreiben. Aber das ist lange her, und jetzt schreibe ich ganz anders. Du hattest mich nämlich schon ganz früh infiziert mit Deiner Liebe zum Jazz. »You intoxicate my soul with …« Ja, womit? Ach, Cord. Besonders gern erinnere ich mich ans »Maryland«. Wenn Du mich um elf vom Hotel Reichshof abgeholt hast, sind wir oft noch an die Alster und dann in diesen Club gegangen. Da war alles neu und aufregend für mich. Die schöne Sängerin, die »Some of These Days« sang, habe ich nie vergessen. Das Lied auch nicht: »You've had your way / And when you leave me / I know you'll grieve me.« Manchmal denke ich, alle Lieder erzählen unsere Geschichte, auch das Lili-Marleen-Lied.*

*Was ich Dir eigentlich erzählen wollte: Ab nächster Woche werde ich dreimal die Woche im »Lamplight« Ecke Fifth Avenue,*

*13. Straße. auftreten. Ich habe gestern vorgesungen, und sie waren begeistert. Jetzt fragst Du Dich bestimmt, ob ich nicht zu alt dafür bin. Eigentlich schon, aber ich habe gesagt, ich sei 36, und sie haben es mir geglaubt. Papiere will man hier in Amerika zum Glück nicht sehen. Auf dem Weg zum »Lamplight« gibt es ein Post Office, da werde ich diesen Brief aufgeben und … ja, hoffen, dass er Dich erreicht. Ich weiß nicht, wie ich schließen soll. Vielleicht amerikanisch: Best wishes.*

*Lili*

*P.S.: Mir ist eingefallen, dass ich jemanden kenne, der noch in diesen Zeiten reisen kann. Dem werde ich diesen Brief anvertrauen.*

• • •

*New York, 28.2.1942*

*Lieber Cord,*
*jetzt habe ich schon eine Woche im »Lamplight« hinter mir. Der erste Abend war eine regelrechte Tortur. Das »Lamplight« war wie immer gut besucht, aber bei der Ansage meines Namens haben nicht mehr als fünf Gäste geklatscht und noch dazu ziemlich lustlos, aus purer Höflichkeit. Jedenfalls habe ich das so empfunden. Zuerst habe ich ins falsche Mikrofon gesungen, sodass ich nur in den vorderen Reihen zu hören war. Meine Stimme klang ganz klein und dünn. Und das ausgerechnet bei »All of Me«. Ich hab wie wahnsinnig gezittert. Irgendwie konnte ich immer noch nicht fassen, dass ich dort wirklich singen durfte. Ob es Billie Holiday wohl auch so ergangen ist, als sie das Lied zum ersten Mal sang?*

*Plötzlich wusste ich, was ich zu tun hatte: beim Singen nicht so viel denken. Mich hatte schon früher im Simpl irritiert, was ich noch alles tat, während ich sang, was ich beim Singen im Publikum wahrnahm und dachte … Das musste ich irgendwie abstellen. Also hab ich mich fest darauf konzentriert, sodass mir erst einmal die Luft wegblieb und mein Mund trocken wurde. Aber dann trug mich das Lied davon. In Joaquin und seiner Band hatte ich großartige Begleiter. Von ihm werde ich Dir später erzählen.*

*Wie ich sang, weiß ich nicht mehr, aber ich erinnere mich an den gewaltigen Applaus. Ich konnte nicht glauben, dass er mir galt. Joaquin umarmte mich und ich fragte: »War ich wirklich so gut?« Da antwortete er nur: »Echt. Du warst echt.«*

*Ich weiß nicht, wie es weitergeht. Vielleicht werde ich ja doch noch berühmt, lieber Cord. Wenn nicht als Sängerin, dann als Schauspielerin. Weißt du noch, wie sehr ich mir gewünscht habe, einmal die Iphigenie zu spielen? Noch bin ich nicht zu alt dafür.*

*Hugs and Kisses, gesungen, Du weißt schon, wie!*

*Lili*

• • •

*Ascona, 27.2.1953*

*Lieber Cord,*
*ich bin zurück in Europa. Und ich bin jetzt eine verheiratete Frau. Hab ich Dir von Joaquin erzählt? Ich lernte ihn vor langer Zeit in München kennen, als er dort auf dem Weg nach New York im Simpl Zwischenstation gemacht hat. Du weißt, das Kabarettlokal hatte einen legendären Ruf weit über die deutschen Reichsgrenzen hinaus. Joaquin ist Schweizer. Ich habe sein Jazzfeeling immer sehr bewundert. Ihn in New York wiederzufinden, war nicht schwer – die Jazzszene kennt sich. So wie überall. Eigentlich hat er mich gefunden. Er war es auch, der mich ins »Lamplight«*

*brachte. Jetzt willst Du vielleicht wissen, was mit meiner Karriere geworden ist. Ich hab sie verlagert. Es gibt ja noch so viel mehr als Musik und Theater. Die Literatur natürlich. Wusstest Du, dass Kafka in der New Yorker Literaturszene DER Star war und in einem Atemzug mit Shakespeare und Goethe genannt wurde? Da war er allerdings schon zwanzig Jahre tot. Psychologie, besonders die Psychoanalyse, war ein großes Thema. Dazu habe ich viele Vorlesungen an der New School besucht, wo einige deutsche Professoren nach ihrer Flucht aus Nazideutschland eine neue geistige Heimat fanden. Ich habe Vorträge von Karen Horney gehört. Sie ist im letzten Jahr gestorben. Ihre Kritik an Sigmund Freud sprach mir aus der Seele. Du hast mir schon früh von der »Traumdeutung« vorgeschwärmt. Gelesen habe ich sie erst viel später, sodass ich nicht mit Dir darüber reden konnte. Das hat mir gefehlt.*

*Und jetzt fehlt mir New York. Aber ich bereue nicht, Joaquins Wunsch erfüllt zu haben. Er war es, der zurück nach Europa wollte, regelrecht Heimweh hatte, obwohl es uns gut ging in New York. Joaquin unterrichtete Musikwissenschaft an der Columbia University und gab Jazzkurse an der Juilliard School. Einmal im Monat trat er im »Lamplight« auf. Also auch keine Weltkarriere als Pianist, obwohl er das Zeug dazu gehabt hätte. Das macht ihn manchmal unzufrieden. Mich nicht. Ich habe immer zu wenig Ehrgeiz gehabt. Das war mein Fehler. Oder meine Rettung. Wer weiß.*

*Ich sollte noch erwähnen, wie wohl ich mich in Ascona fühle, viel wohler als damals, als ich zum ersten Mal dort war. Frieda und Irina – hab ich Dir von ihr erzählt, ich weiß es nicht – leben dort. Sie sind ein Paar, was mich sehr freut. Georg ist leider im letzten Jahr gestorben, kurz nach seinem 80. Geburtstag. Er war der Erste von uns, der sich hier am Lago angesiedelt hat. Frieda und ich haben den Umweg über Amerika gebraucht. Befinde ich mich jetzt auf dem Umweg zu Dir? Was meinst Du?*

*Schreib mir.*

*Lili*

• • •

*Ascona, 16. Dezember 1981*

*Lieber Cord,*

*zuallererst muss ich Dir etwas gestehen: Ich habe Dich gleich erkannt. Ich habe gleich gewusst, dass Du es bist, als ich die Promenade entlangging und einen großen, schlanken Mann sah, der die Schwäne fütterte. Er stand dort am See mit dem Rücken zu mir und war so konzentriert auf seine Tätigkeit, als sei sie das Wichtigste auf der Welt. Du konntest noch nie etwas nebenbei tun, Cord. Egal, ob du Wein kredenztest oder die Gläser in der Schale mit lauwarmem Wasser spültest oder mir in den Mantel halfst. Immer war Dein ganzer Körper eine Einheit und Deine Geste eine einzige. Ich habe Dich erkannt an der leichten Krümmung deines Rückens, die für große Menschen so charakteristisch ist. Ich habe sie mit meinen Augen gestreichelt und nur gedacht, dass Du es wirklich bist. Erst dann kamen die Fragen: Was tut er hier? Wie kommt er hierher? Es war ja schon so lange her, dass Du mir geschrieben hast.*

*Ich bin langsam auf Dich zugegangen und dann eine Weile neben Dir stehen geblieben, ohne den Blick von Dir zu wenden. Auf einmal hast Du hast gesagt: »An der Alster habe ich vor vielen Jahren einmal schwarze Schwäne gesehen. Da habe ich ein Unglück befürchtet.«*

*»Und – ist es eingetroffen?«, waren meine ersten Worte, und Du hast geantwortet: »Nein, aber ich hab sie auch nicht gefüttert.«*

*Wie sehr Du mir damit geholfen hast, kann ich Dir gar nicht sagen. Jedenfalls nicht jetzt, ich werde es Dir in Berlin erklären. Nur so viel: Du hast mich von einem lebenslangen Albtraum befreit.*

*Dann haben wir einander vorgestellt, und Du hast gesagt, Liliana Brancusi sei zwar ein wunderbarer Name, aber für Dich würde ich immer Lili bleiben. Joaquin war der Einzige, der mich Liliana nannte. Seit er nicht mehr da ist, habe ich diesen Namen nie mehr gehört. Wir hatten eine gute Zeit miteinander, aber ich kann nicht sagen, dass er mir fehlt. Und wenn, dann besuche ich ihn auf dem Friedhof bei der Kirche Santa Maria in Selva.*

*Am nächsten Morgen, als ich aufwachte, habe ich ein unbehagliches Gefühl verspürt. Das will ich Dir nicht vorenthalten. Du lagst neben mir. Wie damals in Paris. Ich war froh, dass Du noch geschlafen hast, denn so konnte ich Dich in Ruhe betrachten. Ein alter Mann. Ein schöner alter Mann. Die früher schwarzen Haare nun hellgrau. Die türkisfarbenen Augen noch immer so strahlend wie damals. »You intoxicate my soul with your eyes.« Jetzt waren sie geschlossen. Das Unbehagen ist erst entstanden, als ich an mich gedacht habe und wie alt ich bin. Da spielte es auf einmal keine Rolle, dass man mich bis jetzt immer für viel jünger hielt. Ich bin eine alte Frau. Mein blondes Haar ist längst weiß. Statt Gold nun Silberfäden, hast Du gesagt. Und dass Silber besser zu Grau passt.*

*Bis bald in Berlin*

*Lili*

*P.S.: »Wenn sich die späten Nebel drehen,*
*Werd' ich bei der Laterne stehen.«*

# DANK

Erste Ideen zu diesem Roman entwickelte ich in Gesprächen mit Aenne Glienke, an die ich gern zurückdenke und für die ich ihr sehr dankbar bin.

Brigitte Bieneck, Sigrid Bubolz-Friesenhahn, Eberhard Fichter, Sybille Haarer, Ursula Haas, Ursula Hasenkopf, Franz Klug, Anne Rademacher, Brigitte Riebe, Arete Riedl, Bernhard Riedl, Rüdiger Rohrbach, Barbara Ruland, Gaby dos Santos, Barbara Stein, Tina Wendt haben mich bei meiner Arbeit inspiriert, ermutigt und unterstützt. Herzlichen Dank.

Bei Magdalena Heer, Susann Harring und Andrea Wildgruber bedanke ich mich für die hervorragende Zusammenarbeit.

Zu guter Letzt danke ich zwei Unbekannten:

Erstens dem Straßenmusiker, der in der Klosterschänke Schäftlarn nach einigen bayerischen Stücken unerwartet »Lili Marleen« auf dem Akkordeon spielte, um anschließend mit seinem bayerischen Repertoire fortzufahren.

Zweitens der alten Dame im ICE von München nach Hannover, die mir auf dem Gang singend entgegenkam. Erst als sie ganz nah war, hörte ich, was sie sang: »Deine Schritte kennt sie, deinen schönen Gang …« Sie blieb vor mir stehen, unterbrach ihren Gesang und sagte: »Das hätten Sie nicht gedacht, dass ich Ihnen dieses Lied vorsinge – oder?« Bevor ich antworten konnte, war sie verschwunden.